KB097641

무직전생

이세계에 갔으면
최선을 다한다

㉒

글 리후진 나 마고노테
일러스트 시로타카
옮긴이 한신남

클레어

테레즈

무녀님

크리프

아이샤

루데우스

제니스

인물소개

"저기, 이런 말을 하는 건
크리프에게 미안하지만…
역시 좀 걱정돼요."

엘리나리제는 하얀 숨을
내뱉으면서 말했다.

무직전생

이세계에 갔으면
최선을 다한다

⑳

글 리후진 나 마고노테   일러스트 시로타카   옮긴이 한신남

無職転生　～異世界行ったら本気だす～ 20

©Rifujin na Magonote 2019
First published in Japan in 2019 by KADOKAWA CORPORATION, Tokyo.
Korean translation rights arranged with KADOKAWA CORPORATION, Tokyo.

CONTENTS

제20장　크리프 편

제1화	앞으로의 방향성과 크리프의 고민	12
제2화	자노바 상점	29
제3화	크리프와 마법대학 학생회	59
제4화	크리프와 자노바의 졸업식	114
막간	시골뜨기, 도회지에 가다	134
막간	성인식	161
제5화	성과와 앞날	185
제6화	그리고 미리시온으로…	214
제7화	크리프, 고향으로 돌아가다	236
제8화	라트레이아 가문	257
제9화	미리스 교단 본부	283
제10화	교황과 앞날…	317

"시간은 잔혹하다. 항상 선택을 강요한다."

Time is gentle. Always make us choose.

글 : 루데우스 그레이랫

옮김 : 진 RF 매곳

제20장

크리프 편

제1화　앞으로의 방향성과 크리프의 고민

실론 왕국에서의 일로부터 한 달이 경과했다.

슬슬 겨울이 끝나고 봄이 온다.

이 한 달 동안 나는 집중해서 올스테드와 대화를 나누며 꼼꼼한 계획을 세웠다.

일단 동료를 늘리는 것에 대하여.

이쪽으로는 세 가지 방향성을 정했다.

첫 번째로 정보 수집이 메인인 첩보, 잡무 조직의 설립.

이를 위해 아이샤 일행이 만든 '루드 용병단'을 쓴다. 용병단의 상층부에는 내 입김이 닿은 사람들뿐이다. 이왕이면 이것을 유용한다. 뒤로는 그들에게 전면 협력을 받는 것이다.

또한 세계적으로 이 조직을 확대시키고 각 지부와 연대를 갖추어서 본부에 각국의 정보가 모이는 형태로 한다. 본부에 가지 않더라도 지부에 가면 그 주위에 무슨 일이 일어났는지를 자세히 알 수 있게 되겠지.

이것은 올스테드용이라기보다도 실제로 활동하는 나 자신의 활동을 보조하는 역할이 강하다. 곳곳에 말을 배치한다는 의미로도 편리할 것이다.

두 번째로 권력 있는 인물, 혹은 앞으로 권력을 쥘 만한 인물의 포섭.

라플라스는 부활하면 전쟁을 일으킨다고 했다. 순당하게 생각하면 인간들의 각 나라와 전쟁이 일어나겠지.

사전에 그것을 아느냐 모르냐에 따라서 그때 각국의 대응력에도 차이가 생길 것이다. 고로 권력자에게 미리 전쟁이 일어날 것을 알려 주어 주의를 환기시키고, 그들에게 미약하게나마 힘을 빌려주는 동시에 80년 뒤를 향해 느리더라도 좋으니까 움직이게 한다.

라플라스와의 전쟁 때, 각국의 협력 유무에 따라 루드 용병단이 움직이기도 편해질 것이다.

세 번째는 전투가 메인인 무인 집단.

일단 이게 올스테드에게는 메인이 될까. 올스테드 대신 라플라스와 싸울 사람들을 동료로 끌어들인다.

저주가 풀려서 올스테드와 함께 싸울 수 있다면, 그대로 인신과의 결전에 참가시켜도 좋다. 누가 좋을까… 하는 건 올스테드와 이야기해서 정했다.

'원래부터 라플라스와 싸울 운명이고, 인신의 사도가 되기 어려운 인물.'

이라는 것이 결론이다.

귀신이나 광신처럼 이번 대에는 관련 없지만, 나중에 라플라스와 대립하는 인물.

수신류나 검신류도 이번 대에서는 관련이 없지만, 그 제자들은 라플라스와 대립한다.

또한 북신 칼맨 3세, 사신 란돌프처럼 장수하는 인물에게도 말을 붙여볼 생각이다.

그중에는 라플라스에게 개인적인 원한을 가진 인물도 있다. 루이젤드도 그중 한 명이다.

어디 있는지 모르는 상대는 루드 용병단을 시켜 찾게 하고, 내가 직접 방문하여 엎드려 비는 식이다.

경우에 따라서는 도와줘서 점수를 따야 할 가능성도 있겠지.

일단 강할 것 같은 인물이라면 일일이 말을 걸어 보는 형태가 된다.

자, 그런 이들을 모을 때에 걸림돌이 되는 존재가 있다.

인신이다.

녀석은 사도를 시켜서 방해하겠지.

인신의 사도는 기본적으로 누가 될지 모른다. 올스테드의 말로는 일반적인 루프라면 가능성의 높고 낮음이 있는 모양이지만, 이번 루프에서는 지금까지 그런 적 없었던 인물도 사도가 되어서 판별하기 어렵다는 모양이다. 앞으로 내가 활동하면서 올스테드가 예상하지 못한 인물이 사도가 될 가능성은 커질 수 있다.

여기에 대한 대책인데… 솔직히 짚이지가 않았다.

그래서 아예 생각하지 않기로 했다.

애초에 인신이 어떤 기준으로 사도를 고르는지 모른다. 올스테드는 '운명이 강한 인물을 고르는 경향이 있다'고 말했다. 하지만 이번에는 운명이 약한 인간도 사도가 되었다.

애초에 운명이 강하다는 기준도 잘 모르겠다.

올스테드와 인신만이 아는 듯한 룰이다.

그런 룰에 따라서 일일이 올스테드에게 물어보더라도, 괜히 마음고생만 할 뿐이지 헛수고일 것 같다.

게임의 초심자에게는 초심자 나름대로의 방식이 있다.

일단 동료로 삼은 인물에게는 '꿈의 계시를 믿지 마라'라는 표어를 주지시킨다.

하지만 그래도 사도는 나오겠지.

수상하다 싶으면 사도인지 아닌지 확인하고, 그때마다 죽이는 방향으로 한다.

괴로운 역할이지만, 최대한 내가 하려고 한다.

내가 괴로운 것을 제외하면, 계속 동료를 늘리는 방향성은 문제없다.

애초에 인신의 사도는 세 명까지다.

동료를 늘리면 늘릴수록 유리해진다.

예를 들어 이쪽이 다섯 명밖에 없는 상황에서 한 명이 사도가 되어 배신하면 전력은 20퍼센트 감소.

상대의 전력도 늘어서 전황은 힘들어진다.

하지만 이쪽이 열 명이라면, 혹은 스무 명이라면, 백 명이라면, 천 명이라면… 머릿수가 늘어나면 늘어날수록 한두 명이 배신하는 정도로는 흔들리지 않는다.

우두머리급이 조종당해서 천 명이 전부 적이 되는 거면 위험하니까, 리스크 분산을 위해서 한 명에게 너무 큰 힘을 주지 않도록 해야겠지만.

아무튼 한동안은 내가 우두머리니까 괜찮겠지.

내가 죽은 뒤가 조금 걱정이지만, 나 이상으로 우수한 인재는 얼마든지 있다.

맡길 만한 인물도 나오겠지.

지금만 봐도 록시도 있고.

또 동료 모집 외에도 해야 할 일, 손에 넣어둬야 할 것은 많이 있다.

일단 올스테드와 연락할 수단을 확보해야 한다.

지난번 싸움에서 연락 부족으로 팩스를 죽이고 말았다.

물론 연락 부족 이외에도 요인은 많았겠지. 하지만… 올스테드와 긴밀한 연락 수단이 있었으면 회피할 수 있었다. 올스테드만 믿자는 생각은 아니지만, 앞으로는 지금 이상으로 떨어져서 행동하는 일이 많아진다.

그렇기 때문에 연락 수단은 필수겠지.

중요한 국면에서 나 혼자만의 판단으로 움직이기보다는 누군가와 의논하고 움직이는 편이 좋은 경우가 많을 것이다.

상대의 궁지를 알 수 있으면 급행할 수도 있고.

물론 내가 올스테드를 돕는 상황은 상상도 가지 않지만, 그래도 일방적이라도 좋으니까 상대에게 정보를 전할 수 있으면 된다.

그런 것을 감안하여 올스테드에게 의논해 보았다.

전화라는 존재에 대해 설명하면서 비슷한 것이 존재하지 않는가, 혹은 만들 수 없을까. 라고.

"목소리나 글자를 보내는 마도구인가."

"글자만이라도 좋습니다만, 아무튼 멀리 있어도 정보를 주고받을 수 있는 편이 좋겠지요. 판단하기 어려울 때는 의논도 하고 싶으니, 어떻게 안 될까요?"

무리일 거라고 생각했다.

세상은 그렇게 편리하지 않다.

"용족의 마도구 중에 비슷한 것이 있다. 그걸 재현하면 아마 가능하겠지."

그렇게 생각했는데, 의외로 올스테드의 대답은 꽤 긍정적이었다.

"헤에, 그런 게 있습니까."

"그래, 너도 본 적 있을 거다."

진짜냐.

그런 게 어디에 있었지?

그거 편리하군. 나도 하나 갖고 싶은데.

"칠대열강의 비석과 모험가 길드의 카드다."

"아얏!"

그래.

듣고 보니 그렇다.

모험가 길드의 카드는 음성 입력이었고, 칠대열강의 비석은 같은 내용의 것이 전 세계에 얼마든지 있다.

아하, 과연. 모험가 길드의 카드는 용족이 만든 것이었나.

분명히 무슨 오버 테크놀로지 같긴 했어….

"조금 개량이 필요하지만, 만들어 보도록 하지."

"예? 올스테드 님이 직접 만드실 수 있습니까?"

"어차피 너의 출현으로 예정이 엉클어졌다. 필요하다면 만들어 두는 편이 좋겠지… 다음에도 써먹을 수 있다."

그렇게 해서 올스테드가 직접 만들어 주기로 했다.

기쁜 오산이다.

다음에도 올스테드가 나를 동료로 끌어들일 생각이라는 것도 엿보여서, 실로 기쁘다.

"안 될 가능성도 있다. 고려해라."

"옛써, 보스!"

통신기기 쪽으로는 이걸로 됐다고 치자.

그리고 또 하나.

지난번의 실패를 거울삼아서 만들어 두어야만 하는 것이 있다.

마도갑옷의 수송방법이다. 저번에 모처럼 가져간 마도갑옷 '1식'도 이동에밖에 쓸 수 없었다.

도시에서 요새로 옮기는 데에도 꽤나 애를 먹었고, 성내에도 가져가지 못해서 결국 사신 란돌프와의 싸움에서 써먹지 못했다.

앞으로 사신 레벨과 싸울 일은 그리 없겠지.

하지만 꼭 없다고만 장담할 수 없다. 지난번 같은 사태에 빠지는 것을 고려하여 어떻게 해 두고 싶다.

물론 그것을 해소하기 위해 소형이며 성능 좋은 '3식'의 개발도 진행 중이다.

다만 '3식'의 제작에는 아직 시간이 걸린다.

자노바도 전면적으로 협력해 주지만, 1~2년으로 완성되는 건 아니겠지.

그래서 한 가지 아이디어가 나왔다.

'1식'을 그대로 소환하면 어떨까, 하는 것이다.

과거에 실바릴에게서 들은 수업에 따르면, 물질의 소환은 불가능하다고 그랬는데….

하지만 거기서 발상을 다서 바꿔 보면 물질의 소환도 가능할 것 같다.

그 점에 대해서는 개인적으로 조금 시험해 볼 생각이다.

안 되면 안 되는 거고.

자, 동료 모집에 관한 방향성은 정해졌다.

일단 루드 용병단을 크게 키우고, 나아가서 각국의 권력자와 연줄을 만들어 동료로 삼는 것이 좋겠지.

일단은 크리프와 아리엘이다.

미리스 교단 교황의 친족과 아슬라 왕국의 차기 국왕.

반쯤은 동료나 마찬가지인 그들을 정식으로 올스테드 진영에 끌어들인다.

둘 중 어느 쪽이 먼저일까.

물론 가까이에 있는 크리프부터다.

크리프를 동료로 끌어들이면 미리스 교단과의 관계가 생긴다.

미리스 신성국은 강국이다. 라플라스와의 전쟁에서도 지극히 강력한 전력이 되겠지.

전쟁은 돈과 숫자로 하는 것이다.

여차할 때에 연줄이 있어서 나쁠 것 없다.

크리프는 이러니저러니 해도 내 친구라고 해도 좋다.

올스테드의 저주에 관해서도 협력적이고, 구두 약속 정도로 충분하겠지.

군소리 없이 승낙받을 수 있다.

그렇게 생각하며 나는 크리프가 사는 아파트로 가기로 했다.

크리프의 사랑의 둥지에 찾아왔다.

어쩐 일로 정사를 벌이지는 않는 건지, 대낮의 아파트는 조용했다.

아니, 매일 그러면 인근 주민들도 편히 지낼 수 없겠지….

아니, 평소에는 학교 연구실에서 하니까 밤에만 하나.

"여어, 루데우스…."

방을 찾아가자, 홀쭉 야윈 크리프가 맞아주었다.

엘리나리제의 임신기부터 아이가 태어날 때까지는 쌩쌩해 보였는데, 최근에는 평소처럼 파란 얼굴이다.

슬슬 크리프의 건강이 걱정된다.

"어머, 루데우스, 어쩐 일로 여기까지 왔나요."

반대로 엘리나리제는 얼굴이 번지르르하다.

만족스러운 얼굴로 아이에게 젖을 먹이고 있었다.

상반신은 알몸이고 아래도 팬티뿐. 지금은 잠깐 쉬는 거고, 식사가 끝나면 또 계속할지도 모른다.

"어어, 잠깐 일이 있어서요."

그렇긴 해도 좋은 집안 아가씨 같은 금발미녀가 반라로 아이에게 젖을 먹이는 모습은 생각 이상으로 그럴싸하군.

엘프니까 전체적으로 말랐고.

그녀의 평소 행실과 지금의 성녀 같은 태도. 이것도 일종의 갭일까.

실피나 록시의 수유 모습을 보았을 때도 뭔가 갭을 느꼈지.

최근 에리스에게서도 갭을 느낀다.

그 에리스가 아기를 안고 젖을 먹이면서, 험한 말도 하지 않고 젖을 빠는 상대를 때리지도 않는다.

여성이 어머니가 되어서 젖을 먹이는 모습은 역시 신비롭다.

"루데우스, 너무 빤히 보지 말아 주겠나?"

"어? 아, 죄송합니다."

딴 생각을 하는 동안 크리프가 한소리 했다.

미안, 미안, 딱히 에로한 기분으로 봤던 건 아냐.

"리제도 손님이 왔으니까 옷 정도는 입어."

"어머, 크리프도… 질투하는 건가요?"

"그래. 루데우스는 네게 가족 같은 존재일지도 모르지만…."

"알겠어요."

엘리나리제는 어깨를 으쓱이면서 아기를 안은 채로 안쪽 방으로 들어갔다.

"루데우스. 너도 아내가 셋이나 있는데 남의 아내에게 집적대지 말아 주겠나?"

"집적대다니…."

그런 게 아니라고 말하고 싶었지만, 쳐다본 건 틀림없다.

나도 내 아내들의 알몸을 보이고 싶지 않다. 사과하자.

"아뇨, 죄송합니다. 다음부터는 주의하겠습니다."

"그래…."

크리프는 한숨을 내쉬면서 소파에 몸을 묻었다.

지친 탓도 있겠지만, 왠지 기분이 안 좋아 보인다. 밤 생활에 문제라도 있었을까.

"그래서 오늘은 무슨 일이지?"

"아, 아뇨, 조금 부탁이라고 할까, 권유라고 할까."

크리프는 무거운 시선으로 이쪽을 보았다.

왠지 말하기 힘들다. 다음에 다시 올까. 아니, 그러기 전에 이유라도 들어둘까.

"…무슨 일 있었습니까?"

"딱히 별로….'"

크리프는 무슨 말을 하려다가 고개를 내저었다.

"아니, 마침 잘됐군. 어차피 너한테는 말해야만 하는 일이니까…."

아무래도 의미심장한 모습이었다.

지난번 자노바의 일이 떠올랐다.

"실은 미리스 신성국의 할아버지에게서 편지가 왔다."

패턴도 똑같다.

그렇다면 크리프를 꾀어내는 덫인가. 또 전쟁인가. 또 인신의 덫인가.

아니, 어찌되었든 크리프에게는 미리스 신성국과의 중개를 부탁하려고 했다.

본인도 그럴 마음이 있는 모양이고, 이번에는 같이 돌아간다는 얄팍한 생각은 하지 않는다.

물론 그가 샤리아에 남아 있기를 바라는 건 분명하지만, 나에게는 목적이 있다.

크리프는 일어서서, 서랍장에서 편지 한 통을 꺼냈다.

이것도 데자뷔라는 느낌이로군.

분명 편지에는 할아버지가 크리프의 육성에 얼마나 많은 돈을 썼는가. 왜 돈을 썼는가. 그것은 우리 진영에 힘이 되기를 바라기 때문에. 언제 힘이 되어 줄 수 있는가? 지금이겠지!

같은 소리가 적혀 있겠지.

마음 단단히 먹고 봐야겠다.

"아, 그렇게 심각한 문제는 아냐."

크리프가 얼굴을 긁적거리면서 말했다. 겸연쩍은 얼굴이다.

"전부터 졸업하면 돌아간다는 말은 했으니까. 노자와 여행길 걱정뿐이지."

그 말을 듣고 편지를 보았다.

서두는 크리프의 안부를 걱정하는 말로 시작되었다.

그리고 노자가 부족하면 동봉된 미리스 교단 간부의 문장을 미리스 교회에 보여주라는 안내. 현재 미리시온에서의 권력 다툼은 열세니까 돌아올 거면 각오해라, 각오가 없으면 돌아오지 않아도 된다, 라는 엄한 주의문. 그렇게 엄한 소리를 쓰기는 했지만, 마지막에는 오랜만에 얼굴을 보고 싶다, 돌아오는 것을 기다리겠다, 같은 말로 마무리를 지었다.

전체적으로 크리프를 걱정하는, 마음 훈훈한 편지였다.

크리프의 할아버지와는 만나본 적 없지만, 좋은 사람일 것 같다.

이게 어디가 문제지?

"실은 고민 중이야."

고민하는 것은 각오 운운하는 부분일까.

"나는 졸업하면 바로 미리스로 돌아갈 생각이었다. 그러기 위한 수행도 쌓았고, 지금까지 계속 그럴 생각으로 있었어. 미리스 교단의 권모술수 안에서 싸워 이길 자신도 있었다."

"그렇지요."

크리프는 원래 계속 그렇게 말했다.

이 학교를 졸업하거든 미리스 신성국으로 돌아가서 할아버지의 뒤를 잇는다고….

물론 최근에는 교황의 뒤를 잇는 것이 어렵다고 이해하고, 수수하게 신부 수행을 하긴 하지만.

"하지만…."

크리프는 소파에 앉아 머리를 싸쥐었다.

"나는 결혼도 했고 아이도 태어났다."

그 말에 그의 고민을 이해했다. 말하자면 내가 항상 고민하는 것과 같은 종류의 것이다.

"미리스 교단은 태연하게 약자를… 적의 가족을 노린다."

"……."

"리제는 괜찮아. 그녀는 자기 몸을 지킬 힘을 가지고 있지. 하지만 크라이브는 아직 자기 다리로 서지도 못해. 나는… 지켜낼 자신이 없어."

고민하는 마음은 안다.

소중한 사람이 언제든 안전한 장소에 있기를 바라는 법이지.

"애초에 나는 아직 할아버지에게 결혼 보고도 하지 않았다. 미리스 교황의 손자가 엘프와 결혼했다고 알려지면 괜한 추문이 생길지도 모른다. 그 추문 때문에 실각할지도 모르지."

미리스교는 다른 종족에 대한 배척이 대단하니까.

엘프는 대삼림에 사니까 별로 배척받지 않는 모양이지만, 일부 과격파는 인간이 아니라는 이유만으로 박해한다는 이야기였고. 엘리나리제도 엘프 사이에서 그리 좋은 입장이 아닌 모양이고, 힘든 현실이 기다릴지도 모른다.

"그런 것을 계속 생각했더니 돌아가야 할지, 돌아가지 말아야 할지 알 수 없어져서 리제에게 매달리고…. 요즘은 계속 그반복이다…. 이제 와서 생각하니 자노바가 왜 그렇게 고집스러워졌는지 이해가 돼…."

크리프 자신은 분명 돌아가고 싶다, 돌아가야만 한다고 생각하겠지.

하지만 아내와 아들이 위험에 노출된다. 게다가 아내 때문에 할아버지까지 위험해질지도 모른다.

그런 상황에서 자신의 길을 가도 좋을까.

알 수 없다. 나라도 모르겠다.

하지만 이번에 내가 여기에 온 것은 그것에 대한 이야기이기도 하다.

지금의 나는 도와줄 수도 있다.

"크리프 선배."

"……뭐지?"

"정식으로 올스테드 님의 군문에 들어가지 않겠습니까?"

크리프는 놀란 얼굴로 이쪽을 보았다.

말이 좀 안 좋았을지도 모른다. 하지만 '내 동료로'라는 말로 오해를 사도 안 되지.

확실히 말하는 편이 좋다.

"무슨 의미냐?"

"올스테드 님의 부하가 되면 나와 올스테드 님이 전면적으로 백업할 수 있습니다. 엘리나리제 씨와 크라이브를 지키면서 크리프 선배의 진영을 승리로 이끌 수도 있습니다."

크리프는 미간을 찌푸렸다.

"그 백업을 받았을 경우, 나는 뭘 하면 되지?"

"권력을 잡은 뒤에, 라플라스가 부활했을 때를 대비해 주세요."

그렇게 말하고 나는 계획을 설명했다.

올스테드를 중심으로 한 80년 후의 계획이다.

크리프에게는 인신에 대해서도 일단 말했지만, 처음부터 꼼꼼히 다 말했다.

"……."

모든 이야기를 마쳤을 때, 크리프는 복잡한 얼굴을 하였다.

"어떻습니까?"

그렇게 물었을 때, 크리프는 잠시 침묵했다.

팔짱을 끼고 눈을 감은 채로 고민하듯이 신음을 흘렸다.

"으으음…."

나쁜 이야기는 아닐 터이다.

크리프도 올스테드에게 떠도는 혐오감은 저주 때문이라는 걸 알고 있다. 저주를 뺀 올스테드 본인의 됨됨이는 모르겠지만… 그래도 올스테드 문제가 아니더라도 나는 크리프를 배신하지 않는다. 의심하고 있다고 생각하면 슬프다.

"조금 더… 시간을 주지 않겠나?"

고민한 끝에 크리프는 쥐어짜듯이 그렇게 말했다.

"이제 곧 졸업식이다. 그때까지는 결심하지."

언제까지라는 기한도 정해졌으니, 나로서는 고개를 끄덕일 수밖에 없었다.

왜 그렇게 순순히 승낙해 주지 않는가 싶기는 했다.

하지만 크리프 자신도 왜 망설이는지 모르는 것일 수도 있지.

"뭣하면 엘리나리제 씨와도 의논해 주세요. 혼자 고민할 일은 아니니까요."

"어? 아, 그렇군. 고마워."

크리프는 이번에는 순순히 승낙하더니 힘없는 웃음을 띠었다.

엘리나리제는 지금 대화를 들었겠지. 아까부터 문 틈새로 슬쩍슬쩍 금발이 보였고.

그녀라면 크리프를 잘 유도해 주겠지. 그 결과 내 생각대로 되지 않을지도 모르지만… 그거면 그거대로 괜찮아.

"그럼 또 오겠습니다."

"그래, 왠지 미안하군."

"아뇨, 고민이 있거나 힘들 때는 서로 돕는 거죠."

그렇게 말하고 크리프의 집을 떠났다.

마지막으로 엘리나리제에게 눈짓하는 것도 잊지 않고.

일단 크리프의 대답은 졸업식 때 듣기로 하자.

졸업식까지는 앞으로 두 달 정도 남았다.

그 동안에 자노바에게 맡기고 싶은 프로젝트를 진행하도록 할까.

제2화　자노바 상점

왕자가 아니게 된 자노바.

그는 왕족으로서의 물품을 처분하여 마련한 돈으로 내 집 근처에 거주지를 마련했다.

2층짜리 아담한 집이다. 인형 제작이 가능하도록 신경 써서,

1층은 차고처럼 뻥 뚫린 구조였다.

거주공간은 주로 2층. 거기서 진저, 줄리와 함께 셋이서 사는 모양이다.

셋이서 살기에 충분한 넓이겠지.

이 세 사람의 관계는 앞으로 어떻게 될지 모르지만….

결혼이라도 하는 걸까.

아무튼 한동안은 저금이라고 할까, 왕족으로서 받았던 돈이 있으니까 괜찮겠지만, 앞으로는 줄어들기만 할 테니 마도갑옷 제작의 대금을 지불하기로 했다.

연구 개발비다.

자노바는 일단 받았지만, 별로 좋은 내색을 하지 않았다.

"저 혼자서 만든 것도 아닌데, 저만 금전을 받는 것은 왠지 미안한 마음이 드는군요."

눈썹을 찌푸리면서 그렇게 말하였다.

무슨 말을 하고 싶은 건지는 이해한다. 마도갑옷은 나와 자노바와 크리프가 협력해서 만들었다.

그 연구 개발비를 자노바만 받는다. 말이 되지 않겠지.

하지만 그렇게 말한다면 제일 말이 안 되는 건 나다.

나는 마도갑옷을 착용하고 일을 나가서 보수를 받았다. 지금까지 나만 돈을 받는 형태였다. 모두 함께 만든 마도갑옷으로.

마도갑옷은 금전 목적을 위해 만든 것이 아니지만, 그래도 돈을 탐내어 살인도 저지르는 것이 인간이라는 생물이다. 평등하려면 크리프에게도 돈을 지불해야만 하겠지.

물론 크리프는 금전적으로 곤란하지 않으니 받아줄지 미묘하지만.

뭐, 그건 됐어.

적어도 누군가가 돈을 요구한다면 지불할 만한 자산은 있다.

노골적으로 말이 안 되는 금액을 요구할 만큼 더러운 인간은 내 지인 중에 그리 없다.

나 자신도 상대가 곤경에 빠졌다면 돈을 내놓을 정도의 여유는 있다.

역시 인간은 금전적으로 여유 있을 때면 남에게도 잘해 주어야 한다.

뭐, 마도갑옷은 필요한 것이고, 자노바의 인형 제작 기술도 필요한 것이다.

필요한 것에 대해 돈을 낸다. 당연한 일이다.

그런고로 현재 자노바는 안정된 생활을 보내고 있다고 할 수 있겠지.

그런 자노바의 집 앞에 서서 심호흡을 한 차례.

이 집에는 주인이 없을 때에도 마음대로 드나들어도 된다는 말을 들었다.

하지만 들어갈 때는 확실히 노크를 한다.

그것이 친한 사이의 예의라는 것이다.

"자노바, 나야! 열어 줘!"

초인종을 딸랑딸랑 울리면서 자노바를 불렀다.

"오, 스승님. 들어오십시오, 열려 있습니다."

반응은 아주 빨랐다. 하지만 나는 거듭 주의했다.

"정말이야? 열어도 돼? 정말로 연다? 막을 거면 지금 막아라? 나는 움직이면 멈추지 않으니까?"

전에는 조심하지 않았다가 문제 직전까지 갔으니까.

"무슨 말씀이신지 모르겠습니다만, 막지 않을 거니까 들어오십시오."

"정말이지? 네 옆에 옷 갈아입는 여성은 없어?"

"괜찮습니다."

나는 믿었다. 자노바를 믿었다.

그래, 나는 그를 믿는다.

미래의 일기에서도 끝까지 나를 믿어 준 그를.

설령 세계가 뒤집히더라도 자노바를 믿어 주자.

"그럼 실례하겠습니다."

문을 열고 안으로 들어가자, 그곳은 이미 자노바의 공방이었다.

넓은 공간에는 작업책상이 두 개 있고, 여기저기에 나무상자와 인형이 굴러다녔다.

자노바는 책상 앞에 앉아 있었다.

줄리도 그랬다.

그것뿐이라면 평소와 같지만, 오늘은 조금 분위기가 달랐다.

구체적으로 말하자면 줄리가 앉은 장소가 문제로군.

평소의 줄리는 자노바에게서 조금 떨어진 위치에 있는 책상에서 인형을 만들고 있다.

하지만 오늘은 그 책상 앞에 앉아 있지 않았다.

"……."

줄리는 자노바의 무릎 위에 앉아 있었다.

자노바의 무릎 위에 앉아서 진지한 얼굴로 인형에 착색을 하고 있었다.

자노바를 보자면, 그녀의 머리 위에서 마도갑옷의 파츠를 신중하게 깎고 있었다.

줄리의 머리 위에 거스러미가 떨어지고 있지만, 줄리는 개의치 않았다.

"자노바… 잠깐 안 본 사이에 줄리와 꽤 친해지지 않았어?"

"흠, 안 됩니까?"

줄리의 키가 작은 것과 자노바의 키가 큰 것도 있어서, 남매 같다.

뭐, 세이프겠지. 무릎에 앉히고 같이 인형을 만드는 정도야….

음행의 의혹은 없다고 봐도 되겠지. 아니, 딱히 그런다고 아웃은 아니지만.

이 세계에 아동 포르노 법률은 없으니 뭐라고는 안 하겠어.

하지만 왠지 말이지.

모처럼 조심에 조심을 했으니까 좀 떨어져 있으라고.

"아니, 미소가 절로 나와."

그렇게 말하면서 나는 공방 구석에 있는 의자를 끌어와서 앉았다.

"그래서 스승님, 오늘은 어쩐 일이십니까?"

"음."

물론 잡담이나 하려고 자노바를 찾아온 건 아니다.

자노바에게는 마도갑옷의 제작을 부탁했지만, 그와 병행하여 또 하나의 일을 부탁하고 싶다.

"실은 자노바, 오늘은 네게 임명장을 건네러 왔어."

"흐음… 임명장입니까?"

"그래, 임명장이야."

그렇게 말하면서 품에서 꺼낸 것은 종이 한 장.

나는 그것을 두 손으로 들고 자노바에게 내밀었다.

"아, 이거 실례."

자노바는 다급히 줄리를 내려놓고 옷에서 거스러미를 털어낸 뒤에 공손히 그것을 받았다.

예의를 갖춘 남자다.

"흠… '자노바 실론을 인형 판매 부문의 책임자로 임명한다'고 적혀 있군요."

"음, 삼가 받도록."

"받는 거야 좋습니다만… 그 계획은 연기되지 않았습니까?"

이 임명장은 전부터 계획했던 루이젤드 인형의 판매 개시를 의미한다.

왜 이 타이밍에? 라고 생각할지도 모른다.

하지만 지금이니까 해야만 한다.

앞으로 각국의 권력자를 포섭하는 동시에 라플라스와의 싸움을 염두에 두고 동료를 모아야 한다.

하지만 소재지를 모르는 인물이 몇 명 존재한다.

예를 들자면, 그래, 루이젤드다.

본래 역사라면 마대륙에 있을 그인데, 이번 루프에서는 나와 함께 중앙대륙으로 이동했다.

최근에는 소식이 딱 끊겨서 행방도 모른다.

다름 아닌 그라면 혹시나 싶은 일도 없겠지만, 바로 만나서 협력을 요청할 수 없는 상태다.

뭐, 그도 딱히 모습을 감춘 건 아닐 테니까, 찾다 보면 어디서 찾을 수 있을지도 모른다.

하지만 역시 '라플라스를 쓰러뜨리기 위해 협력해 줘'라고 내가 제일 먼저 부탁하고 싶은 건 그다.

다름 아닌 그다. 라플라스와 해묵은 원한이 깊은 그다.

그를 어떻게든 찾아내어서 내가 직접 부탁하고 싶다.

라플라스에 대한 원한을 풀 기회를 그에게 주고 싶다….

이런 것은 반쯤 핑계. 단순히 루이젤드를 오랜만에 만나고 싶다. 만나서 다시 함께, 같은 목표를 향해 나아갔으면 좋겠다는 게 나머지 절반이자 진심이다.

거의 이기적인 이유지만, 그런 흐름으로 루이젤드 인형의 판매를 개시하기로 했다.

단순히 찾는 것보다는 이쪽이 빠를 거라는 생각도 있고.

스펠드족의 이미지 업은 애초부터 계획했던 것이기도 하고….

일단 달리 핑계는 준비했다.

이를테면 마도갑옷에 관한 것.

마도갑옷이란 병기의 제작에 나와 자노바, 크리프 셋만으로는 벽에 부딪쳤다는 느낌도 있다.

이대로 가면 '3식'이 완성되지 않을 가능성도 있다.

그래서 대대적으로 인형을 판매.

장사로 규모를 키워가는 동시에 기술자를 모으거나 키운다.

인형의 제작 기술은 그대로 마도갑옷의 제작 기술로 이어지기 때문이다.

자노바나 크리프의 기술을 아는 전문가가 늘어나고, 각자가 시행착오를 거듭하면 어떤 혁신적인 아이디어가 나올 가능성도 커진다.

어느 세계든 기술자의 육성은 중요하다.

"그런 거야."

이상의 내용을 자노바에게 자세히 설명했다.

"내가 하고 싶은 것뿐일 수도 있지만, 마도갑옷의 제작 기술은 앞으로도 키워가고 싶은 분야니까. 누구보다도 이해력 있는 네가 책임자를 맡아줘."

"흠…."

"서포트로 루드 용병단 안에서 상업에 밝은 단원을 찾아서 붙여 줄게. 물론 첫 점포의 개업에는 나나 아이샤도 협력할 거고… 해 주겠어?"

"예, 맡겨 주시길."

자노바는 쉽게 승낙하고 무릎을 꿇었다.

옆에서 지켜보던 줄리도 황급히 무릎을 꿇었다.

"그랜드마스터! 저는 뭘 하면 될까요?"

"줄리는 자노바의 옆에서 그의 지시에 따라 줘."

"예!"

줄리도 한층 더 힘써 줘야 하겠지.

앞으로 루이젤드 인형 초기작의 양산 체제에 들어가게 될 거다.

자노바를 위해서 돈을 번다.

그 말을 들으면 그녀도 힘을 내겠지.

"그럼 자세한 이야기는 다음에 하자. 오늘은 그 정도야."

"알겠습니다."

자, 그럼 용병단 쪽에서 점찍어둔 인물을 데려오도록 할까.

며칠 뒤, 나는 두 사람을 데리고 자노바의 집까지 찾아왔다.

한쪽은 둥근 안경을 끼고 심약해 보이는 남자다.

참고로 머리는 머슈룸 컷이 아니라 7대 3 가르마.

복장은 노란색 자수가 들어간 검은 코트. 종족은 인간이다.

"오늘부터 여기가 네 직장이다."

"예, 예…."

"알겠나, 요제프. 이 일대 프로젝트는 네 수완에 달려 있다고 해도 과언이 아냐."

내 말에 그는 꿀꺽 하고 침을 삼켰다.

"하지만 필요 이상으로 겁먹을 필요도 없어. 우리의 주인인 '그분'에게 이 프로젝트는 수많은 프로젝트 중 하나에 불과하니까."

그의 이름은 요제프.

심약한 성격에 술에 약하고 툭하면 얼굴이 새파래지기 때문에, 용병단에서는 블루라는 애칭으로 불리는 인물이다.

그는 용병단에 입단하기 전까지 상인이었다.

이 세계의 상인은 대개 행상부터 시작한다.

돈을 모아서 길드나 상회에서 지위를 올리고, 세력 있는 상인의 부하나 제자로 들어가서 더 많은 돈과 경험을 쌓아 자기 가게를 갖는다.

가게를 가진 뒤에 제대로 궤도에 오르면 큰 가게의 점주가 되거나 상회의 간부, 혹은 왕실 납품업자로 뽑히기도 한다.

요제프는 한때 가게까지 가졌다나 본데, 거기서 큰 실수를 저질러서 모든 것을 잃었다고 했다.

그 큰 실수가 무엇인지에 대해서는 그는 입을 다물었다.

하지만 틀림없이 여자가 얽힌 잘못일 것이다.

그렇게 단언한 것은 리니아였다.

물론 리니아의 단언은 신뢰성이 털끝만큼도 없다. 산산조각 난 쿠키 가루만큼도 없다.

내 예상으로는 술에 얽힌 실수라고 본다. 술을 떡이 될 만큼 마시고 종업원 여자를 건드렸다가 협박을 당해서… 아, 이건 리니아의 생각과 똑같잖아. 취소, 취소.

뭐, 아무튼 모든 것을 잃은 그는 이리저리 떠돌다가 용병단에 들어왔다.

아이샤에게 듣기로는 사무나 회계 관련으로는 대단히 유능해서, 가게를 가졌다는 것도 거짓말이 아닌 듯하다나.

능력 판정에 깐깐한 아이샤가 '유능하다'고 단언하는 레벨이니까, 이건 상당한 수준이겠지.

…아니, 아이샤는 나를 유능하다고 보는 경향이 있으니까, 그렇게 대단한 게 아닐지도 모르지만.

아무튼 그런 흐름으로 그에게 이 자리가 돌아가게 되었다.

자노바가 가게를 세울 수 있도록 조언하는 자리가.

"괘, 괜찮을까요…. 자노바 님은, 아주 무서운 분이라고 들었습니다…. 화가 나면 사람의 몸을 천장에 내던져서 납작하게 만든다고…."

요제프의 안색이 엄청나게 창백한데.

"요제프. 그건 그냥 소문이야. 어느 세계에 화가 난다고 사람을 천장에 내던지는 사람이 있을까. 정말로 화가 났으면 땅에 내던지지 않겠어? 그렇지? 땅이 더 단단하니까."

"그, 그렇군요…."

당연히 그렇지.

자노바가 사람을 천장에 내던지는 건 기뻐서 펄쩍펄쩍 뛸 때야.

화났을 때는 얼굴을 아이언클로라고.

"아무튼 성미를 건드리지 않는 편이 좋다는 건 맞아. 하지만 그건 어떤 상대든 그렇잖아? 너도 상인이었다면 상대가 어떤 이라도 웃고 있는 편이 좋다고 생각하겠지?"

"아… 아뇨, 때로는 화나게 할 때가 좋은 경우도 있습니다."

"호오."

"부, 분노는 판단을 둔하게 만드니까요. 때로는 일부러 적의 분노를 돋워서 판단을 그르치게 하는 쪽이 교섭에 도움이 되는 경우도 있습니다."

그렇군.

적의 분노를 말이지. 하지만 지금은 적 이야기가 아냐.

"자노바는 적인가?"

"아, 아뇨! 죄송합니다. 말꼬리를 잡는 짓을…!"

"신경 쓰지 않아도 돼. 내가 잘못했으니까. 그래, 적의 분노를 돕우는 게 좋을 때도 있지."

"예…. 물론 자노바 님은 적이 아니니까… 성미를 건드리지 않을 생각입니다만…. 저기, 저는 용병단에서는, 남을 화나게 만 해서…."

분명히 그는 호방한 강자가 많은 용병단에서 좀 붕 뜬 존재 였다.

겁쟁이에 남의 눈치를 보니까 그렇겠지.

아이샤의 소개로 그의 면접을 보았을 때는 심했다.

단장실에 나타난 그의 얼굴은 블루를 넘어서 화이트, 완전히 시체 같은 얼굴빛이었다.

자기가 무슨 실수를 저지른 거고 그것 때문에 벌을 받을 게 틀림없다는 식으로 이야기했기 때문에, 얼굴에는 뻣뻣한 미소 가 있었고 입에서 나오는 말은 아부 같은 말뿐.

정말로 이 녀석으로 괜찮을까 싶었다.

실제로 아이샤도 추천을 취소하려고 했다.

그는 상인으로서 낙오자.

즉, 실패한 인물이다.

실패한 녀석의 충고는 그렇게 도움이 되지 않는 경우가 많다.

왜 실패했는지는 잘 이해하지 못하니까 같은 짓을 거듭할 가 능성이 있다.

같은 실패를 경험해 온 내가 하는 말이니까 틀림없다.

하지만 만사에는 실패가 따르는 법이다.

많은 실패를 거듭해 온 자의 체험은 귀중하다.

게다가 실패를 실패인 채로 끝내 버리면 인간은 아무리 시간이 지나도 성장하지 않는다.

100퍼센트의 성공이 아니라도 좋다.

달성률이 60퍼센트 정도라도 합격점을 따면 세계가 바뀐다.

성공 체험은 사람을 바꾸는 것이다.

그에게 성공 체험을 심어 주면 분명 장래에 훌륭한 인재가 되겠지.

그러니까 나는 일부러 그에게 이 프로젝트를 맡기려고 한다.

"'그분'은 실패에 대해 관용적이고, 성공에는 정당한 대가를 주시지. 혹시 네가 이 프로젝트를 성공시킨다면 그대로 용병단의 상업 부문의 책임자가 될 수 있을 거야."

"제, 제게는 과분한 일입니다."

"그럴지도 몰라. 하지만 너는 이 프로젝트에 참가하는 걸 거절하지 않고 여기까지 왔어. 그게 답이야."

내가 한 말이지만, 참 멋진 마무리다.

"걱정할 거 없다냐. 자노바는 내 사제 같은 거다냐. 가슴을 펴고 있다가 무슨 일 생기면 나한테 말하면 된다냐. 그러면 다 된다냐."

그런 멋진 마무리를 또 한 명의 인물이 다 날려 버렸다.

리니아다.

프로젝트를 시작하는 자리에 어째서인지 그녀가 따라왔다.

장사에 일가견이 있다는 듯한 태도로.

리니아의 경우는 제대로 상인으로 활동하기 시작하기도 전에 망했는데, 마치 일가견이 있다는 태도를 해 봤자 초보 티나 간신히 낼 정도라고 생각하는데….

"단장님… 감사합니다. 든든합니다."

요제프도 그녀가 따라와 준 것에 안도하는 모양이고, 그녀에게도 입장이란 게 있을 테니까 일단 지금은 뭐라고 하지 않고 떠들도록 내버려 두었다.

하지만 너무 방해만 한다면 쫓아낼까 한다.

"그럼 들어가 볼까."

이 이상은 평행선일 테니까, 나는 자노바의 집 입구를 열었다.

"자노바, 저번에 이야기했던…."

아차 싶었다.

또 노크를 깜빡했다.

철컥 하고 열린 문 너머에서는 믿기지 않는 광경이 펼쳐져 있었다.

자노바의 집 1층, 그 안쪽에서는 자노바와 줄리가 앉아서 각자 인형을 만지작거리고 있었다. 이번에는 무릎 위에 앉아 있지 않았다.

그러니까 그건 괜찮다.

내가 들어왔을 때 움직임을 우뚝 멈춘 인물이 있었다.

진저다. 그녀는 귀여운 개 인형을 소중히 껴안고 있었다.

"왜, 왜 그러시는지요…?"

진저와 인형.

아니, 안 어울린다고 할까, 의외의 조합이다.

봐선 안 되는 것을 본 기분이 들었다.

분명히 진저는 이런 것에 흥미가 없다고 생각했다.

어쩌면 자노바가 왕족이 아니게 되면서 심경의 변화가 있었을지도 모르지.

응. 차분하게 생각해 보니, 믿을 수 없다고 할 정도도 아니었나.

사람의 취미를 뭐라고 해선 안 되지.

"캬하하하! 기사가 인형 같은 걸 안고 있다냐! 애처럼… 냐아?! 보스, 뭐 하는 거냐, 잠깐….'

나는 리니아를 쫓아냈다.

참고로 수족에게는 마물이나 동물의 모형을 상대로 사냥 연습을 하는 놀이가 있다. 정말로 어린애들이 하는 놀이다.

그러니까 어쩔 수 없다. 그녀는 진저의 취미를 비웃는 게 아니다.

수족의 상식에 따른 언동을 했을 뿐이다.

그렇긴 해도 듣는 쪽 사람은 기분이 좋지 않겠지. 진저는 부끄러운 듯이, 불편한 얼굴을 하고 있었다.

좀 변호해 줘야지.

"어흠, 좋은 인형이군요. 어디서 구입하셨습니까?"

이런, 좀 자노바 같은 말이 되었나.

"…아슬라 왕국에서 들어온 수입품입니다. 작가는 벤저고, 모피 조각을 사용하여서 이런 인형을 만든다나요."

"벤저입니까. 진저와 이름이 비슷하네요."

"예. 그래서 마음에 들어서… 그렇게 애 같습니까?"

"설마요. 분위기 못 읽는 고양이의 말은 신경 쓰지 마세요. 녀석은 취미라는 것을 모르는 겁니다. 진저 씨는 좋아하는 것을 마음껏 사랑하면 됩니다."

"…예, 감사합니다."

그런 대화를 하고 있자, 자노바가 아주 보기 좋은 것을 보았다는 얼굴을 하는 게 느껴졌다.

취미의 늪에 빠진 친구를 보는 오타쿠 같은 얼굴이다.

진저가 인형에 흥미를 가져서 기쁜 거겠지.

뭐, 개 모양의 봉제인형이니까 자노바가 좋아하는 인형의 범주와는 다르지만.

"루데우스 님, 그쪽 분은?"

"아, 소개할게. 자노바."

"예."

자노바를 부르자, 그는 곧바로 일어나서 옷에 묻은 부스러기 같은 것을 탁탁 털더니 이쪽으로 왔다.

그 뒤에 줄리가 얌전히 따라왔다.

"이 사람은 요제프. 용병단 중에서 특히나 장사에 밝은 남자야. 인형 판매에 대한 조언가로 네게 붙여 줄게."

"흠."

자노바의 안경이 반짝 하고 빛났다.

요제프를 품평하는 듯한 시선이다.

줄리도 조심스럽게 요제프를 올려다보았다. 귀엽다.

"스승님. 실례입니다만 그는 인형에 대해 얼마나?"

"전혀 몰라."

"호오."

자노바의 눈썹이 꿈틀 하고 움직였다.

"다름 아닌 스승님이시니 뭔가 생각이 있으시겠지요. 왜 인형에 대해 문외한인 그를?"

어쩐 일이지.

자노바라면 군소리 없이 그를 받아들이리라고 생각했다.

스승님이라면 뭔가 생각이 있을 테니 일부러 여쭙지 않겠습니다, 라는 식으로.

"실례, 하지만 들어두고 싶습니다. 저도 장난으로 하는 일이 아니니까요."

"물론 설명할게."

자노바도 진심으로 이 일을 하려는 거겠지.

올스테드의 밑에 들어가서 팩스의 원수를 갚는다.

그 일에 착수하기 위해 각오를 단단히 하였다.

결코 예술을 이해하지 못하는 놈이 자기 일에 간섭하는 것을 원치 않는다는 이유로 이런 말을 하는 게 아니다.

그렇지?

"일단 원래 상인이었기 때문에 장사에 밝다는 점. 두 번째로는 상인으로 한 차례 실패한 적이 있기에 신중하다는 점. 인형에 대해 전혀 모르기에, 초보의 시선으로 만사를 생각할 수 있다는 점."

"초보의 시선으로, 입니까?"

"그래. 이번 프로젝트에서 인형을 팔 상대는 너 같은 호사가만 있는 게 아냐. 주로 그쪽에 대해 모르는 이들이지. 경우에 따라서는 인형에 전혀 흥미가 없는 상대도 대상이 될 거야. 그런 상대에게 어떻게 팔 것인가… 뭔가 아이디어를 내놓았을 때, 초보인 그라도 '아, 그거라면 나도 사겠다'라는 식으로 생각하지 않으면 팔 수 없어."

"그렇군요! 역시나 스승님입니다. 분명히 예술을 넓히려면 때로는 아이 같은 시선도 필요하지요."

자노바가 그렇게 말하자, 줄리도 고개를 끄덕였다.

아무튼 자노바에게서 OK가 나온 거겠지.

뭐, 아직 아무것도 안 했으니까 뭐가 OK인 것도 아니겠지만.

"요제프. 이 사람이 자노바야. 앞으로 네 상사가 되겠지."

"아, 예! 잘 부탁드리겠습니다! 성심성의껏 노력하도록 하겠습니다!"

요제프는 용병단 특유의 인사를 하였다.

리니아의 교육이 잘 이루어지는 것일까, 꽤나 보기 좋은 인사다.

"음, 자노바다. 함께 손을 잡고 인형을 세상에 퍼뜨려 보자."

자노바는 그렇게 말하고 그와 악수를 하였다.

그런데 자노바, 목적을 착각하면 안 돼.

인형을 퍼뜨리는 것도 물론 중요하지만, 용병단과 별개 루트의 자금 획득이나 상업적인 조직의 획득, 기술자를 육성하는게 목적이거든?

뭐, 그것도 표면적인 이유고, 내 목적은 루이젤드와 재회하는 것이지만.

아니, 장사라고 해서 꼭 인형이어야만 할 이유도 없으니까….

"그럼 얼른 첫 점포를 세우기 위한 작전회의를 할까."

서로 인사도 마쳤으니 일 이야기를 시작하자.

"일단 이것들이 주력으로 밀 상품이야. 이것을 주로 서민들에게 팔고 싶어."

자노바의 집 1층, 공방으로 꾸민 그곳의 큼직한 책상 위에나는 루이젤드 인형과 한 권의 그림책을 내려놓았다.

책의 내용은 루이젤드의 영웅담이다.

노른이 쓴 것이다.

"이야기책과 인형을 동시에 판다."

전부터 준비했던 아이디어다.

물론 책의 판매는 노른의 허가를 받았다.

이 세계에 저작권은 없지만, 그런 쪽을 확실히 해야지.

"그렇군요…."

요제프는 책을 손에 들더니 가볍게 내용을 확인했다.

"악마라고 불리는 스펠드족이 사실은 종전에 기여한 영웅이었다… 라는 이야기입니까. 괜찮겠습니까? 이런 것을 팔아도?"

"허락은 받았어."

"…누구의?"

"그야 물론 페르기우스 님이지."

요제프의 얼굴이 굳었다.

그럼 누구의 허가를 받는단 말이야? 등장인물 중에서 유일하게 생존한 인물이라고.

초상권이 있는 것은 그뿐이다.

뭐, 이 세계에 초상권이란 건 존재하지 않지만.

"저기, 미리스교로부터 압력이 온다면요?"

"그래. 마족을 찬미하는 내용을 판매하는 걸 싫어하는 녀석은 있을 거야. 하지만 스펠드족을 악마 취급했던 것은 꼭 미리스교만의 이야기가 아니고, 작중에서도 미리스교의 성서에서 말씀을 가져오기도 하고 주인공의 행실이 미리스교의 가르침으로 봐도 옳다고 되어 있어."

노른은 미리스 교도니까 작중에 미리스교의 가르침을 몇 구절 넣었다.

리스펙트는 되었다.

내용을 잘 읽어 보면, 미리스교가 훌륭한 종교임을 이해할 수 있을까.

뭐, 훌륭하다고 해도 나는 입교하지 않겠지만. 아내가 너무 많아서.

"그렇습니까…. 저는 미리스 교도가 아니라서 모르겠습니다만, 그런 거라면 괜찮겠지요."

실제로는 내용과 관계없이 뭐라고 하는 놈들이 있겠지.

하지만 그런 놈들을 일일이 상대할 필요는 없다.

나는 이걸 팔고 싶다. 스펠드족의 명예를 회복하고 싶다.

그들은 그걸 파는 것을 바라지 않는다. 스펠드족의 명예 따윈 알 바 아니다.

양쪽 다 양보할 생각이 없다면 싸울 수밖에 없다.

"아무튼 이것들을 팔 때 어디에서 어떻게 파는 게 보다 효과적인가… 요제프, 너의 기탄없는 의견을 듣고 싶어."

요제프는 잠시 인형과 책을 교대로 보았다.

이윽고 고개를 들더니 분명히 말했다.

"이래서는 안 팔립니다."

오오, 이거 놀랄 말.

"이 자식…!"

"아니아니, 잠깐만."

자노바가 한 걸음 나서려는 것을 간신히 붙들었다.

그의 이야기를 들어봐야지.

"책이란 것이 폭발적으로 팔리는 일은 일단 없습니다. 왜냐하면 글을 읽을 줄 아는 사람 자체가 그리 많지 않습니다. 호사가도 아니고 그냥 보통 사람들에게 파는 거죠? 왕후귀족 상대라면 어느 정도 팔리겠지만, 서민들에게라면 어렵겠지요…."

왕후귀족이나 호사가에게는 팔릴 가능성이 있나.

단순히 돈을 버는 목적만이라면 그래도 좋다. 하지만 내 목적은 다르다.

한정된 상대에게만 전달되면 의미가 없다.

으으음….

"스승님, 한 가지 잊고 계시지 않습니까?"

"응?"

그때 자노바가 안경을 반짝 하고 빛냈다.

아니, 안경이 빛나는 건 자노바의 의사가 아니다. 한 걸음 앞으로 나왔으니까 빛이 반사된 거다.

"스승님은 이전에 이런 것을 붙여서 파는 것도 좋겠다고 말씀하셨던 것 같습니다만…."

자노바가 그렇게 말하며 요제프가 손에 든 그림책을 가져오더니 파라락 페이지를 넘겼다.

그렇게 펼친 곳은 권말 페이지, 그걸 보자 요제프가 숨을 삼켰다.

"이건… 글자 연습표입니까?"

그래, 이건 글자 습득용 표다.

글을 읽는 법칙이나 쓰는 순서, 연습하는 방법 등도 적혀 있다. 이것만으로 모든 글자를 술술 해독할 수 있는 건 아니지만, 이것을 보고 공부하면 간단한 문장 정도는 읽을 수 있게 된다.

분명히 말해서 상당한 야심작이며 실적도 있는 물건이다.

길레느 데돌디어가 글을 읽을 수 있기까지의 이론을 표로 정리한 것이라고 하면, 그 훌륭함을 이해할 수 있겠지.

"글자 교본은 각국에 따라 다양합니다만, 이건 알기 쉽군요. 이게 붙어 있으면 문맹률 문제는 통과했다고 봐도 좋겠죠."

요제프는 감탄한 것처럼 고개를 끄덕였다. 부끄럽네.

하지만 요제프는 다음으로 인형을 보고 눈썹을 찌푸렸다.

"하지만 책과 인형을 동시에 판다는 것은 솔직히 별로 좋은 생각 같지 않습니다. 책을 탐내는 사람과 인형을 탐내는 사람은 별개니까요…."

"그렇겠네."

생각해 보면 당연한 일이다.

책을 사러갔는데 부피 있는 인형도 따라오면 곤란할지도 모른다.

"아니, 그건 해 보지 않으면 모르지. 특히나 앞으로 글을 배우려고 하는 아이에게 사 주는 사람도 많을 터. 아이가 흥미를 보일 만한 인형을 붙여주는 것은 꼭 틀렸다고만 할 수 없어."

"그렇군요, 아이라…. 그도 그렇군요."

자노바의 의견에 요제프가 수긍했다.

"하지만 그렇다면 더욱 아이가 탐낼 만한 인형으로 하는 편이 좋지 않을까요? 이 인형은 너무 억센 느낌이라."

요제프는 그렇게 말하면서 인형의 머리를 붙잡았다가, 머리카락 부분이 벗겨지는 것을 보고 움찔 몸을 떨었다.

"영웅을 동경하는 남자애라면 이 정도가 딱 좋지 않을까?"

"하지만 세상의 아이가 모두 남자인 것도 아니죠. 여자애가 탐낼 만한 인형도 있는 편이 좋을 것 같습니다."

여자애가 탐낼 만한 인형이라.

바ㅇ처럼 패셔너블한 인형일까. 아니면 마스코트처럼 작고 귀여운 걸까. 여자애의 수요를 잘 모르겠다. 다음에 루시한테 어떤 걸 갖고 싶냐고 물어볼까.

그렇긴 해도 어느 틈에 요제프는 흠칫거리지 않게 되었군.

의외로 자노바랑 잘 맞는 걸지도 모르겠다.

나는 잠시 입을 다물고 두 사람의 대화를 들어보기로 할까.

"그리고 판매 형태는 어떤 형식을 상정하고 있습니까?"

"일단은 평범하게 가게에서 팔까 한다. 재고가 늘어나게 되면 노점으로 파는 것도 좋겠지."

"노점입니까, 그건… 아니, 모험가 중에는 글을 못 읽는 사람도 많으니까 좋겠지요. 그들은 학교에 다닐 여유도 없고요."

"가게 장소는 어디가 좋을 것 같나?"

"기본적으로는 사람이 많이 오가는 장소겠지만, 이번 장사의 목적에는 '기술사를 늘린다'는 것도 있다고 들었습니다. 그럼 이곳 샤리아에서는 일단 공방거리에 가게를 두는 것도 좋지 않을까요?"

"공방이라는 측면을 강조한다는 것이로군. 대량생산 준비라면 해 두었고, 자금에 여유가 생기면 대로에 가게를 내어 단숨에 방출한다."

"그렇습니다. 문제는 대로의 어디에 가게를 세우는가…. 상업 길드도 신참이 갑자기 돈을 풀어서 좋은 입지를 차지하면 기분 좋을 리가 없겠지요. 하지만 장소는 중요하니까…."

"흠…. 그럼 아예 아슬라 왕국이 좋지 않을까?"

"부, 분명히 아슬라 왕국에 가게를 둘 수 있다면 집객력은 샤리아와 비교도 안 됩니다만… 수송비용을 생각하면 현실적이지 않습니다. 여기서 아슬라 왕국까지 몇 달이 걸릴지…."

"아니, 그럼 아슬라 왕국에서도 만들면 되지. 다행히 나도 스승님도 차기 아슬라 왕과 아는 사이. 샤리아보다 활동하기 쉬워지겠지."

"수수께끼 많은 분이라고는 들었습니다만…. 아뇨, 그렇군요. 저 '용신의 오른팔'이라는 분이니까요. 아무튼 아슬라 왕국에서 실적을 쌓으면 샤리아에서도 장사를 하기 쉬워지겠고….”

나를 띄워주면서 두 사람은 착착 이야기를 진행시켰다.

자노바가 요제프의 이야기를 듣고 감탄하면서 생각을 정리한다.

요제프는 용병단에 있을 때보다 활기찬 모습이다.

음, 이렇게 보면 요제프를 고르길 잘했다고 생각된다.

계속 불안한 기색으로 면접을 받는 그를 보았을 때는 이래도 괜찮나 싶었는데, 역시 그는 장사를 좋아하는 거겠지.

좋아하기에 잘하게 된다.

또 실수할지도 모르지만… 그건 그거대로 좋다.

“일단, 그런 계획으로 갈까요. 회장님, 그러면 되겠습니까?”

이런, 이야기를 안 들었다.

힐끗 진저와 줄리를 보았다.

줄리는 잘 이해가 안 가는 건지 조금 불안한 얼굴이다.

진저는 문제없지 않냐는 얼굴.

“진저 씨, 당신은 어떻게 생각합니까?”

“저도 조금 공부했을 뿐이라서 확실히 말하긴 어렵습니다만… 들어보기로는 잘 될 것 같습니다.”

호오, 공부했나.

대단하네, 진저 씨.

나도 짬을 내어서 공부해야만 하려나. 그럴 짬이 있다면 좋겠는데.

"그래. 나도 장사에 대해서는 잘 몰라서 판단이 서지 않아. 일단 아이샤에게 계획이나 상황을 말해 보고 괜찮다는 말이 나오면 그걸로 가 보자."

여기선 일단 아이샤에게 물어보러 가는 걸로 하고, 그때 문제없도록 확인하자.

그때까지는 이 세계의 상업에 대해 조금 공부해 둘까. 뭐, 벼락치기에 불과하겠지만.

벼락치기로 만사를 판단하기보다는 아는 것을 판단 재료로 삼자.

일단 조언자인 요제프가 괜찮다고 했다.

아이샤에게서 우수하다는 평을 받은 요제프가 말이다.

그리고 그걸 책임자인 자노바가 동의했다.

그럼 더 위에 있는 내가 취할 행동은 그걸 승인하고 경과를 지켜보는 것뿐이다.

"자노바, 요제프. 너희에게 다 맡기는 꼴이라서 미안하지만, 장사와 관련된 것은 너희에게 맡기겠어. 궤도에 올려줘."

"예!"

"아, 알겠습니다!"

"필요한 물자, 필요한 인재, 필요한 연줄이 있으면 거리낌 없이 말해 줘. 어떻게든 해 볼 테니."

전부 떠넘길 생각은 없다.

뭣하면 내가 일을 진행시키고 싶을 정도지만, 나는 나대로 해야 할 일이 많아졌다.

모든 것을 내 손으로 할 수도 없다.

부하를 신뢰하고 사업을 맡긴다. 이러는 일도 앞으로 많아지겠지.

이것은 그 첫걸음이다.

"그런데 회장님, 가게를 갖는다면 가게 이름도 필요하리라고 생각합니다만, 어떻게 하시겠습니까?"

"어… 그럼 자노바 상점으로."

이렇게 자노바 상점은 발족했다.

"아."

이야기가 정리되어 돌아가려던 때에, 문 틈새로 엿보는 눈과 시선이 마주쳤다.

잊고 있었다.

"미안. 잊고 있었어."

문을 열고 그렇게 말하자, 리니아는 젖은 눈으로 나를 보았지만 곧 추욱 어깨를 늘어뜨렸다.

"뭐, 요제프가 받아들여진 모양이라 다행이다냐."

"오오, 평소와 달리 어른스러운 반응."

"당연하다냐. 나는 용병단의 보스니까냐. 부하가 다른 곳에서 얕보이거나 학대당하지 않게 하는 것도 일이다냐."

그렇군. 왜 따라왔나 했더니, 그런 이유였나.

이거 아무래도 쫓아내서 미안하군.

아무튼 잠깐 안 본 사이에 리니아에게도 조직의 우두머리로서의 자각이 싹튼 것이겠지.

그 점을 기쁘게 생각하면서 나는 귀로에 올랐다.

자노바 상점의 첫 점포는 공방거리에 설치되었다.

공방거리 외곽에 있는 창고를 개조한 것이다.

마법도시 샤리아에서는 아무래도 본사＋공방업무가 주된 업무고, 앞으로 아슬라 왕국 쪽으로 판로를 넓힐 계획이다.

아리엘 쪽에게 협력 요청이 필요하겠지.

아무튼 루이젤드 인형의 판매계획은 내 손을 떠났다.

아직 내 손 근처에서 떠돌고 있기는 하지만, 잘 되기를 빌자.

제3화 크리프와 마법대학 학생회

그날, 크리프는 교무실을 찾아갔다.

이제 곧 졸업이라서 특별생으로서의 연구 논문을 제출하기 위해서였다.

크리프의 연구 논문의 내용은 '저주를 억제하는 마도구에 관한 연구'.

이 연구 논문은 제출된 그 자리에서 교직원들이 서로 돌려보면서 크게 칭찬할 정도였다.

바로 질문회나 토론이 발생하고, 교무실이 열광에 휩싸일 정도였다.

이것은 역사에 남을 연구 성과라고 교사 중 누군가가 말한 것을 크리프는 확실히 들었다.

하지만 수석교사 지너스는 말했다.

"이 정도의 연구 성과를 남겨 주었는데 미안하지만… 이미 수석 졸업자는 결정되었다."

올해 수석 졸업자는 네리스 공국의 브루클린 폰 엘자스라는 인물이다.

크리프는 그 인물의 이름을 알고 있었다.

최근 몇 년 동안 시험에서 크리프와 경쟁했던 인물이다.

크리프는 한 번도 그에게 진 적이 없었던 것을 기억한다.

"미안하군. 이 자리에서 해야 할 말이 아닐지도 모르지만, 자네는 올해 졸업생 중 누구보다도 우수한 성적을 거두었어. 그건 자랑해도 좋아."

크리프는 그 이야기를 듣고 "그렇습니까. 알겠습니다."라는 말만 남기고 교무실을 떠났다.

이전의 크리프라면 그 자리에서 격노하며 소리쳤겠지.

하지만 7년 동안 크리프도 변했다.

학업에 힘쓰고, 친구와 만나고, 신부로서 일하면서 여러 일을 경험하고 이해했다.

학교에는 입장이라는 게 있다. 경영에도 돈이 든다. 나라는 강대하고, 사람은 평등하지 않다.

그리고 사람은 그것들을 받아들이며 살아갈 수밖에 없다.

더 말하자면 '마법대학 수석 졸업자'라는 간판에 그렇게 가치를 느끼지 않았다.

크리프의 친구 중에는 그런 것을 가지지 않아도 훌륭한 인물도 있다.

지금 그 인물은 '용신의 오른팔'이라는 간판을 가지고 있지만, 그건 그가 원해서 손에 넣은 게 아니다.

단순한 행동의 결과에 불과하다.

그래, 행동의 결과다.

그걸 생각하면 간판만 추구하는 것도 웃기는 짓이라고 크리프는 생각했다.

"휴우…."

불만이 있다면 연구가 불완전했던 것일까.

〈저주를 억제하는 마도구에 관한 연구〉

이 타이틀이 조금만 변했으면, '억제'라는 글자가 '제거'였으면, 크리프는 아무런 불만도 없었겠지.

하지만 아쉽게도 크리프는 연구를 완성시킬 수 없었다.

물론 전혀 성과가 없는 것은 아니었다. 엘리나리제나 올스테드에게서는 꽤나 저주가 완화되었다는 감사의 말을 들었다.

하지만 본래 목적과는 아직 거리가 멀었다.

"⋯⋯."

크리프는 복도의 창문으로 다가가서 밖을 보았다.

거기에는 7년 전과 거의 다를 바 없는 마법대학의 모습이 있었다.

'생각해 보면 여기에 온 직후에는 훨씬 더 우쭐했었지⋯.'

당시의 크리프는 자기를 천재라고 믿어 의심치 않았다.

몇 년 동안 몇 번이나 꺾이면서 스스로가 대단치 않은 인물이라고 깨닫게 되었다.

학업 성적을 보자면, 일반적인 레벨과 비추어봐서 우수하긴 하다.

이 학교에 온 직후의 크리프라면 어쩌면 그것을 확인하고 자신만만한 태도로 주위를 상대로 거만하게 굴었을지도 모른다.

지금의 크리프는 그걸 과시할 생각이 없었다.

아니, 딱히 비하할 생각도 아니었다.

이 7년 동안 크리프에게 너무나도 농밀하고, 얻기 어려운 경험이 많았다.

엘리나리제와의 결혼, 저주의 연구, 루데우스의 저택에 있던 기묘한 인형, 마대륙에서의 싸움, 마안의 수여, 크라이브의 탄생⋯.

정말로 많은 일이 있었고, 자신은 그것들과 진지하게 맞서서 하나씩 뛰어넘었다.

그렇기에 얻은 것이 있었다. 그것은 자신에게 재능이 있었기 때문에 얻은 것이 아니다.

그렇게 생각하게 되었다.

그런 경험을 얻은 덕분인지, 미리스교의 수습 신부로 일할 때에도 신도들에게서 평가가 좋았다. 당신은 젊은 나이임에도 사람들의 마음을 잘 알아주시는 분이다. 장래에 훌륭한 신부님이 되실 것이다. 그런 이야기를 들은 적도 있다.

샤리아의 교회를 맡은 신부님에게서도 신부로서의 면허를 얻는 동시에 "당신은 어디에 가든 잘 해낼 수 있겠지요."라는 이야기를 들었다.

분명 7년 전 모습 그대로 있었으면 그렇지 않았겠지.

"휴우…."

크리프는 입가에 미소를 띠었다.

나는 내가 그렸던 인물이 된 것이 아니다.

하지만 과거에 그렸던 인물보다 지금의 내 쪽이 훨씬 낫다.

"하지만, 어떻게 해야 할까…."

연구 논문을 제출하고 졸업식까지 얼마 남지 않은 지금. 크리프는 루데우스에게 '졸업식 때까지 대답을 하겠다'라고 대답하였다.

하지만 아직 답은 나오지 않았다.

미리시온으로는 돌아가고 싶다.

하지만 아내와 자식이 생겼다.

크리프의 양친은 미리스 교단의 항쟁으로 죽었다. 구체적으로 말해서 미리스 교황인 할아버지의 항쟁이다. 크리프가 미리시온으로 돌아가는 것은 엘리나리제와 크라이브를 위험에 빠뜨리는 짓이다.

그렇게 고민하는 크리프에게 루데우스는 한 가지 답을 제시했다.

미리스 교단의 일원으로서 올스테드를 도와달라고.

동료가 되어달라고.

그걸 위해 필요한 출세를 도와주겠다고.

엘리나리제와 크라이브를 지켜 주겠다고.

그렇게 말했다.

과거의 크리프라면 몰라도 지금의 크리프는 스스로에게 그 정도의 가치가 있다고 생각하지 않는다.

하물며 루데우스는 대단한 녀석이다.

처음에 만났을 때에는 '뭐지, 이 녀석은?'이라고 생각했었지만, 그는 진지하고 노력가다.

크리프가 체험한 '얻기 어려운 경험'도 태반은 루데우스 덕분에 얻은 것이라고 해야겠지. 그런 그가 힘을 빌려주겠다고 말한 것은 분명 크리프를 친구라고 생각하기 때문이겠지.

아무튼 고민할 것도 없는 이야기다. 엘리나리제와 크라이브를 지키고, 올스테드라는 커다란 뒷배를 얻어서 미리스 교단에서 출세가도를 달릴 수 있다.

크리프의 목적에 맞는다.

그런데 왠지 싫었다.

왜 그게 싫은 건지는 크리프 자신도 아직 알지 못했다.

나는 어쩌면 좋을까. 나는 어쩌고 싶은가. 그걸 알 수 없어서 고민하고, 그때마다 엘리나리제에게 위로받는 매일이었다.

"조금 더 돌아다녀 볼까."

논문을 제출하고 바로 돌아갈 생각이었던 크리프는 발길을 돌렸다.

이대로 돌아가면 또 평소와 똑같겠지.

그건 좋지 않다.

미리스 님은 말씀하셨다. '자식을 얻는 것이 사람들의 운명이라면 기피할 것 없다, 하지만 빠져서는 안 된다.'

또 이렇게도 말씀하셨다. '그대, 고민할지어다, 고민에게서 도망치면 안 된다.'

고민에게서 도망쳐서 엘리나리제에게 빠져서는 안 된다는 소리다.

미리스교의 가르침에는 '항상 마음을 편하게 가질지어다.'라는 말도 있으니까, 너무 고민하다가 스트레스가 쌓이는 것도 좋지 않다.

하지만 슬슬 결정해야 할 때겠지. 루데우스에게 뭐라고 대답할지를.

"어째야 할까⋯."

엘리나리제와 의논해서 정한다고 크리프는 말했다.

하지만 엘리나리제는 그런 크리프의 감정에 대해 아무런 언급도 해 주지 않았다.

스스로 생각하라고 말했다.

쌀쌀맞게 내던지는 게 아니라, 다정하게 타이르듯이.

그럼 분명 이것은 크리프 자신이 생각해서 답을 내놓아야만 하는 일이겠지.

엘리나리제는 장수한다. 크리프의 몇 배나 살았고, 크리프의 몇 배나 산 자식까지 있다.

인생 경험이라는 의미에서 크리프는 애기나 마찬가지겠지.

그래도 크리프를 어린애 취급하지 않고, 사랑하는 남편으로 봐 준다.

그럼 크리프도 거기에 부응해야만 한다는 마음이었다.

"할 수 있어, 나는 천재니까."

크리프는 입버릇처럼 그렇게 말했다.

과거에는 믿어 의심치 않던 말. 지금은 스스로에게 기합을 넣기 위해 하는 말.

이미 자기가 천재가 아니라는 것은 알고 있다.

하지만 이 말을 하면, 천재라고 믿던 당시의 기분이 되어서 기운이 솟아난다.

"—야, —가 —해—!"

"……음?"

문득 크리프는 복도에서 뭔가 말다툼 하는 듯한 소리를 들었다.

물론 이 마법대학에서는 다툼이 그리 드물지 않다. 평소의 그라면 다툼 따위는 그냥 무시했겠지. 하지만 그때의 크리프는 그쪽으로 가 보려고 계단을 내려갔다.

다투는 목소리 중에 아는 목소리가 섞여 있었기 때문이다.

"그러니까! 우리가 해야 할 일입니다!"

"그렇습니다! 자기 뒤처리는 자기가 해야 합니다! 우리 손으로 학교를 지키죠!"

조그만 소녀를 에워싸고 몇몇 학생이 소리를 치고 있었다.

그렇긴 해도 겁주려는 건 아니었다.

아무래도 결정권은 그 작은 소녀에게 있어서, 다른 학생들이 소녀에게 부탁하는 듯했다.

그리고 크리프는 그 소녀를 잘 알았다.

"부탁입니다, 회장!"

"보내주세요, 노른 회장!"

노른 그레이랫.

그녀는 주위 학생들 앞에서 떨떠름한 얼굴을 하고 있었다.

"노른, 왜 그러지? 무슨 문제라도 있나?"

노른을 포함한 전원이 크리프 쪽을 보았다.

동시에 노른의 표정이 다소 누그러졌지만, 그녀가 말하기 전에 다른 학생들이 앞으로 나섰다.

"너는 뭐냐!"

"이건 학생회의 문제다!"

크리프와 비슷한 키의 소녀와 크리프의 두 배는 될 듯한 수족 청년.

그들의 얼굴은 크리프도 알고 있다.

이번 학생회 멤버다.

"잠깐 비켜 주세요, 두 사람 다!"

노른이 두 사람 사이를 비집고 앞으로 나왔다. 혹시 이 자리에 루데우스가 있었으면 '노른이 포럼을 헤치고 나왔다' 같은 허튼 생각이나 할 만한 동작이었다.

"죄송합니다, 크리프 선배. 이 애들이 지금 좀 흥분해서."

"크리프 그리몰⋯. 이 녀석이? 육마련 중 하나인?"

"이 녀석이라고 하지 마세요. 제가 많이 신세 진 분이니까요!"

"⋯실례했습니다."

수족 청년은 그렇게 말하면서도 여전히 크리프 쪽을 노려보았다.

이전의 크리프라면 그 시선을 받고 적대심을 품거나 겁을 먹었겠지.

하지만 지금 크리프는 더 무시무시한 것을 알고 있다. 그 자리에 있기만 해도 공포심을 품게 하는 존재를 알고 있다. 올스테드나 아토페와 비교하면 이 수족 청년은 갓난아기나 마찬가지였다.

"그래서 무슨 일이지? 괜찮다면 가르쳐 줄 수 있나?"

"저기… 실은 최근 학교 안에 유령이 나온다는 소문이 있습니다."

"흠."

그 소문은 크리프도 들은 적이 있었다.

밤이면 밤마다 신음소리 같은 게 들린다든가, 덜컹덜컹 하는 소리가 들린다든가, 반투명한 존재를 봤다… 같은 것이다.

실제로 마력고갈 상태로 쓰러진 학생도 발견되었다는 모양이다.

그렇긴 해도 이 마법대학에서 연습 과다로 쓰러지는 학생은 드물지 않고, 유령 이야기도 흔히 있는 소문에 불과하다고 생각했는데….

"그래서, 저기… 조사해 보았더니 사용되지 않는 지하 창고 안쪽에 엄중히 봉인된 문이 있었고… 그걸 열었더니 스켈레톤이 나왔습니다."

마치 뭔가를 감추기라도 하듯이 노른은 중간중간 말을 멈추면서 크리프에게 설명했다.

크리프는 노른이 뭔가를 숨기고 있다고 눈치챘으면서도 거기에 대해 언급하지 않았다.

"그건 섣부른 짓이었군. 엄중히 봉인되었다면 그만한 이유가 있겠지."

크리프가 그렇게 말하자, 학생회 한 명이 윽 하는 소리를 내었다.

트윈테일을 한, 시건방진 느낌의 여학생이었다.

아무래도 그녀가 문을 연 장본인인 모양이다.

"일단 문은 선생님께 부탁해서 다시 봉인했습니다만…."

그 다음부터가 문제였다나 보다.

문의 봉인은 성급 결계 마술이었다.

그 성급 결계 마술을 빠져나와서 레이스는 밖으로 나왔다. 아마도 고위급 레이스가 지하창고 안쪽에 숨어 있는 거겠지.

그런고로 학교는 마술사 길드와 연락을 취해서 즉각 토벌대를 조직…하고 싶었지만, 여기서 문제가 발생했다.

레이스의 토벌은 초급 신격 마술로도 충분하지만, 고위급 레이스라면 이야기가 다르다.

혹시 창고 안에 있는 것이 A랭크의 데들리 레이스라면, 상급 이상의 신격 마술이 필요해진다. 하지만 그 상급 신격 마술사는 마술사 길드에 없었다.

그래서 학교는 어쩔 수 없이 모험가 길드에 연락을 취하여 상급 신격 마술사를 데려오려고 했는데, 미리스 대륙이라면 몰라도 여기 북방대지에 상급 신격 마술사가 그리 흔하게 다닐리가 없다.

더불어서 마술사 길드도 그 행동에 제지를 걸었다. 다른 도시의 지부에 있는 신격 마술사를 불러오면 끝날 일이다. 모험가 길드에서 마술사를 빌리면 우리 체면이 망가진다, 라고.

하지만 다른 도시의 지부에 있다는 신격 마술사도 바로 이동할 수 있을 리가 없다.

그런 식으로 시간이 지나고… 희생자가 나오기 시작했다.

재봉인이 별로였던 걸까, 아니면 원래 봉인이 깨지고 있는 걸까. 그건 알 수 없다.

희생자가 된 것은 평범한 일개 여학생이었으며, 레이스의 습격으로 마력이 뽑혀서 혼수상태에 빠졌다. 증상은 단순한 마력 고갈로, 목숨에는 지장이 없어서 다음날에는 복귀했다.

하지만 그 날을 시작으로 희생자는 계속 늘어나게 되었다.

일단 현재 레이스는 봉인되어 있고, 하루 중 한정된 시간만밖에 나와서 학생들을 습격하는 모양이다. 하지만 레이스라는 마물은 인간의 마력을 먹으며 점점 강해진다고 한다. 이대로 학생이 계속 습격당하면 언젠가 힘을 기른 레이스가 봉인을 깨뜨리고 스켈레톤들과 함께 기어 나오겠지.

그렇게 되었을 때의 피해는 헤아릴 수 없다.

"그러니까 아예 지금 학생회가 지하로 쳐들어가서 레이스를 토벌해야 한다는 의견이 나와서…."

"저는 초급 신격 마술을 쓸 수 있습니다!"

"저는 공방거리에서 레이스에게 효과가 있다는 무기를 사 왔습니다!"

"이럴 때를 위해 마술을 배운 겁니다!"

"회장, 허가를!"

레이스는 꼭 신격 마술로만 토벌할 수 있는 건 아니다.

보통 공격 마술로도 어느 정도 효과가 있고, 마력부여품 무기나 마도구를 쓰면 대미지를 줄 수 있다.

그러니까 토벌이라는 점에서 반드시 신격 마술사가 필요한 것은 아니다.

"흐음, 그렇군. 너도 그 의견에 찬성인가?"

"저는 반대입니다. 우리만으로 해결할 수 있는 상대라면 마술사 길드도 선생님들도 상급 신격 마술사를 기다리지 않을 테니까요."

"맞는 말이다."

아무리 수단이 있다고 해도 신격 마술이 가장 유효하다는 사실은 틀림없다.

숙련된 모험가는 어지간한 사정이 있지 않는 이상 신격 마술 없이 레이스와 싸우려고 하지 않겠지.

그만큼 위험한 상대다.

하물며 고위급 레이스라면 만만히 보다가 이쪽이 간단히 전멸할지도 모른다.

그때 노른이 어두운 표정을 하였다.

"하지만 이대로 학생들의 피해가 늘어나는 것도 간과할 수 없습니다…."

실제로 학생 중에 피해자가 나왔기 때문에 노른도 강하게 반대할 수 없었다.

더 말하자면 학생회 멤버들은 이러니저러니 해도 우수한 학생이 많다. 그들이라면 혹시나… 노른이 그렇게 생각할 정도로. 하지만 동시에 자신의 오빠나 다른 이들과 비교해서 미숙하다는 것도 부정할 수 없어서 쉽게 판단을 내리지 못하는 것이다.

"어쩌면 좋을까요…."

눈썹을 찌푸리며 고민하는 노른.

"흥, 그런 건… 아니, 그래…."

크리프는 순간 '왜 루데우스에게 의논하지 않지?'라고 말하려다가 말을 삼켰다.

왠지 모르게 노른의 마음이 이해되었다.

분명히 루데우스에게 말하면 이 문제는 금방 해결되겠지.

그는 신격 마술의 달인이 아니지만, 그 공격 마술은 제급이다. 크리프가 보기에 신급에 달한다고도 여겨진다. 레이스 한두 마리 정도 정리하는 거야 일도 아니겠지.

하지만 분명 그래선 안 되는 거겠지.

그녀에게 그것은 해서는 안 되는 일이다.

그 이유는 말로 설명할 수 없지만, 지금의 크리프는 왠지 모르게 그 마음이 이해되었다.

"좋아, 그럼 이렇게 하지. 혹시 네가 좋다면의 이야기지만…."

"……?"

"내가 힘이 되어 주지."

"예?"

크리프가 그렇게 말하자 노른은 놀란 얼굴을 하였다.

"그래, 크리프 선배라면 상급 신격 마술을 쓸 수 있으니까…."

크리프는 신격 마술을 상급까지 취득하였다.

중급 이상의 신격 마술은 미리스 교단의 허가가 없으면 가르칠 수 없기 때문에, 마법대학에서는 가르치지 않는다.

하지만 크리프는 교황의 손자다.

예외적으로 신격 마술을 가르치도록 허가가 나왔다.

고로 마법대학은 특별강사를 초빙하여 크리프에게 상급 신격 마술을 가르쳤다.

그 특별강사는 이미 학교에 없지만, 크리프는 아직 졸업하지 않았다.

"회장, 이건 학생회의 일입니다! 아무리 육마련의 크리프 님이라고 해도, 일반학생을 끌어들여선 안 됩니다."

"그래요! 우리끼리 해야 합니다! 안 그러면 또 '이번 학생회는 남의 힘만 빌리는 무능한 집단이다~'라고, '노른 회장에게 힘이 없다'고 놀림받습니다!"

방금 전에 크리프의 앞을 가로막았던 두 사람이 저마다 반대했다.

하지만 노른은 두 사람을 노려보았다.

"그런 것보다 다음 희생자가 나오지 않는 쪽이 중요해요!"

노른이 따끔하게 말하자, 두 사람은 기세를 잃었다.

"게다가 저는 모두가 다음 희생자가 되지 않을지 불안합니다."

"회장….."

"노른 회장….."

노른은 다시 크리프의 눈동자를 보았다.

강한 눈이었다. 과거에 크리프를 찾아왔을 때, 루데우스가 베가리트 대륙에 갔을 때, 그녀는 그런 눈을 하고 있지 않았다. 길 잃은 어린양이라는 말이 잘 어울리는, 불안과 두려움의 눈이었다.

하지만 1년, 또 1년의 시간이 지나면서 조금씩 변한 것을 크리프는 보았다.

그녀는 일이 생길 때마다 크리프가 있는 교회를 찾아와서 참회를 하고 푸념을 늘어놓았기 때문이다.

"크리프 선배, 부탁드려도 되겠습니까?"

"그래."

루데우스가 때때로 '노른은 훌륭해졌다'고 기쁜 듯이 말하는 것을 들었지만, 크리프가 들은 것은 참회나 푸념이었기에 별로 실감이 없었다.

하지만 이번에는 그런 모습이 살짝 보인 듯했다.

그리고 그렇게 훌륭해진 후배가 자기 오빠가 아니라 그에게 부탁하는 것을, 크리프는 기쁘게 생각했다.

"그럼 지금부터 지하창고로 침입하겠습니다! 하지만 어떻게 안 될 것 같다 싶으면 바로 철수하겠습니다. 알겠나요!"

"예!"

이렇게 크리프는 학생회 멤버와 함께 지하창고로 가게 되었다.

학교 지하창고.

마법대학은 역사가 오래 되어서, 창립한 지 200년 이상의 세월이 지났다.

그 정확한 햇수는 여기에 기록하는 것을 피하겠지만, 크리프나 혹시 학생회 멤버에게 물어보면 즉각 답을 들을 수 있겠지.

아무튼 마법대학은 창립 이후로 건물의 증개축을 거듭하며 거대한 맘모스 학교가 되었다.

구역이 정리된 것은 그 당시의 교장이나 건축가가 유능했기 때문이 틀림없다.

하지만 아무리 유능하더라도 거듭되는 증개축의 파도에 밀려서 다 정리되지 않은 부분이 시간과 함께 드러나게 되었다.

그중 하나가 이 지하창고였다.

건물 구석에 몇 개 존재하는 이 창고에는 마법대학의 역사가 담겨 있다.

200년 전의 마술지팡이라든가, 150년 전의 스크롤이라든가, 100년 전 교장의 가발이라든가, '당시에는 더 쓸 수 있을지도 모른다고 남겼는데, 쓸 기회가 없었던 것'이 잡다하게 방치되어 있다.

말하자면 쓰레기장이다.

학생회장이 노른으로 바뀐 뒤, 그 쓰레기장에 메스를 들이대게 되었다.

이 창고의 쓸모없는 물건을 정리하면 공간이 생긴다. 그걸 리모델링하여 학생의 로커룸으로 만들자는 안건이 나온 것이다.

안 쓰는 방의 쓰레기 청소. 노른답게 수수한 정책이다.

하지만 현재의 마법대학은 학생이 너무 늘어났다.

학생의 개별 로커가 부족해진 것도 사실이다.

물론 반대하는 교사는 있었다.

그 창고에 있는 것은 역사 있는 물건들뿐이며, 그중에는 가치 있는 것도 존재한다. 그렇게 간단히 버려도 될 게 아니라고.

하지만 그 반대는 '정말로 가치 있는 것이라면 더더욱 창고 안에 방치할 수 없다'라는 말에 봉쇄되었다. 그렇게 학생회는 예산을 투자하여 학교 안에서 아르바이트생을 모집, 창고 정리를 개시하였다.

이 계획은 비교적 호의적으로 받아들여졌고, 보수가 나오는 탓도 있어서 학생들도 적극적으로 참가했다.

그리고 그런 아르바이트생 중에서 희생자가 몇 명 나왔다.

"그렇게 되어, 저희 학생회는 책임을 느끼고 있습니다."

노른은 램프를 한손에 들고 크리프에게 그렇게 말했다.

"뭐, 이야기를 듣기로는 학생회가 책임을 느낄 필요는 없을 듯하지만."

창고 청소를 시작하기 전부터 희생자는 조금씩 나왔다.

결계를 다시 쳤어도 희생자는 계속 늘어났다.

창고 안에 있는 레이스가 힘을 길렀다는 증거겠지.

학생회가 창고 청소를 제안했든 안 했든, 결국은 레이스가 결계를 깨뜨리고 나왔겠지.

오히려 조기발견으로 이어졌다고 긍정적으로 볼 수도 있다는 소리다.

"우우~…."

크리프의 말에 신음소리를 낸 것은 한 소녀였다.

방금 전에 노른에게 대들던 트윈테일 소녀.

그녀는 50센티미터 정도 길이의 완드를 두 손으로 움켜쥐고, 지하창고로 이어지는 어둠을 노려보고 있었다.

입은 꾹 다물었지만, 그 모습은 다소 겁먹은 기색이었다.

봉인된 문을 처음으로 발견한 것은 그녀였다. 문의 봉인을 깨뜨린 것도 그녀다.

그녀가 문을 연 순간 스켈레톤이 쏟아져 나왔던 것이다. 그녀와 함께 있던 학생은 허를 찔려서 다쳤고, 그 자리에서 전투가 벌어졌다. 첫 스켈레톤은 간신히 파괴했지만 곧바로 부활했다. 소동이 일어나고 다른 학생회 멤버들이 차례로 달려와서 간신히 초급 결계 마술로 틀어막을 수 있었다. 성급 결계 마술을 쓸 줄 아는 선생님이 올 때까지 그렇게 버티긴 했지만, 문의 봉인을 깨뜨릴 때 함께 있던 그녀의 친구는 다치고 말았다.

혹시 사태가 악화되면 그대로 2차 재해가 일어났을지도 모르는 상황….

안에 레이스가 있는 줄 몰랐다고 해도, 반쯤 장난으로 봉인을 풀었다는 사태도 부정할 수 없기에 본래 퇴학 처분을 받을 수도 있는 사태였다.

하지만 노른은 그녀를 감쌌다.

유령 이야기와 이번 사건을 결부시켜서, 유령을 찾다가 지하 창고 문에 도달했다는 식으로 거짓말을 했다.

실제로 파괴된 스켈레톤은 신격 마술로 완전히 재가 될 때까지 몇 번이고 되살아나서 공격해 왔다.

스켈레톤을 조종하는 레이스가 있다는 증거다.

레이스가 있는 건 틀림없고, 학생들을 습격한 것도 레이스가 틀림없겠지.

그러니까 노른의 거짓말도 꼭 아니라고만 할 수 없다.

그렇긴 해도 역시 문을 연 그녀는 큰 책임을 느끼고 있는 모양이었다.

"…으스스하군."

크리프도 그녀를 따라서 어둠 안쪽을 보았다.

봉인된 문은 이 안쪽에 있다. 스켈레톤 소동이 있어서 창고 정리는 중지되었고, 지금은 학생회의 이름으로 출입금지 처분이 내려졌다.

크리프는 문득 예전 일이 떠올랐다.

루데우스와 함께 현재의 루데우스 저택을 탐색했을 때의 일이.

그때의 크리프도 지금 이 소녀처럼 긴장해서 벌벌 떨고 있었다.

"너, 이름이 어떻게 되지?"

"어, 저, 저요?"

"그래."

"시라인데요."

왜 묻냐는 듯이 날카롭게 노려보았다.

마치 과거의 자신 같다는 생각에 크리프는 가볍게 웃었다.

"시라, 너는 이런 경험… 예를 들어 모험가로서 숲에 들어가거나 미궁에 들어가 본 적 있나?"

"없는데요! 육마련의 크리프 선배는 분명 풍부하겠지만요! 그래서 뭐요?!"

"아니, 나도 거의 없어."

크리프가 그렇게 말하자, 시라는 의아한 얼굴을 하였다.

"다만 경험이 풍부한 녀석에게 이야기를 들은 적이 있지. 이런 곳에 들어갈 때, 초심자는 많은 일을 하려고 하지만 그럴 수 없다. 그러니까 한 가지 일만 확실히 수행해라, 라고."

그건 스텝트 리더를 따라 모험에 나섰을 때였던가, 아니, 그로부터 며칠 뒤에 루데우스와 저택을 탐색할 때였다. 루데우스에게 '적을 보면 신격 마술로 격퇴해 달라'라는 지시가 나왔던 게 떠올랐다.

크리프는 그 지시만을 생각하였고, 실제로 인형이 공격해 오려던 때에 신격 마술을 쓸 수 있었다.

그래, 초심자는 많은 일을 할 수 없다.

"이 중에서 마물과 싸우는 것에 익숙한 자나 모험가로 활동했던 사람 있나? 있으면 손을 들어 줘."

그러자 일곱 명의 학생회 멤버 중 두 명이 손을 들었다.

한쪽은 수족 청년이고, 다른 쪽은 인간.

수족은 숲에서 사는 경우도 많으니까 마물과의 싸움에 익숙하다.

다른 쪽의 인간은 아마 모험가였겠지.

"좋아, 그럼 너희가 지시를 내려 줘. 그 이외의 사람은 미리 역할을 정해두자."

"어이, 크리프 선배."

"뭐지?"

"회장이 신세 진다고 말씀하셨으니 너무 깐깐히 굴 생각은 없지만, 우리는 네 부하가 아냐."

크리프는 몇 초 정도 정지했다.

하지만 이런 타입은 자기가 뭐라고 해도 헛수고라고 곧 깨달았다.

"그렇군. 그럼 노른, 네가 지휘해."

"어어, 딱히 누가 해도 되는 것 아닌가요. 저도 마물하고 싸우는 것에 익숙한 게 아닌데요…."

"하지만 회장입니다!"

"뭐, 그렇네요…. 그럼 네델과 의논해서 역할을 정하겠습니다."

노른은 시키는 대로 방금 손을 든 학생과 이런저런 이야기를 나누기 시작했다.

"네델, 당신은 원래 모험가였죠. 모두의 특기는 제가 알려줄 테니까, 누가 어떤 역할을 맡을지 의견을…."

크리프가 방금 전에 목청을 높인 수족 청년을 바라보자, 그는 이게 당연하다는 기세였다.

실제로 파티의 역할 분담을 결정하는 노른의 모습은 그럴 듯했다.

누가 어떤 마술을 잘 쓰고, 마술 이외에 뭘 할 수 있는가.

그런 것을 잘 기억했다가 척척 역할을 정하였다.

과거의 노른이라면 그렇게 주도권을 갖게 되었을 때, 허둥거린 끝에 어쩌면 좋을지 몰라서 고개만 숙였겠지.

하지만 지금은 다르다.

결코 완벽하다고 할 수 없다. 허둥대는 일도 많다. 하지만 갑작스러운 말에도 주위의 힘을 빌려서 그럭저럭 처리했다.

결코 유능하다고 할 정도는 아니지만, 그래도 해내고 있다.

"좋아… 그럼 이런 느낌입니다. 여러분, 알겠지요?"

"예!"

역할이 정해지고, 학생회 멤버와 크리프는 어두운 지하창고를 향해 발을 옮겼다.

문은 돌로 만들어진 것이었다.

무거워 보이는 돌문에는 푸르스름하게 빛나는 마법진이 새겨져 있었다.

성급 결계 마술.

마법대학의 교사 중에서 성급 결계 마술을 쓸 줄 아는 건 한 명밖에 없다. 학교 안에 설치된 결계 마술의 조정이나 정비는 그의 몫이다.

"마법진에 문제는 없는 모양이군."

크리프는 마법진을 조사하면서 그렇게 말했다.

크리프가 쓸 줄 아는 결계 마술은 중급까지지만, 저주의 연구나 자리프의 의수의 개발, 마도갑옷의 제작을 거치면서 마법진에 대해서 꽤나 해박해졌다. 적어도 마법진이 확실히 작동하고 있는가의 여부는 보면 바로 알 수 있고, 일시적으로 정지시키는 방법도 짐작갔다.

시간을 들여서 해독하면, 이 성급 결계 마술의 마법진도 습득할 수 있겠지.

물론 크리프는 질서를 존중하는 남자다. 가능하다고 해도 금지된 일은 하지 않는다.

크리프가 교사가 쓴 성급 결계 마술을 훔쳐 익혔다면 교사에게 폐가 가겠지. 고로 성급 결계 마술을 습득할 생각은 없었다.

미리스 신성국으로 돌아가면 얼마든지 배울 수 있으니까.

"해제는 가능하다. 들어갈 수 있어."

"알겠습니다. 여러분, 준비 되었나요?"

노른의 말에 학생회 멤버들이 무기를 고쳐 들었다.

어떤 이는 코를 실룩거리고, 어떤 이는 눈을 빛냈다.

인간에 수족에 호빗에 마족.

인간뿐이었던 아리엘 학생회와 달리 노른 학생회는 종족만 보면 개성 넘친다.

아마도 인간이 아닌 이가 이렇게 학생회에 많은 것은 마법대학 역사상 처음이겠지.

"그럼 열어 주세요."

노른의 말에 크리프는 마법진의 요소 중 하나에 칼집을 내었다.

소리도 없이 꺼지는 마법진의 빛.

광원은 학생회 멤버가 가진 칸델라 불빛만 남았다. 어둑어둑한 공간에 희미하게 떠오른 돌문.

그 문에 수족 청년이 달라붙었다.

"으읍… 끄오오오오오오!"

수족 청년이 포효하자, 돌문이 그르르 소리를 내면서 열렸다.

사람이 한두 명 정도 지날 수 있을 정도로 열린 돌문.

전직 모험가인 네델이 칸델라로 문 안쪽을 비추면서 슬며시 안으로 들어갔다.

그 뒤를 이어서 다른 이들도 진입했다.

전원이 들어오자, 수족 청년이 또 문에 달라붙어서 그르르 소리를 내며 문을 닫았다.

물론 완전히 닫은 것은 아니다.

만일을 생각해서 한 명이 간신히 지날 수 있을 정도로 남겨두었다.

또 지하창고 입구에는 출입금지 간판을 세워놓았고, 돌문에는 '학생회 조사 중, 잠시 동안 재봉인을 하지 말아 주세요'라는 종이도 붙여두었다. 혹시 완전히 닫았다간 살펴보러 온 교사가 재봉인할 위험도 있었다.

혹시 루데우스가 있었으면 그런 것을 깜박했다가 갇힐 수도 있겠지만, 여기에 있는 학생회 멤버는 누군가의 장난이나 괴롭

힘으로 그렇게 갇힌 경험이 있는 자도 많기 때문에 그런 방향으로는 빈틈없었다.

"……."

고요한 지하창고.

하지만 귀를 기울이자 멀지 않은 장소에서 덜걱덜걱 하는 소리가 들려왔다.

안쪽에 스켈레톤이 있다.

"그럼 각자 역할대로."

노른의 말에 수족과 호빗 청년이 선두로 나서서 걷기 시작했다.

두 사람은 손에 강철 메이스를 쥐었다. 뼈인 스켈레톤에게는 이런 타격 무기가 유효하다. 고로 학생회 멤버들은 전원이 마술지팡이나 메이스를 들고 있었다. 타격과 마술로 스켈레톤을 제압하면서 안에 있을 레이스를 노린다.

"음! 회장, 물러나세요!"

수족 청년이 날카롭게 외쳤다.

잠시 뒤에 덜걱덜걱 소리가 커지고, 하얀 그림자가 천천히 칸델라 불빛 안에 나타났다.

하얀 인골이 이족보행으로 걸어왔다.

스켈레톤이다.

과거에 어떤 이유로 죽은 누군가의 사체는 학생회 멤버를 발견하자, 몽둥이를 쳐들었다.

그와 동시에 안쪽에서 덜걱덜걱, 덜걱덜걱 소리를 내며 스켈레톤 몇 마리가 모습을 보였다.

"물러나지 않겠습니다, 여러분, 요격을!"

노른의 말에 수족과 호빗이 메이스를 크게 휘둘렀다.

스켈레톤은 몽둥이를 쳐들고 공격해 왔지만, 그 움직임은 완만했다. 스켈레톤의 능력은 생전의 능력과 비례한다. 아마도 이 시체는 그리 대단한 사람이 아니었겠지.

"흠!"

수족의 메이스에 스켈레톤은 박살나서 지면에 쓰러졌다.

하지만 곧 다시 덜걱덜걱 소리와 함께 뼈가 재생되었다.

안쪽에 있는 레이스를 쓰러뜨리지 않는 이상, 스켈레톤은 무한하게 계속 부활한다.

"안쪽으로!"

노른의 외침에 학생회 멤버들은 스켈레톤을 걷어차면서 안쪽으로 들어갔다.

다행스럽게도 스켈레톤들 중에는 날카로운 움직임을 보이는 녀석은 없어서, 별로 고생하지 않고 안으로 들어갈 수 있었다.

제일 안쪽… 거기에는 제단이 있었다.

과거에는 뭔가가 비치되어 있었을 제단에 지금은 아무것도 없었다.

그저 그 위에 반투명한 존재가 있을 뿐이었다.

그 존재에게는 다리가 없었다.

"왜… 왜… 왜…."

그렇게 중얼거리고 있었다.

레이스다.

"왜… 왜… 왜…."

레이스는 낡은 로브를 펄럭이면서 천천히 이쪽으로 다가왔다.

바짝 마르고 반쯤 썩어 버린 그 얼굴에서는 아직 젊음이 느껴졌다.

레이스는 순간 놀란 표정을 보였지만, 일행을 보더니 온몸의 털이 곤두설 정도의 표정으로 비명을 질렀다.

"끼이이이이아아아아아아아!"

"우, 우와아아!"

"레, 레이스…!"

학생회 멤버 중 몇 명이 그 목소리에 자지러진 기색이었다.

거의 동시에 제단 주위에 있던 뼈가 소리를 내며 떠올라서 스켈레톤이 되었다.

또 뒤에서는 방금 전에 파괴한 스켈레톤이 살아나서 공격해 왔다. 학생회 멤버는 스켈레톤들에게 앞뒤로 포위된 꼴이 되었다.

하지만 거기까지는 예상하였다.

"아얏?!"

학생회 멤버 중 하나가 갑자기 발목에 고통을 느꼈다.

내려다보니 거기에는 작은 뼈가 있었다.

길이는 20센티미터 정도일까.

쥐다.

쥐의 뼈다.

쥐의 백골이 돌아다니며 발목을 문 것이다.

"우와, 쥐, 우와, 우와아아아아아!"

그녀는 스켈레톤 랫을 떨쳐 버리려고 비명을 지르며 다리를 들고, 손에 든 마술지팡이를 휘둘렀다.

스켈레톤 랫은 한 마리가 아니었다.

수십 마리의 쥐가 학생회 멤버들의 발치로 우르르 몰려들었다.

"어! 우왓!"

"꺄아!"

진형이 무너졌다.

"지, 진정하세요! 일단 인간형의 스켈레톤이 우선? 이 아니라, 어어, 철수하는 편이…?"

예상 밖의 적의 출현으로 공황에 빠진 이들을 노른이 진정시키려고 했지만, 그녀도 우선순위를 알 수 없어서 혼란스러워하며 자기 발치를 뛰어다니는 상대에게 메이스를 휘둘렀다.

그동안에도 인간형 스켈레톤이 포위망을 좁혀서 학생들에게 다가왔다.

"……."

파티 전체가 정신없는 상황에도 크리프는 냉정했다.

'랫은 몰라도 인간형 스켈레톤의 움직임이 느리고, 레이스도 별다른 힘을 가진 것으로 보이지 않는다….'

혹시 A급의 데들리 레이스라면 스켈레톤 랫을 소환한 뒤에 연이어서 마술로 공격해 올 터이다. 혹은 거리를 좁혀서 힘을 흡수하든가.

하지만 그런 모습은 없었다. 그저 제단 위에서 새된 소리를 지를 뿐이었다.

그 새된 소리도 그리 무섭지 않았다. 마대륙에서 만났던 그 말귀가 안 통하는 마왕과 비교하면 여학생이 지르는 비명소리로밖에 들리지 않았다.

예상과 달리 이 레이스는 그리 강하지 않은 모양이다.

그런 생각이 스쳤지만, 예상만으로 대열에서 벗어나 전원을 위험에 빠뜨리는 짓을 크리프가 할 리가 없었다. 과거의 크리프라면 몰라도, 지금의 크리프는.

하지만 그건 어디까지나 예상이다.

크리프에게는 예상 이상의 것이 있었다.

"식별안!"

크리프는 안대를 벗었다.

순간 시야에 가득히 퍼지는 글자, 글자, 글자.

두통이 들 정도의 정보량 중에서 조금씩 보고 싶은 것으로 좁혀나갔다.

마계대제 키시리카 키시리스에게 받은 마안. 그 훈련을 빼먹지 않았지만, 루데우스만큼 제어할 수 있는 것은 아니었다. 분명 그 레벨에 도달하려면 더욱 세월이 필요하겠지.

하지만 그래도 필요한 때에 필요한 것을 볼 수 있을 정도는 되었다.

"……!"

보였다.

레이스에게 표시된 글자들이.

"내가 간다! 누가 원호를!"

크리프는 그렇게 외치고 무너지는 대열에서 뛰쳐나갔다.

목표는 레이스. 그 사이에는 두 마리의 스켈레톤.

크리프는 오른쪽에 있는 스켈레톤의 허리에 메이스를 풀스윙으로 꽂았다.

골반이 깨지고 그 자리에 무너지는 스켈레톤.

"'엑소시스트레이트'!"

뒤에서 한 발 늦게, 왼쪽에 있는 스켈레톤에게 하얀 빛이 날아갔다.

스켈레톤은 신격 마술의 일격을 맞고 가루가 되었다.

크리프는 돌아보지 않았다. 하지만 목소리만으로 그 마술을 쓴 것이 노른임을 이해하였다.

크리프는 몇 걸음 더 달려가면서 주문을 외우기 시작했다.

"어머니 되시는 대지에 은혜를 내리는 우리의 신이여! 이치에 등을 돌리는 어리석은 자에게, 큭!"

순간적으로 시야 밖에서 스켈레톤이 뛰어들었다.

스켈레톤은 끝이 뾰족한 몽둥이를 크리프에게 찔렀다.

크리프는 몸을 비틀어서 그걸 피하려고 했지만, 순간적인 일이라서 완전히 피하지 못하고 그것을 옆구리에 맞았다. 격통이 척추를 뚫고 지나갔지만, 크리프는 이를 악물고 눈앞에 있는 존재를 보았다.

이미 레이스는 사정권 안에 있었다.

"신벌을 내려주소서! '엑소시스트레이트'!"

크리프의 마술지팡이에서 빛덩어리가 사출되었다.

그것은 충분한 속도로 레이스에게 직진해서… 직격했다.

"키에에에에에아아아아아아!"

레이스가 단말마의 비명을 남기고 사라졌다.

반투명한 몸이 갈갈이 찢어지고, 빛의 입자가 되어서 소멸했다.

그와 거의 동시에 스켈레톤도 실이 끊어진 꼭두각시 인형처럼 무너졌다.

"어?"

"쓰러뜨린… 건가?"

영문을 모른 채 주위에 흩어지는 뼈를 내려다보는 학생회 멤버들.

크리프는 주위를 둘러보아 더 이상 움직이는 유령이 없는 것을 확인한 뒤, 옆구리를 누르며 무릎을 꿇었다.

"으으….'

"크리프 선배! 괜찮나요?!"

노른이 황급히 달려와서 치유 마술을 외웠다.

엷은 빛과 함께 크리프의 상처가 아물었다.

"후우."

크리프는 이마에 잔뜩 난 땀을 닦으면서 크게 숨을 내뱉었다.

"고맙습니다, 처음부터 끝까지….'

"아니, 어쩔 수 없었어. 스켈레톤 랫은 아무도 예상하지 않았지. 레이스가 약했던 것이 다행이었어."

"레이스가 약하다는 걸 어떻게 알았습니까?"

"나한테는 이게 있으니까."

크리프는 그렇게 말하고 안대를 손으로 두드렸다.

식별안으로 보인 글자, 거기에는 '레이스로군. 대단한 힘은 갖고 있지 않아.'라고 간결하게 적혀 있었다.

그래도 크리프가 뛰쳐나간 것은 일종의 도박이었다.

대단한 힘을 가지고 있지 않다고 했지만, 초급 신격 마술의 일격으로 쓰러뜨릴 수 있다는 보증은 없었다.

크리프의 힘이 부족했다면, 혹은 식별안으로 알아낸 '대단한 힘'이란 것이 어디까지나 마계대제 기준의 것이라서 실제로는 그럭저럭 강한 레이스였다면 크리프는 반격을 받아 죽었겠지.

레이스가 약하다는 것은 상황을 통해 추측하였지만, 확실하다고는 할 수 없었다.

고로 도박이었다.

"어찌 되었든 이걸로 레이스는 처리했다."

"그러네요. 감사합니다. 하지만 이상하네요. 이야기로는 성급 결계를 돌파할 정도로 강한 레이스가 있다고 했는데요."

"없어서 다행이지. 그냥 레이스만 해도 이 정도야. 혹시 강한 레이스가 있었으면 전멸했을 가능성도 있어."

얼떨떨한 얼굴이던 학생회 멤버들이 그 말에 울컥하는 표정을 하였다.

하지만 사실이기 때문에 뭐라고 반박할 수가 없었다.

스켈레톤 랫이 나온 것만으로도 그렇게나 허둥거렸다.

스켈레톤을 조종했던 것이 강한 레이스였다면, 스켈레톤의 움직임도 달랐을 테고 레이스 자체도 매섭게 공격해 왔을 것이다.

경우에 따라서는 학생회 멤버 전원이 스켈레톤의 동료가 되었어도 이상하지 않겠지.

"하지만 정말로 이상하군. 조사해 보는 편이 좋지 않을까?"

"그렇군요…. 그럼 여러분, 다른 스켈레톤이나 레이스가 없는지 주의하면서 이 자리를 조사해 보지요."

이렇게 레이스 처리는 끝나고, 방의 탐색이 시작되었다.

결론부터 말하자면, 레이스가 지상에 출현한 것은 쥐가 원인이었다.

방구석에 뻥 뚫린 쥐구멍을 잘 조사해 보니, 지상으로 이어져 있었다.

레이스가 그곳을 통해 빠져나가서 학생들을 습격했던 모양이다.

그리고 왜 이런 곳에 레이스가 있었나 하는 것은, 방구석에 떨어진 낡은 수기를 통해 판명되었다.

이것도 눈살이 찌푸려지는 이야기였다.

아무래도 이 장소는 과거에 마법대학의 중요한 마력부여품을 모아두는 장소였던 모양이다. 하지만 어떤 이유로 그 마력부여품이 이 장소에서 다른 곳으로 옮겨지게 되었다.

텅 빈 이 장소를 어느 교사가 학생들에게 청소하라고 시켰다.

학생들은 이곳을 청소하다가…… 갇히고 말았다.

갇힌 학생들의 주관으로는 교사가 악의를 품고 자기들을 가두었다, 는 것이었지만, 교사가 청소를 시켰던 것을 깜박하고 문을 잠가 버려서… 일 가능성도 있었다.

진실은 알 수 없다.

아무튼 학생들은 어떻게든 탈출하려고 애썼던 모양이다.

하지만 청소 지시를 받은 것은 학교에 입학한 지 얼마 안 되는 1학년이었는지, 혹은 단순한 낙제생이었는지, 탈출에 유효한 수단을 찾지 못한 채로 시간이 지나고….

그대로 아사했다.

잘 보니, 스켈레톤이 가졌던 무기가 청소도구의 잔해거나, 두개골의 숫자가 과거에 갇혔던 학생들의 숫자와 같은 것을 보면 아마도 진실이겠지.

그리고 여기서부터는 학생회 멤버들의 추측인데….

그들이 죽고 며칠 뒤에 교사가 돌아왔다.

교사는 조심조심 문을 열었다가 안에서 죽은 학생들을 발견.

자기 책임이 되는 것을 두려워하여 이런저런 이유를 붙여서 돌문에 결계 마술을 걸었다(혹은 남을 시켜서 걸게 했다).

그렇게 사건은 어둠 속에 묻히고, 학생들은 언데드가 되었다.

수백 년이 지나서 쥐가 창고까지 굴을 뚫어서 피해가 나오기 시작했다…라는 것이다.

지하창고가 쓰이지 않게 된 지 상당한 세월이 경과했기 때문에, 아마 당시의 교사도, 학생의 가족도 이 세상에 없겠지.

크리프는 그들의 뼈를 매장하고 정중히 위령해 주기로 했다.

그것이 미리스교의 신부인 자신이 유일하게 할 수 있는 일이라고 생각하고.

학생회 멤버들도 하다못해 같이 기도하고 싶다며 모두 따라왔다.

죽은 학생들 하나하나에게 묘를 만들고 성경 구절을 읊어 주었다.

학생회 멤버들도 차분한 표정으로 장례를 거들었다.

"이 사건, 학교 측은 어떻게 할 생각일까?"

"공표할 모양입니다. 수백 년 전의 사건일지도 모르고 유족도 못 찾을 테니까, 타격도 없을 거라면서."

"그런가…. 무시하고 넘길 줄 알았는데."

"지너스 수석교사님이 공표하는 편이 좋다고 주장하셨대요."

"음, 그분은 성실한 분이니까."

크리프도 지너스 수석교사에 대해서는 알고 있었다. 성실하고 말이 통하는 남자다.

실제로 이 남자가 수석교사가 된 뒤로 교원들의 종족 차별이 크게 감소했다는 말도 있었다.

평등하고 정의감이 강한 거겠지.

"그래, 그런데 노른, 한 가지 물어봐도 될까?"

"말씀하세요."

"혹시 네 기분이 상할지도 모르겠는데…."

"크리프 선배가 그렇게 말씀하실 정도면 꽤 큰 건가 보네요…. 몇 초 기다려 주시겠습니까? 조금 각오를 하겠습니다."

노른은 심호흡을 하고 가볍게 뺨을 두드리더니 "좋았어."라고 중얼거렸다.

그리고 크리프를 돌아보았다.

"말씀하세요."

"이번 일, 왜 루데우스에게 이야기하지 않았지?"

"예?"

노른은 순간 놀란 얼굴을 하였다.

"루데우스라면 나처럼 너희를 궁지에 빠뜨리는 일 없이 해결했을 텐데."

"…아, 그렇, 지요."

"역시 생각하는 바가 있었나?"

"뭐, 사소한 일로 오빠에게 부탁하지 않으려 하고 있어요. 아니, 제가 할 수 있는 일은 최대한 스스로 해야 한다고 생각합니다."

노른은 거기서 쓴웃음을 지었다.

"하지만 이번에는 오빠에게 부탁해도 좋았겠네요. 판단 미스입니다."

노른은 판단 미스라고 말했다.

하지만 크리프는 기억하고 있다. 노른은 오히려 반대했다.

자기들끼리 해결할 수 없다는 것을 알고 학생들을 막으려고 하였다. 노른이 판단을 그르쳤다면, 그건 이야기에 갑자기 끼어든 크리프 탓이겠지.

'혹시 내가 나서지 않았으면 루데우스에게 이야기했을 가능성도 충분히 있었나….'

"미안했다. 이상한 질문을 해서."

"아뇨⋯."

두 사람이 그런 대화를 하고 있자, 학생회 멤버들이 모여들었다.

"크리프 선배!"

굵직한 목소리로 그렇게 부른 것은 아까부터 크리프에게 시비를 걸던 수족 청년이었다.

그 옆에는 트윈테일 소녀도 있었다.

수족 청년은 그 억센 얼굴을 더욱 험악하게 만들면서 꾸벅 고개를 숙였다.

"선배의 힘이 없었으면 위험했습니다! 지난번에 무례한 태도를 보인 것을 사과드립니다!"

"죄송합니다!"

트윈테일 소녀도 고개를 숙였다.

"아니, 괜찮아. 무례하다고 할 정도도 아니었고."

"아뇨! 무례했습니다! 육마련이네 뭐네 해서 아니꼽게 보았습니다! 죄송합니다!"

"저도, 분명히 리니아 씨나 프루세나 씨와 비슷한 거려니~라고 생각해서⋯."

"⋯확실히 그건 무례하군."

크리프는 히죽거리는 고양이와 개를 떠올리며 이마를 짚었다.

그거랑 비슷하다고 여겨졌다면 경계하는 것도 무리가 아니다.

"하지만 사건이 해결되어서 다행입니다. 정말로 고맙습니다."

"이걸로 회장이 무능하다는 소리를 듣지 않을 수 있습니다!"

노른이 꾸벅 고개를 숙이자, 소녀가 농담하듯이 말했다.

"그러니까 너는 항상 그런 소리를."

"어, 하지만 회장의 성적이 그리 안 좋은 건 사실이잖습니까."

"성적이 좋지 않은 것과 능력의 유무는 관계없다. 회장은 훌륭한 분이야!"

"와아, 또 그런다. 수족은 툭하면 이런다니까! 회장, 회장, 하면서 꼬리를 흔들고, 한심해."

"뭐라고…!"

두 사람이 다투기 시작하자, 학생회 멤버들이 무슨 일이냐며 모여들었다.

대응은 제각각이었다. 놀리는 이도 있고 달래는 이도 있었다.

그것을 노른이 미소 지으며 지켜보았다. 막지 않는 것을 보면 그저 장난일 뿐이지, 사실은 사이가 좋은 거겠지.

크리프는 그들의 앞날이 문득 궁금해졌다.

수족 청년과 인간 소녀.

그들은 졸업한 후에 어떤 길을 걸을 것인가.

"무례에 대한 사죄랄 것은 아니지만, 너희에게도 좀 물어보고 싶은 게 있는데, 괜찮을까?"

"?"

"너희들, 졸업한 후에는 어쩔 생각이지?"

그렇게 묻자,

"나는 고향으로 돌아가서 마을에서 일할까 합니다. 마술사가 부족하니까요!"

크리프에게 몇 번이나 대들었던 수족 청년은 그렇게 말했다.

그는 수족이지만, 고향은 대삼림이 아니라 북방대지의 작은 농촌이었다. 거기서 유일하게 사는 수족 일가라서 사람들에게 백안시당하고 있지만, 그것을 불식시키기 위해서라도 자기가 노력해야 한다고 생각하였다.

"나는 귀족 집안이지만, 기사가 되고 싶습니다."

이건 수족 청년과 충돌하던 인간 소녀.

아직 졸업까지 많이 남은 그녀는 장래의 전망에 대해 깊이 생각하지 않았다.

하지만 그래도 막연히 마법대학을 다닌 것의 의미를 장래의 직업에서 찾으려 하고 있었다. 귀족 집안 따님으로 다른 귀족과 결혼하여 부인으로 살기보다는 마술을 다룰 기회가 많은 기사가 되는 것으로.

"나는 장사일까요. 작년에 졸업한 선배가 같이 해 보자고 권유했거든요."

마족 소년. 그는 내년에 졸업이라서, 지금은 학업 짬짬이 도시의 상회에서 아르바이트를 하며 상업을 배우고 있었다.

마술은 상인이라는 직업에게 꽤나 유용하여서, 졸업생 중에 상인을 지망하는 사람은 의외로 많았다.

"나는 아무 생각도 없어요. 뭐, 평범하게 모험가가 되지 않을까요?"

물론 졸업까지 많이 남은 사람들 중에는 이렇게 생각하는 이도 있다.

하지만 대개의 사람은 졸업이 가까워지면 이 학교를 떠난 뒤에 뭘 할지 진지하게 생각하게 되는지, 상급생일수록 막연하게나마 방향성을 찾아내는 이가 많았다.

그런 진로를 듣고 크리프는 문득 생각했다.

모두 다 다르다고.

"하지만 너희는 노른을 경애하고 있지? 졸업 후에 그녀를 위해 일하고 싶다는 생각은 하지 않나?"

"그건… 노른 회장이 그래달라면 물론 그것도 생각하겠습니다만, 애초에 우리도 회장이 어쩔지 모르고…."

그리고 학생회 멤버들의 시선이 노른에게 모였다.

"어? 저 말인가요?"

"그래. 네 희망 진로를 듣고 싶군."

그러자 노른은 턱에 손을 대고 잠시 생각했다.

"아직 멀었으니까 그렇게 확실히 생각한 건 아니지만요."

"일단 지금의 생각을 들려줘."

"그렇군요, 졸업할 즈음에 할 수 있는 일 중에서 저에게 맞는 일을 찾아내고 싶습니다."

"잘 생각하고 있지 않나."

노른답게 견실한 생각이었다.

"…뭐 하고 싶은 일은 없나?"

"하고 싶은 일 말인가요?"

"너의 경우, 루데우스에게 부탁하면 얼마든지 좋아하는 일을 할 수 있겠지?"

크리프가 그렇게 말하자, 노른은 조금 화난 얼굴을 하였다.

오빠는 관계없습니다. 그렇게 말하는 듯한 얼굴이었다.

크리프도 자신이 실언을 했다는 것을 깨달았지만, 그가 자기 의견을 사죄하기 전에 노른이 다음 말을 하였다.

"저는 이 학교에서 많은 것을 배웠습니다. 그래서 제가 뭘 할 수 있게 되었는지 알고 싶습니다. 그러니까 진로를 정하는 건 졸업 직전이 되겠지요."

"……!"

그 말은 크리프의 뇌수를 찔렀다.

와 닿는 것이 있었다.

자기 고민, 자기가 하고 싶은 일.

그래. 루데우스의 제안을 승낙하면, 분명히 크리프는 미리스 교단에서 출세할 수 있겠지. 원래부터 교황의 손자라는 입장도 있어서 별로 고생하지 않고 상응하는 자리에 앉을 수 있을 것이다.

그때 분명히 크리프는 생각할 것이다.

무엇을 위한 7년이었냐고.

마법대학에서의 7년, 자신은 뭘 위해 공부하고 뭘 위해 살고 뭘 위해 '얻기 어려운 경험'을 하였는가, 라고.

이 7년 동안의 '얻기 어려운 경험'에 의미가 있었을까, 라고.

분명히 루데우스라는 얻기 어려운 친구를 얻었다.

하지만 그렇다고 자기 자신이 전혀 변하지 않은 것은 아니지 않는가, 라고.

그렇다.

알고 싶다.

확인하고 싶다.

내가 배운 것이나 내가 얻은 것이 올바를까.

"노른."

"예? 말씀하세요."

"고맙다. 이번에는 네게 배웠군."

크리프가 부드럽게 웃었기에 노른은 놀랐다.

하지만 곧 웃음을 돌려주었다.

그녀는 손을 앞으로 모으고 등을 쭉 펴서 자세를 갖추고,

"아뇨, 저야말로 지금까지 크리프 선배에게 많은 것을 배웠습니다."

꾸벅 인사를 했다.

루데우스가 없을 때, 노른은 크리프에게 몇 번이나 도움을 받았다.

크리프로서는 기껏해야 이야기를 들어주는 정도였겠지만, 노른은 감사하고 있었다.

미리스 교도의 선배로서 푸념을 들어 주고, 마음가짐을 가르쳐 주고, 공부를 봐 주고….

노른이 의지한 것은 크리프만이 아니지만, 그래도 크리프에게 도움을 받았다고 생각했다.

"조금 이르지만, 졸업 축하드립니다. 정말로 지금까지 고마웠습니다."

노른의 말에 학생회 멤버들도 고개를 숙이고 저마다 "축하드립니다."라고 말했다.

그들로서는 단순히 노른을 따라한 것뿐이겠지.

하지만 그 말에서는 분명히 경의가 느껴졌다.

"…으음, 그래."

크리프는 다소 멋쩍은 기색이면서도 겸손을 부리지 않았다.

"고맙군."

미소 지으면서 그렇게 말했다.

그날 밤, 크리프는 침대에 누워서 낮에 있었던 일을 돌이켜 보았다.

옆에는 엘리나리제가 누웠고, 또 그 옆에는 크라이브가 쿨쿨 자고 있었다.

엘리자리제는 눈을 감고 있지만, 아직 깨어 있었다.

눈을 감고 있는데 왜 깨어 있냐면, 크리프의 몸을 부드럽게, 사랑스럽게 쓰다듬었기 때문이다.

"리제."

크리프는 크라이브가 깨지 않도록 조용한 목소리로 그녀를 불렀다.

엘리나리제는 대답을 하지 않았다.

다만 쓰다듬던 손을 멈추고 크리프의 어깨 근처에 가만히 자기 머리를 올렸다.

뭔가요? 라고 말하지 않아도 안다.

크리프가 옆을 돌아보자, 그녀의 아름다운 얼굴이 눈에 들어 왔다.

크리프는 사람을 얼굴로 고르는 법이 아니라고 생각했다. 하지만 그래도 처음 보았을 때부터 그녀는 아름답다고 생각했다. 얼굴로 결정해선 안 된다고 알면서도 그녀를 원했다.

그녀는 생각했던 것과 달랐지만, 생각 이상으로 아름다웠다.

얼굴만이 아니라 마음과 삶이.

"루데우스에게 뭐라고 대답할지 정했어."

크리프가 그렇게 말하자, 엘리나리제는 크리프의 손을 잡았다.

부드럽게 맞잡았다.

"나는 말이지, 루데우스에게 감사하고 있어. 그 덕분에 나는 그럭저럭 괜찮은 인간이 되었다고 생각해. 아직 제몫을 하는 정도까지는 아니지만."

엘리나리제는 아무 말도 하지 않았다.

그녀는 크리프의 말을, 특히나 진지한 이야기를 들을 때는 이렇게 아무 말도 하지 않고 귀를 기울였다.

"너와 이렇게 자식을 만들고, 행복한 생활을 보내는 것도, 절반 정도는 그 덕분이라고 생각해. 물론 그는 부정하겠지. 왜인지 그는 나에게 한 수 접어 주는 태도를 보이니까. 크리프 선배의 노력 덕분입니다, 라고 말하겠지."

"그러니까 말이야, 리제. 나는 루데우스가 곤경에 처했다면 도와줄 거야. 그럴 때마다, 몇 번이든지. 나의 힘은 루데우스의 발끝에도 못 미치겠지만, 그래도 뭔가 할 수 있을 테니까. 그가 할 수 없어도 내가 할 수 있는 일은 반드시 있을 테니까."

"그리고 그가 할 수 없고 내가 할 수 있는 일이란 것은 그와 같은 일을 하거나 그의 비호 밑에 있으면 분명 늘어나지 않을 거라 생각해."

"그의 친구로서 그에게 힘이 되어 주기 위해서라도, 나는 내 발로 걸어가야 한다고 생각해. 내 손으로 원하는 것을 손에 넣고, 손에 넣은 것을 지켜가야 한다고 생각해."

크리프의 입에서 나오는 말에는 확고한 이론이 있는 게 아니었다.

분명 그렇게 생각하는 것뿐이다.

"나는 실감이 필요해."

실감.

그래, 크리프는 실감이 필요했다.

자기가 해낼 수 있다는 실감. 자기는 제몫을 하는 인간이라는 실감. 7년 동안 얼마나 성장했다는 실감. 자기 손으로 엘리나리제나 크라이브를 지켜낼 수 있다는 실감.

그런 것을 미리스 교단이라는 조직 안에서 확인하고 싶었다.

물론 그것은 이기심에 불과하다.

정말로 진심으로 엘리나리제나 크라이브를 지키고 싶다면, 처음부터 루데우스의 손을 빌려서 올스테드라는 뒷배를 얻는 편이 확실하다.

하지만 그게 아니다.

그랬다간 크리프는 분명 언젠가 자신감을 잃어버리겠지.

진짜 궁지에 빠졌을 때 자기 생각에 따라 움직이지 못하고 굳어 버리겠지.

있지도 않은 누군가의 지시를 기다리다가 기회를 놓치겠지.

그런 것을 크리프는 확실히 말로 설명할 수 없었다. 다만 막연하게 자기가 그럴 거라고 예상하고, 그런 건 싫다고 생각했다.

그리고 엘리나리제는 그걸 이해했다.

"크리프는 그렇게 생각하는군요."

"잘못일까?"

"아뇨. 하지만 한 가지만. 당신의 손 안에는 이미 제가 있어요. 그리고 저는 적을 쓰러뜨리는 검도, 몸을 지키는 방패도 될 수 있어요. 무기는 안 쓰면 손해지요."

"음, 그래."

무기나 방어구는 몸의 연장선이라는 말이 있다.

엘리나리제는 자기를 손발처럼 생각해 달라고 한다.

무기처럼 쓰는 게 아니라, 손발처럼 당연한 존재라고 생각해 달라고 한다.

그것이 엘리나리제 나름대로의 헌신이었다.

"그렇긴 해도 꽤나 오래 고민했는데, 갑자기 답을 내놨네요?"

"아니, 실은 오늘 학생회 멤버들과 이런 일이 있었는데…."

크리프는 그날의 일을 이야기했다.

노른이 곤란해하던 것, 학교 지하에 있는 레이스를 퇴치한 것, 학생회 멤버에게 진로를 물어본 것….

마지막으로 노른이 미소 지으면서 감사와 축사를 해 준 것.

"그래요, 오늘은 좋은 날이었네요."

"그래…. 하지만 한 가지 마음에 걸리는 게 생겼어."

"마음에 걸린다?"

"그래, 오늘 생각한 건데….."

"가르쳐 주세요."

"아니… 으음."

"괜찮아요, 웃지 않을 테니까요."

주저하는 크리프에게 엘리나리제는 부드럽게 물었다.

하지만 그 입가는 살짝 실룩이고 있었다. 크리프가 이렇게 주저할 때는 대개 여성 관련 문제이기 때문이다. 그리고 바람 피우는 거라고 여겨질까 봐 이렇게 주저하는 것이다.

엘리나리제는 크리프의 그런 면을 사랑스럽게 여겼다.

주저하는 것은 엘리나리제에게 미움 사고 싶지 않다는 감정의 발로이기 때문이다.

"어어, 너한테 말하기도 그런데… 혹시 노른은 나를 좋아하는 걸지도 몰라."

"어머나어머나, 크리프, 바람피우는 건가요?"

"아, 아냐."

"크리프."

평소에는 아니라고 허둥대는 크리프를 엘리나리제가 놀리다가 마지막에 "농담이에요."라고 말하고 안아주는 것으로 끝난다.

하지만 그날은 엘리나리제도 조금 진지한 이야기를 하기로 했다.

"대부분의 남자는 제게 접근하기는 해도, 제가 어떤 여자인지 알면 가정을 갖자는 생각까지는 하지 않아요. 저 자신도 그렇게 생각하고요."

"하지만 당신은 그렇게 생각해 주었죠. 자기가 안 보는 곳에서 어떻게 굴러먹었는지 모르는 여자에게 진지하게 대해 주었어요. 저주를 고치려고 최선을 다해 주었어요. 그건 쉽게 할 수 있는 일이 아니에요. 그러니까 저는 당신에게 빠졌어요. 제 마음은 당신의 것이에요. 크리프, 당신에게 바친 마음을 지키기 위해서라면 저주 때문에 죽어도 좋다고 생각해요. 그 정도로 당신은 좋은 남자라고요. 제게는 세계 최고의 남자."

"아니… 그런 말까지 들을 정도는 아니라고 생각하는데…."

그런 칭찬에 크리프는 얼굴을 붉히면서 시선을 돌렸다.

"그것까지 감안해서 지금부터 하는 말을 믿든 안 믿든 당신 자유."

"그, 그래."

꿀꺽 침을 삼킨 크리프에게 엘리나리제는 재빨리 말했다.

"그건 크리프의 착각이에요."

"……."

"저는 저주 때문에 여자의 사랑에 대해 민감해요. 그러니까 아니라고 생각해요."

인정사정없는 말에 크리프는 놀랐다.

그런 크리프에게 엘리나리제는 가볍게 웃어 주고 놀리는 어조로 말을 이었다.

"하지만 이건 어쩌면 제가 질투 때문에 하는 말일지도… 당신을 노른에게 **빼앗기고** 싶지 않은 나머지 거짓말을 해서 거리를 벌리려는 걸지도…."

"아니… 그건 아니지. 응, 알고 있어. 그러니까 '어쩌면' 같은 소리를 한 거지. 딱히 기대한 것도 아냐. 나한테는 당신이 있으니까. 다만 혹시 그녀가 내게 호의를 품었으면 그건 슬픈 일이라고 생각해서…."

"예, 예."

새빨개져서 변명하는 크리프.

엘리나리제는 그걸 사랑스럽게 바라보았다. 시험하는 듯한 말을 하였지만, 이렇게 말해 주기에 엘리나리제는 크리프를 좋아했다.

"우… 아아아… 아아앙…!"

그때 크라이브가 울기 시작했다.

크리프의 목소리가 너무 컸는지, 양친의 러브러브한 모습 때문인지는 모르지만, 아무튼 화가 난 모양이다.

"어머나, 목소리가 너무 컸나 보네요."

"음, 미안해…."

엘리나리제는 몸을 일으켜서, 침대 옆의 아기 침대에서 크라이브를 달래기 시작했다.

크리프도 일어나서 도울 일이 없을까 눈치를 보았지만, 엘리나리제는 금방 크라이브를 달래서 조용하게 만들었다.

아기의 몸을 흔들며 달래는 엘리나리제.

그걸 본 크리프는 뭐라고 할 수 없는 행복한 기분이 들었다.

동시에 다시 앞으로의 자신의 인생에 대해 결의를 다졌다.

제4화   크리프와 자노바의 졸업식

이래저래 순식간에 세월이 지났다.

오늘은 라노아 마법대학의 졸업식이다.

대강당에서 치러지는 졸업식.

주욱 늘어선 졸업생 중에는 크리프가 있었다.

사실 뒤쪽에는 자노바도 있었다.

그는 자퇴했지만 졸업식에 참가할 수 없겠냐고 물었더니, 특
례로 허가가 나왔다. 어쨌든 특별생이고, 수업 자체도 거의 듣
지 않았으니까.

수석교사인 지너스의 눈치 있는 배려라고 할 수 있었다.

자노바 자신은 졸업식 자체에 그리 흥미가 없는 모양이지만.

하지만 이런 식전은 참가하는 것에도 의의가 있다.

세레모니다.

참가자는 평소와 같았다. 졸업생 500명 정도 옆에 2~300명

정도의 교사진이 서 있었다. 록시도 지난번에는 다소 붕 떠 보였지만, 이번에는 제법 자연스러운 모습이었다.

익숙해진 탓일까. 조금 키 작은 이가 있어도 이상하지 않았다. 오히려 있는 게 당연하다는 느낌이었다.

참석한 재학생은 학생회 멤버들뿐.

바짝 긴장한 노른을 필두로 마족이나 수족 같은 여러 종족이 있었다.

아리엘이 학생회장일 때는 인간이 중심이었지만, 우두머리가 바뀌면 그 아래에 있는 이도 변하는 거겠지. 작년 입학식 때도 생각했지만, 노른은 특히나 마족이나 수족 학생들의 인망을 모으는 모양이다. 일반학생들 중에서도 안 좋은 소문은 들리지 않았다.

아리엘만큼 심취하게 하는 것은 아닌 것 같지만, 든든한 학생회장으로 인식된다고 보면 되겠지. 오빠로서 자랑스럽다.

참고로 이번에도 나는 지너스에게 허가를 받아서 학생회의 말석에 앉았다.

아니, 몇 번 봐도 졸업식이란 것은 감개 깊단 말이야.

"졸업생 대표! 브루클린 폰 엘자스. 제군에게 졸업증서와 마도사 길드 D급 증표를 수여한다!"

이번 수석 졸업자는 크리프가 아니었다.

수석인 녀석의 이름은 들은 적이 없지만, 성은 들은 적이 있었다.

분명히 마법삼대국 중 하나인 네리스 공국의 왕후귀족이다.

라노아 마법대학은 라노아라는 이름이 붙었지만, 마법삼대국의 공동출자로 운영되고 있다.

이런 식전에서 삼대국의 높은 귀족, 왕족을 우선하는 것도 일종의 룰이겠지.

"브루클린 폰 엘자스. 감사히 받겠습니다!"

"그대에게 마도의 길이 있기를!"

그걸 보는 크리프의 얼굴이 우울했다.

이전의 크리프라면 '왜 내가 수석이 아니냐!'라고 날뛰었을까.

실제로 성적만 보면 졸업생 중 크리프를 뛰어넘는 이는 없을 것이다.

그의 최종 성적은 상급 공격 마술 네 종류와 상급 치유, 상급 해독, 중급 결계, 상급 신격. 게다가 저주의 제어에 관한 연구 논문. 성급을 취득하지는 않았지만, 여기에 비길 만한 자는 없었다. 대학 역사를 봐도 그리 많지 않겠지.

내가 알기로 그렇게 위대한 인물은 록시 정도다.

나? 나는 대학에서는 치유와 해독 정도밖에 안 배웠으니까 노 카운트.

여기에 덧붙여서 크리프는 미리스 신부로서 자격도 땄다. 매일 밤마다 엘리나리제와 붙어 지내면서 성적이 떨어지지도 않았다. 학교에서 할 수 있는 것은 모두 수료하고, 정신적으로도 육체적으로도 어른이 되었고, 아름다운 아내를 맞아서 자식까지 얻었다.

완벽한 리얼충이군.

그리고 그 표정.

아마도 수석을 빼앗긴 것을 한탄하는 것은 아닐 것이다.

우울하고 고민 있는 표정이다.

두 달 전에 결정한다고 말했던 것을 아직 결정하지 못한 걸지도 모른다. 하지만 고민한다면 고민하는 대로 좋다. 두 달 내로 결정할 수 있을 만한 일도 아니니까.

졸업식이 끝난 뒤, 일단 자노바와 합류했다.

정장을 입은 진저와 줄리가 꽃다발을 들고 뒤따르고 있었다. 딱히 그런 사람이 더 안 보이는 걸 보면 실론 왕국의 습관이겠지.

"자노바, 졸업 축하해."

"오오! 스승님! 감사합니다!"

자노바는 라노아 마법대학의 제복 차림이었다. 젊은이에게 어울리는 디자인이지만, 실론 왕국의 정장보다 훨씬 어울렸다.

"제 졸업을 위해 많이 손을 써 주신 모양이라… 지난번에 갑자기 학교에서 연락이 왔을 때에는 놀랐습니다."

"됐어. 이런 것에 참석하는 것도 일종의 마음 정리야."

역시 식전은 참석하는 편이 좋다.

실피도 졸업식에 나갈 수 없었던 것을 다소 아쉽게 생각했던 모양이고.

하지만 자노바는 식전을 귀찮은 것이라고 인식할지도 모르지. 왕족이고.

"아니면 싫었어?"

"아뇨, 처음에는 귀찮게 여겼습니다만, 나와 보니 의외로 나쁘지 않군요…."

자노바는 그렇게 말하고 주위를 둘러보았다.

졸업생이 재학생에게 둘러싸여 있거나 교사에게 인사하는 등, 훈훈한 광경이 펼쳐져 있었다.

어라, 저 사람들의 중심에 있는 것은 노른인가.

마족인 듯한 소년이 새빨간 얼굴로 그녀의 손을 잡고 있었다.

노른이 난처한 얼굴을 하고, 주위의 학생회 멤버들이 히죽거리는 것을 보면 고백 이벤트일까.

아니면 더 훈훈하게 동경하던 학생회장에게 악수를 청하는 것뿐일지도 모르지.

노른 악수회다. 루이젤드 인형에 노른과의 악수권을 끼워서 팔면 친위대 팬클럽 사람들이 많이 사 줄까.

아니, 돈을 버는 게 목적이 아니니까 그런 건 안 하겠지만….

저쪽에 여자들에게 둘러싸여 있는 것은 록시로군. 여학생 다섯 명이 울 것 같은 얼굴로 록시에게 고개를 숙이고 있다. 록시가 살짝 미소 지으면서 뭐라고 답하자, 여학생은 감격한 것처럼 큰소리로 울며 록시에게 안겼다.

록시는 난처한 얼굴을 하면서 그녀의 등을 가볍게 쓸어 주었다.

주위 여학생들도 따라서 울기 시작하여 오열이 시작되었다.

그밖에도 곳곳에서 졸업 이벤트가 일어나고 있었다. 졸업식 특유의 눈물 많으면서도 후련한 분위기.

물론 나와 자노바의 주위에는 아무도 다가오지 않았다.

학교에 그리 지인이 많지 않은 탓도 있지만, 왠지 좀 서글프군.

뭐, 됐어.

이 다음에 술집도 예약해 놨다. 우리 가족과 리니아와 프루세나, 그리고 나나호시도 불러서 모두 함께 즐겁게 연회를 즐기자. 올스테드는 참가할 수 없겠지만, 축사는 받아왔다.

이런 자리에서는 쓸쓸하지만, 동료가 없는 것은 아냐.

자, 얼른 돌아갈까.

"루데우스 님."

그런데 한 남자가 다가왔다. 살랑거리는 금발을 가진 스무 살 정도의 남자였다.

본 적이 있는 것 같기도 하고.

어디의 누구더라.

"처음 뵙겠습니다. 저는 브루클린 폰 엘자스입니다."

아, 수석 졸업자로군. 아까 봤잖아.

"수석 졸업, 축하합니다."

"감사합니다."

내가 고개를 숙이자, 그도 우아하게 답례했다.

"하지만 수석으로 졸업할 수 있는 것은 어디까지나 가문 때문입니다. 저는 시험 성적에서 항상 크리프 님의 뒤였으니까요."

"무슨 겸손을…."

식은땀이 흐를 것 같았다. 말로는 하지 않았지만, 나도 그렇게 생각했으니까.

"하지만 가문 덕분이라고 해도 마지막에 크리프 님에게 이겼습니다. 이기고 말았습니다…."

분명히 결과를 보면 수석 졸업자는 그니까, 이긴 게 되겠지.

이겼다고 떠들어댈 만큼 의기양양한 일은 아니겠지만.

"…그러니, 루데우스 님."

브루클린은 똑바로 나를 바라보았다.

진지한 눈이었다. 뭐지. 혹시 고백이라도 하려는 걸까. 크리프에게 이겼으니까 고백? 무슨 경위야?

그만해, 나한테는 아내와 아내와 아내와 자식이 있어….

"당신에게 결투를 신청하겠습니다."

아니었다.

결투라… 최근 올스테드의 부하라고 알려졌기 때문일까, 가끔씩 그런 놈들도 찾아오긴 하는데….

하지만 왜 크리프에게 이겼는데 결투일까?

"왜?"

"예. 저는 이전부터 제가 얼마나 강한가에 대해 흥미가 있었습니다. 그리고 몇 년 동안 제 실력이 일반적인 레벨보다 월등하다는 것도 알았습니다."

월등하다….

뭐, 일단 수석 졸업자니까. 실제로 남들보다 뛰어나긴 하겠지.

"하지만 루데우스 님, 당신은 그 위를 가고 있지요."

"…그렇습니까."

"저는 당신에게 계속 도전하고 싶었습니다. 당신이 마왕 바디가디를 일격에 쓰러뜨렸을 때부터 계속."

브루클린은 그렇게 말하고 불끈 주먹을 쥐었다.

"저는 무인 집안 출신입니다. 본국으로 돌아가서 집안을 이으면 부하를 두고 사람들을 부리는 입장이 될 겁니다. 그리고 그렇게 되면 힘을 시험하는 기회는 없어지겠지요."

"높은 지위에 오르면 멋대로 굴 수 없겠지요."

"예. 그러니까 지금, 이 마지막 기회에 당신에게 도전하게 해 주세요!"

브루클린은 힘차게 고개를 숙였다.

사정은 알았다. 남자라면 누구든 자기가 얼마나 강한지 궁금

한 법이다.

자기가 평균보다 위라는 건 알았다. 그 이상으로 강한 자가 있는 것도 알았다.

아마도 지겠지만, 도전해 보고 싶다는 마음도 이해된다.

좀 모를 부분이 남았지만.

"왜 크리프에게 이기면, 입니까?"

"예?"

그렇게 묻자, 브룩 모 씨는 놀란 얼굴을 하였다.

"루데우스 님에게 도전하려면 육마련을 쓰러뜨려야만 한다, 그렇게 들었습니다. 리니아 님, 프루세나 님, 피츠 님은 졸업했고, 바디 님도 없어졌고… 자노바 님은 쓰러뜨렸고…."

"……."

육마련이라… 그러고 보면 그런 별명이 있었지. 누가 시작한 건지는 모르지만.

전원을 쓰러뜨리지 않으면 내게 도전할 수 없다나 뭐라나.

이 녀석은 그걸 곧이곧대로 믿은 건가….

"자노바에게는 이겼고?"

"예. 수업 중의 모의전에서 몇 번 이겼습니다."

"그래."

힐끗 자노바를 보자 시선을 피했다.

…뭐, 마술만으로 싸우는 거라면 자노바도 못 이기나. 하지만 크리프에게는 계속 못 이기다가 여기까지 왔군. 최종적으로

크리프에게 이겼다고 할 정도는 아니지만, 졸업하면 기회는 완전히 사라지니까 지금 이렇게 부탁하는 건가.

그래.

졸업 기념인가.

"역시 졸업한 분도 쓰러뜨려야만 하는 겁니까….”

그로서도 기념이겠지.

마지막 마음의 정리. 되든 안 되든 돌격하는 고백과 비슷하다.

"아니, 좋아. 해 보자.”

졸업식에서 뭔가를 하고 싶다는 마음은 어느 세계든 같겠지.

"……! 감사합니다!”

내 대답에 브루클린은 또 힘차게 고개를 숙였다.

"자노바, 미안하지만 심판 좀 봐 줘.”

"알겠습니다, 스승님.”

나는 자노바에게 겉옷을 맡겼다.

잠깐 마도갑옷 생각이 머리를 스쳤지만… 없는 편이 낫겠지.

교정으로 이동하여 결투를 시작하고, 모든 것이 끝나기까지 세 시간 정도의 시간이 흘렀을까.

결과부터 말하자면 나는 이겼다. 평소에 검왕 에리스나 용신 올스테드와 훈련한 것은 헛일이 아니었다. 고전하는 느낌도 없고, 갓난아기 손목을 비트는 것처럼 간단히 이겼다.

봐주지 않고 싸웠다.

브루클린도 결과는 예상하였는지, 후련하다는 얼굴로 감사의 말을 하였다.

거기까지는 좋았다.

그 뒤에 그걸 본 다른 졸업생들이 차례로 나섰다.

자노바에게는 음식 빨리 먹기로 이겼다, 크리프에게는 달음박질로 이겼다, 그런 식으로 진짜인지 아닌지 모를 이유로.

구경꾼들도 많이 모여서 사람들이 와글거렸다.

나는 왠지 재미있어져서 도전을 다 받아 줬다. 졸업식이고, 애초에 그런 조건을 내세운 건 내가 아니고. 평소에는 잔소리 많은 노른도 오늘은 별말 없이, 학생회 사람들을 시켜서 구경꾼들을 정리해 주었다.

소동은 일으키고 싶지 않지만, 졸업식이니까 어쩔 수 없다는 얼굴이었다.

미안해, 학생회장.

"휴우."

그렇게 스무 명 정도와의 결투가 끝났다. 평소부터 단련했다고 해도 역시나 지쳤다.

다들 만족했다. 만족한 얼굴로 돌아갔다.

이제부터 고향으로 돌아가는 자의 추억이 되면 좋겠군.

그리고 다들 돌아갔다.

노른도 졸업식장 정리를 해야 한다며 모습을 감추었다.

남은 것은 자노바와 그 밑의 두 사람뿐이었다.

"역시나 스승님은 인기가 많군요."

자노바는 계속해서 심판을 보느라 지친 기색이었다.

이러니저러니 해도 이 녀석은 체력이 없다.

"저는 지쳤습니다만… 스승님은 어떻습니까? 지치지 않으셨습니까?"

"아니, 괜찮아. 다만 너나 나나 좀 더러워졌네. 연회 전에 옷을 갈아입는 편이 좋겠지."

"흠… 그렇군요."

자노바는 그렇게 말하고 자기 옷차림을 내려다보았다. 마술의 여파로 튄 진흙이나 모래가 묻어 있었다. 물론 실제로 싸웠던 나도.

"그럼 일단 집으로 돌아가죠. 여동생분은 어떻게?"

"노른은 참가하겠다고 그랬고, 연회장 위치도 알려줬으니까 알아서 올 거야."

"그렇습니까, 그럼…."

그때 자노바의 시선이 내게서 떨어졌다. 내 뒤, 약간 위쪽을 향하였다.

나도 시선을 돌려서 뭐가 있는지 보았다.

있었다.

짧은 다크브라운색 머리카락이 옥상에서 엿보였다. 그 옆에는 금발의 롤 머리가 바람에 흔들리고 있었다.

"줄리, 진저."

"예."

"미안하지만 먼저 돌아가서 옷가지를 준비해 주지 않겠나?"

"알겠습니다."

두 사람은 순순히 그 자리를 뒤로 하였다.

더 이상 주종이 아니라고 했을 텐데, 아무리 봐도 주종이군. 몸에 밴 버릇은 쉽게 사라지지 않나.

"그럼 스승님, 가실까요."

"그래."

나는 자노바의 말에 고개를 끄덕이고 건물로 들어갔다.

"전부 다 지켜봤어. 루데우스는 강하군."

옥상으로 가자, 크리프는 지친 얼굴로 그렇게 말했다.

그 옆에는 엘리나리제도 있었다. 그녀가 졸업식에 오는 건 알고 있었다.

사전에 크라이브를 우리 집에 맡겨도 되냐고 부탁하러 왔으니까. 자퇴했을 텐데 왜 교복 차림인지는 모르겠지만. 교복 차림으로 뭘 했는지는 묻지 않았다.

오늘은 졸업식이다.

어디서 무슨 일이 일어나도 신기하지 않다.

"역시나 '용신의 오른팔'이라고 해야 하나?"

"놀리지 말아 주세요. 그 정도라면 올스테드 님과 싸우기 전에도 할 수 있었으니까요."

"그래."

크리프는 그렇게 말하고 옥상 난간에 몸을 기댔다.

"크리프 선배는 왜 이런 곳에?"

"이유는 없어. 왠지 모르게 높은 곳에 올라가고 싶어졌을 뿐이야."

크리프는 하늘을 올려다보면서 그렇게 말했다.

왠지 모르게 높은 곳이라.

그럴 때도 있겠지. 나는 높은 곳을 별로 좋아하지 않으니까, 왠지 모르게 가는 곳은 파울로의 묘지만.

"아무튼 크리프 선배, 졸업 축하드립니다."

"고마워."

나는 크리프의 곁으로 가서 그와 마찬가지로 난간에 몸을 기댔다.

크리프가 뛰어내릴 거라고는 생각하지 않지만, 왠지 모르게.

자노바도 크리프의 반대편으로 이동했다.

엘리나리제는 우리 세 사람을 지켜보듯이 다소 떨어진 곳에서 있었다.

아, 왠지 지금 구도, 청춘의 냄새가 난다.

생각해 보면 크리프는 한창 청춘일지도 모르겠다. 22세. 자식 있는 유부남의 졸업식.

고민은 많을 것 같군.

아니, 바보 같은 소리 하지 말고 오늘 연회를 어쩔 건지나 물어볼까.

참가하겠다는 말은 들었고, 주역 중 한 명이니까 갑자기 캔슬이라도 되면 곤란하지만.

"크리프 선배, 이다음에 어쩔 겁니까?"

어느 타이밍에 올까.

우리와 함께 연회에 올 것인가, 아니면 엘리나리제와 한 판 정도 더 한 뒤에 올 것인가. 그런 생각으로 물었다.

"……."

크리프는 그 질문에 침묵으로 답했다.

말하기 껄끄러운가. 그렇다면 아직 엘리나리제와 교복 플레이를 즐길 생각인가.

"…나도 리제와 의논해서 결정했다."

크리프가 말을 꺼낸 것은 그로부터 몇 초 뒤였다.

"1년 더 기다려 다오."

나는 순간 무슨 소리를 들은 건지 알 수 없었다.

술집 예약은 오늘이다. 1년이나 기다릴 수는 없다.

"아이가 조금 더 클 때까지, 입니까?"

자노바의 말에 나는 정신을 차렸다. 크리프는 두 달 전에 '졸업식까지는 대답한다'고 말했다. 그 대답을 지금 말하려고 하는 것이다.

아니, 잊은 것은 아냐. 오늘은 졸업식이고 연회니까, 그 다음에 들어도 된다고 생각했거든.

"그래. 크라이브는 아직 어리니까 하다못해 젖을 뗄 때까지는 지켜보고 싶어."

크리프는 진지한 얼굴로 마법도시 샤리아를 굽어보았다.

여기서는 시내가 잘 보인다. 지붕이 녹색이기 때문인지 내 집은 눈에 띄는군….

그러고 보면 대학에 입학했을 때는 이 건물에 옥상이 없었지.

증축하기 전, 3학년 쯤이었나 뭔가 필요한 것 없냐는 앙케트가 있었기에 '옥상'이라고 대답했더니 어느 틈엔가 만들어졌는데, 결국 한 번도 오지 않았다.

"여기서 미리스 신성국까지 가는 데에 2년 가깝게 걸린다. 하지만 루데우스, 네 전이마법진을 쓸 수 있으면 이동시간은 단축할 수 있지. 얼마나 단축할 수 있을지는 모르지만, 최소한 1년의 유예는 있을 거다."

졸업하고 2년 내로 돌아가는 것을 크리프는 의무로 생각했던 모양이다.

참 예의도 바르지.

"마법진, 쓰게 해 주겠나?"

"물론이죠."

"고맙군."

전이마법진은 금기다.

긴급 상황도 아니고 그저 개인적인 용도로 쓰는 것은 크리프에게 저어되는 행동일지도 모른다.

"그리고 루데우스. 너희의 동료가 된다는 것 말인데…."

"예."

크리프는 말하기 힘든 눈치였다.

거절하는 흐름일까. 하다못해 이유를 듣고 설득이라도 시도하고 싶은데….

"그것도 기다려다오."

"기다려달라고요?"

"그래, 분명히 용신 올스테드라는 뒷배가 있으면 나는 미리스 교단에서도 높은 지위에 오를 수 있을 거다."

그럴 수 있겠지.

올스테드는 미리스 교단의 내부 사정에도 밝을 거다. 기나긴 루프 동안 이 시기의 교단 간부의 약점을 알았을 가능성이 있다.

"하지만 그래선 안 될 것 같다."

"……."

"지금까지 노력해 온 나 자신의 힘이 미리스 교단에서 얼마나 통용되는지 시험해 보고 싶은 바도 있지만… 누군가가 준비해 준 의자에 앉고 싶지는 않아."

크리프는 주먹을 움켜쥐고 그렇게 말했다.

그 마음은 모를 바도 아니다. 아까 내게 결투를 신청한 녀석들과 같다. 힘을 시험한다. 크리프의 남자다운 면이다.

"그 결과, 내가 미리스 교단에서 출세하면 너희의 동료가 되지."

으음. 그렇게 크리프가 출세할 수 있으면 좋겠지만, 안 될 수도 있겠지.

실각한다면 그래도 괜찮다. 미리스 교단에는 다른 연줄을 마련하고, 크리프는 올스테드의 전속 헬멧 장인이 되어달라면 된다.

하지만 모살이라도 당하면 나로서는 싫다. 친구가 죽기를 바라지 않는다. 아니면 크리프가 도전한 끝의 결과라면 나는 감수해야 할까.

"그래서 크리프 님. 1년 뒤에 혼자 가실 생각입니까? 가족은 어쩌실 겁니까?"

내 대신 자노바가 물었다.

그래, 엘리나리제와 크라이브는 어쩔 생각일까.

크리프는 복잡한 얼굴을 했다. 고민스럽다고 할까, 미안하다는 얼굴이다.

하지만 결심을 한 얼굴이었다.

"두고 간다."

"…언제까지?"

"적어도 내가 제몫을 할 때까지는."

제몫을 할 때까지…란 말은, 말하자면 언제까지인지 모른다는 소리인가.

엘리나리제를 보자, 그녀는 배 앞에 두 손을 모은 채로 눈을 감고 있었다.

승낙했다는 소리일까.

하지만 괜찮아?

엘리나리제도 가능하면 근처에서 크라이브를 돌보면서 돕고 싶은 게 아닐까.

저주도 크리프의 마도구로 완화할 수 있다고 해도, 몇 년이나 버틸 것은 아니다.

아니, 내가 뭐라고 할 일은 아닐까. 크리프는 엘리나리제와 이야기하여 결정했다.

여기가 크리프에게 터닝포인트겠지.

"알겠습니다."

크리프의 의견을 존중하는 것에는 리스크가 있다.

크리프가 내 눈이 닿지 않는 곳에서 죽으면 나는 미리스 신성국과의 연줄을 잃는다.

저주를 연구할 사람도 없어진다.

하지만 리턴도 있다. 혼자 맞서면서 크리프는 한층 더 성장하겠지.

성장한 크리프는 동료가 된 뒤에 지금 이상으로 든든할 것이다. 리스크를 감수할 정도일지는 모르지만, 리턴은 있다. 그렇게 생각할 수 있다면 문제없겠지.

크리프가 그렇게 결정하고, 엘리나리제가 승낙했다.

그럼 나는 그 의견을 존중하고 싶다.

"그럼 앞으로 1년 동안 잘 부탁하겠습니다."

"그래, 이쪽이야말로."

그렇게 말하고 크리프는 손을 내밀었다.

나는 그의 손을 잡고 크게 끄덕였다.

하지만 크리프가 제몫을 할 때까지라. 그럼 동료가 될지 알수 있는 건 지금부터 3년이나 뒤다.

그럼 크리프 문제는 일단 제쳐두고 다른 일을 하자.

그래…. 일단은 먼저 아리엘에게 말을 걸어둘까.

자노바의 인형 판매도 시작되었고, 용병단도 키워야만 한다.

양쪽 다 아슬라 왕국으로 진출해 두고 싶다. 앞으로 1년은 아슬라 방면으로 공략하는 기간이라고 생각하고 행동할까.

바빠지겠군.

…하지만 그 전에 오늘은 졸업식이었으니 모두 함께 축하해야지.

"좋아, 크리프 선배. 어려운 이야기는 이쯤하고, 오늘은 신나게 놀아 보죠."

"…그래!"

이렇게 자노바와 크리프의 졸업식은 끝났다.

막간   시골뜨기, 도회지에 가다

"니나 씨, 편지입니다."

'검왕' 니나 파리온에게 편지가 도착한 것은 어느 여름이었다.

만년설로 뒤덮인 검의 성지는 항상 춥지만, 그 날은 봄처럼 따뜻하고 지내기 편한 날이었다.

도장주인 검신 칼 파리온은 오전 중에 "이런 날에 수행하는 건 바보 같지. 너희들, 오늘은 마음껏 쉬어라."라며 낮잠을 감행.

니나는 근면했기 때문에 성실하게 연습을 했지만, 편지라는 말에 그 손을 멈추었다.

"편지? …이…이졸… 아!"

땀투성이인 채로 배달인에게 편지를 받은 니나는 반색을 하였다.

수신류의 문장이 찍힌 봉투 뒤편에는 그리운 이름이 적혀 있었기 때문이다.

이졸테 크루엘.

몇 년 전에 니나와 함께 수행했던, 수신류의 필두검사다.

그녀는 지금 아슬라 왕국의 검술사범으로 일하면서 수신류

도장을 맡고 있을 터였다.

그녀와는 친구 관계지만, 검의 성지를 떠난 뒤로는 소원해졌다.

이렇게 편지가 오는 일은 드물었다.

"…어디 보자."

니나는 기쁜 마음으로 편지를 뜯고 내용물을 꺼냈다.

하지만 그 표정은 빽빽하게 적힌 글자를 본 순간 흐려졌다.

"뭐라고 적혀 있는 거지?"

니나는 글을 못 읽는다. 지인의 이름 정도는 어떻게든 읽을 수 있지만, 장문을 쓸 레벨에 도달하지 못했다. 이 검의 성지에서는 그래도 문제없지만.

'누구한테 읽어달랠까.'

이 도장에 사는 이들 중에는 제대로 된 교육을 받고 자란 이도 있다. 누군가는 읽을 수 있겠지.

니나는 뒤뜰로 향했다.

거기에는 문하생 몇 명이 아름다운 햇살을 받으면서 느긋하게 잡담을 나누고 있었다.

평소의 니나라면 땡땡이치는 것처럼 보이는 그들을 꾸짖었을 것이다.

그래서 그들도 다급히 일어서서 변명을 시작하려고 했지만, 오늘은 도장주가 직접 휴일이라고 선언한 날이다. 니나는 그들에게 별말 않고, 편지를 보여주면서 읽을 수 있겠냐고 물었다.

그들은 서로의 얼굴만 보았지만, 그중 한 명이 손을 들었다. 니나는 "인간어라면 약간."이라고 말하는 그에게 편지를 건네고 읽어달라고 했다.

내용은 간결했다.

최근 몇 년의 일과 근황이다.

레이다가 죽고, 도장을 맡게 된 이후의 이런저런 일. 검술사범으로 길레느와 충돌하는 일도 종종. 니나는 그걸 흐뭇하게 들었다. 성실하고 결벽한 이졸테가 길레느의 무뚝뚝한 말에 울컥하는 모습을 떠올리면서.

그리고 마지막에 적힌 내용에 진지한 표정을 했다.

'이제 곧 아리엘 폐하의 대관식이 치러집니다. 대관식 전후 한 달은 나라가 총동원된 축제가 열립니다. 거기에 맞춰서 꼭 놀러와 주세요.'

니나는 그 말을 듣고 곧바로 아슬라 왕국으로 가기로 결심했다.

고민할 것 없었다. 즉결즉단이 검신류의 모토니까.

가고 싶다고 생각했거든 간다.

아슬라 왕국의 수도 아르스의 대로는 사람으로 넘쳐났다.

한 발만 잘 못 디디면 사람에게 부딪칠 정도, 몇 미터 앞이 보이지 않을 정도.

마치 너무 많아진 눈늘대 같은 밀도였다. 대관식을 눈앞에
둔 아슬라 왕국의 수도 아르스에는 전 세계에서 사람들이 모여
들었다.

최강국가의 왕을 한 번이라도 볼 수 있을지도 모른다는 마음
에 시골에서 온 사람.

축사를 전하기 위해 친선대사로 파견된 다른 나라의 귀족.

이 타이밍이라면 임관의 가능성이 있을지도 모른다며 찾아
온 낭인 검사.

사람이 필요할 거라는 예측으로 간단하고 보수 좋은 의뢰를
찾아온 모험가.

나무를 숨기려면 숲속, 이것을 기회로 추적자에게서 도망치
려는 현상수배범.

사람이 모이는 곳에서는 돈이 모이는 법이라며, 수상쩍은 물
건을 팔러 나타난 상인.

중앙대륙에 사는, 온갖 인종이 이 나라에 모여들고 있었다.

게다가 오늘은 아슬라 왕국의 백기사단이 퍼레이드를 벌일
예정이라서, 동경하는 기사단의 멋진 모습을 구경하려고 시민
들도 대로로 나왔다.

"우와아…."

그런 가운데 나나는 주위를 두리번거리면서 도시 중심을 향
해 걷고 있었다.

이 정도의 인파는 태어나서 처음 보았다. 나름 사람이 많은 도시에도 가본 적 있다고 생각했는데, 그 상상을 뛰어넘을 정도의 인파에 혼란스러울 따름이었다.

"칫, 어딜 보고 걷는 거야!"

"아니… 그쪽이 먼저 부딪… 어라?"

싸움을 걸어오는 건가 싶었는데, 이미 상대는 인파 속으로 사라졌다.

이런 경험도 처음이었다. 그녀도 일단은 검왕이다. 타고난 날카로운 감각으로 지금 투덜댄 남자가 누구고 어디로 갔는지는 안다.

하지만 저쪽은 투덜거리면서 그냥 걸어갔다.

아마 니나의 얼굴도 보지 않았을 것이다.

'도회지에서 저 정도의 푸념은 인사 같은 걸까….'

검의 성지에서 그녀에게 저런 말을 했다면 순식간에 치유 마술사에게 보냈을 텐데….

도회지에서는 투덜댄다고 꼭 싸움을 거는 건 아닌 모양이다.

"여어, 거기 예쁜 아가씨, 잠깐 보고 가시지 않겠습니까?"

"예, 예쁜… 나?"

여기저기 구경하고 다니는데, 갑자기 상인 같은 사람이 붙잡아 세웠다.

그는 근처의 작은 가게에서 뭔가를 파는 모양이었다.

"그렇죠, 그렇죠. 당신처럼 아름다운 분은 처음 보았습니다…. 그런데 보아하니 아가씨, 수도는 처음인 모양이군요?"

"예, 그걸 어떻게 알았나요?"

"예? 척 보면 알지요. 이런 인파 때문에 허둥대는 건 타국 사람이라는 증거니까요."

알게 모르게 촌사람처럼 행동했다는 말에 니나는 얼굴을 붉혔다.

자기 딴엔 도회지에 종종 나갔다고 생각했다.

하지만 진짜 도회지 사람이 보기에는 니나가 도회지라고 생각한 장소마저도 촌동네였다.

"인파가 대단하네요. 역시 다들 대관식 때문에?"

"물론 그것도 있지만 오늘은 기사단의 퍼레이드가 있어서요. 그래서 다들 이 대로에 모이는 거지요."

"그렇구나…."

"시내 곳곳에 간판이 있죠? 퍼레이드를 볼 거면 대로를, 그렇지 않은 사람은 뒤쪽의 사아루텐 길을 이용하라고…."

"미안하지만 글을 못 읽어서…."

"아하, 과연, 과연, 퍼레이드에 관심이 없거든 우리 집 뒷문으로 나가면 사아루텐 길로 나가기 쉬우니까 괜찮다면 이쪽으로 가겠어요?"

"괜찮나요? 하지만 통행료가…."

"어, 물론 무료로…. 아, 그렇지. 글을 못 읽는다고 했으니 우리 가게 물건 좀 사 주면 좋겠군요. 인형이란 같이 파는 그림책인데, 책 뒤에 글자 연습표도 있어서 호평이에요."

"책을 살 만한 돈이…."

"괜찮아요, 괜찮아요. 우리 가게의 책은 다른 책들보다 훨씬 싸니까요. 아슬라 대동화 두 닢… 아니, 이것도 인연이니까 아슬라 대동화 한 닢과 동화 여덟 닢으로 깎아 주지요. 어때요?"

어느 틈에 니나는 꽤 사람이 적은 길에 서 있었고, 손에는 그림책과 인형을 들고 있었다.

지갑에서는 확실히 아슬라 대동화 한 닢과 동화 여덟 닢이 사라져 있었다.

점주가 그녀의 말을 가로막으면서 신나게 떠들어댄 결과다.

어느 틈에 사기 당한 느낌이지만, 기분이 나쁘진 않았다. 이렇게 빠른 전개는 검신 갈 파리온과 대련할 때와 비슷한 탓일지도 모른다.

그렇기는 해도 대동화 한 닢과 동화 여덟 닢.

책값치고 싼 걸지도 모르지만, 니나의 소지금에서 생각하면 거액이다.

하지만 길을 가르쳐 준 이에게 답례를 하지 않으면 검왕의 이름이 운다.

'그러니까 괜찮아….'

그렇게 생각하며 니나는 걸어갔다.

사아루텐 길은 대로보다 2미터 정도 뒤쪽으로 통했다.

다소 눅눅하고 터널이 많았다. 마치 토박이의 샛길 같은 느낌인데, 길의 폭은 넓었고 상인의 말처럼 대로와 비교해서 사람이 적었다.

어디까지나 비교해서 적다는 말이지, 여기도 많긴 하지만….

그래도 도시 중심으로 가는 사람들의 흐름과 도시 밖으로 가는 사람의 흐름으로 확실히 나뉘었기 때문에 니나도 쉽게 이동을 재개할 수 있었다.

"이거라면 어떻게든 저녁때까지 이졸테의 도장에 갈 수 있겠어."

방금 전의 돈은 정보료로 나쁘지 않은 걸지 모르겠다.

그렇게 생각하면서 니나는 수중의 인형과 그림책을 보았다.

창을 든 마족 인형으로, 그림책 표지에는 같은 인물이 그려져 있었다.

아마도 주인공이겠지.

신기하게도 스펠드족이었다.

어떤 이야기인지는 모르지만, 니나도 무인 중 한 명으로 스펠드족과 싸워보고 싶은 마음은 있었다.

친구인 에리스의 이야기를 들어보면, 스펠드족은 엄청나게 강하다는 모양이었다. 에리스는 악마조차도 시선을 돌리고 길을 양보할 정도로 살기 띤 광견이다. 그런 그녀가 자랑스럽게 말하는 스펠드족. 다소 흥미가 있었다.

'게다가 상인의 말처럼 이 책으로 공부할 수 있다면 검술 연

습 짬짬이 공부하는 것도 나쁘지 않을지도 몰라.'

그렇게 생각하면서 걷는데 대로 쪽에서 환성이 일었다.

아무래도 퍼레이드가 시작된 모양이었다.

시끌시끌한 것을 보니 조금 흥미가 생겼다. 일단 이졸테에게 가기로 했지만, 지금부터 대로에 나가서 구경 좀 해도 좋지 않을까.

"어?"

그렇게 생각하는 니나의 시야 구석에 힐끗 어디서 본 듯한 빨강머리 여자가 비쳤다.

"에리스?"

왜 이런 곳에 그녀가? 그렇게 생각하면서 빨강머리 여자를 시선으로 쫓았다.

그러자 분명히 있었다. 2미터 정도 높이에 있는 대로에 빨강머리가 눈에 들어왔다.

뒷모습이었지만, 그 행동거지를 보고 니나는 확신했다.

틀림없다. 에리스다.

"에리…."

왜 이런 곳에 있는지 모르겠지만, 그리운 마음에 말을 걸려다가 니나는 말을 삼켰다.

"자, 루시, 보여?"

"보여! 반짝거려!"

그녀가 갑자기 근처에 있는 소녀를 무등 태웠기 때문이다.

"에리스, 내가 해 주고 싶었는데."

"안 돼. 루시의 다리를 핥으려는 거지? 어제 나한테 한 것처럼!"

"무슨 소리! 친딸한테 그런 짓을 할 리가 없잖아!"

"글쎄!"

"분명히 핥고 싶을 정도로 좋아하지만….'"

에리스가 곁에 있는 남자와 대화하고 있었다.

남자 쪽은 기억에 있었다. 니나에게 트라우마가 되었던 마왕 바디가디.

그를 일격에 쓰러뜨린 그 마술사다.

최근에는 '용신의 오른팔'이라고 불리며 각지에서 목격정보가 있는 남자.

루데우스 그레이랫이다.

"……."

니나는 자기가 쇼크를 받은 것을 깨달았다.

에리스가 루데우스에게 간 것은 알고 있었다. 용신 올스테드와 싸운다는 루데우스의 곁으로 간 것을 알고 있었다. 그 뒤에 편지도 오지 않았기에 분명 죽었을 거라고만 생각했지만, 풍문으로 루데우스와 함께 아슬라 왕국에 나타났다는 이야기도 들었다.

그 뒤에 루데우스가 '용신의 오른팔'이 되었으니까 에리스도 용신의 군문에 들어간 거라고 멋대로 생각하고 있었다.

분명 그 무렵보다도 강해졌을 거라고 생각했다.

하지만 지금 보이는 에리스는 니나의 상상과 완전히 동떨어져 있었다.

남자와 둘이서 농담을 주고받으며 웃고 있다. 무등을 태운 아이는 딸일까.

에리스가 결혼하여 자식까지 낳았을 거라고는 생각한 적도 없었다.

바로 저 에리스가, 그 야수가, 광견이, 저렇게 되다니.

남편과 사이좋게 퍼레이드를 구경하면서 러브러브한 모습을….

"…이졸테나 만나러 가자."

니나는 그렇게 생각하고 에리스에게서 시선을 거두었다.

검왕이 되어서 간신히 에리스와 같은 경지에 올랐다고 생각했는데, 엄청난 패배감을 품고서.

참고로 니나의 위치에서는 안 보였지만, 루데우스의 옆에는 분명히 록시와 실피도 서 있고, 바로 옆에는 자노바와 줄리도 있었던 것을 여기에 기록해 둔다.

그 뒤에 니나는 이졸테의 도장에 도착했다.

땀 냄새가 나고 엄숙한 분위기를 띤 도장은 니나의 마음을 편하게 해 주었다.

이졸테에게 인사를 마친 뒤, 문하생들에게 그녀를 소개하는 자리가 있었다. 다들 여자, 남자란 느낌이 없는 딱딱한 분위기를 띠고 있었다.

'역시 검사는 이래야지….'

도장 안내를 받은 뒤에 니나는 이졸테를 따라서 그녀의 거주지로 향했다.

수도 아르스에 체재하는 동안은 그녀의 집에 머무르게 되었다.

이졸테가 사는 집에는 방이 하나 남기 때문이었다. 과거에 수신 레이다가 살았던 방이지만, 깨끗하게 정리된 모습이었다.

니나는 레이다에 대한 것보다도 이졸테 근처에 남자가 보이지 않는 것에 안심하였다.

수제에 검술사범에 기사. 분명 인기 있겠지.

에리스조차도 결혼하여 자식이 있으니까, 이 아리따운 분위기를 가진 이졸테에게 상대가 있어도 이상하지 않다.

집에 돌아가면 남편과 자식을 소개받아도 이상하지 않았다.

그렇게 상상했기에 안심하였다.

"니나 씨. 실은 오늘 퍼레이드가 끝난 뒤에 모임이 좀 있습니다. 긴 여행이라서 피곤할지 모르겠지만, 그쪽에도 참가해 주실 수 있을까요? 꼭 검왕님을 많은 분들께 소개하고 싶네요."

니나가 짐을 내려놓고 숨을 돌리려던 때에 이졸테가 그렇게 제안했다.

"응, 좋아."

니나는 쉽사리 그렇게 답했다.

작은 모임이라는 게 뭔지 모르겠지만, 딱히 밤에 예정이 있는 것도 아니었다.

관광은 내일부터도 할 수 있겠지.

그렇게 생각했다.

니나는 한 시간도 지나기 전에 그 대답을 후회했다.

물론 후회할 때까지 기묘한 경위는 있었다.

처음에 생각했던 것은 '뭔가 이상하다'. 그것은 이졸테를 따라서 왕성 근처에 있는 거대한 저택 앞에 도착했을 때에 한 생각이었다.

어라? 작은 모임이라고 했는데 전혀 작지 않네? 라고.

다음에 생각한 것은 '속았다'. 그것은 화려한 방으로 안내받아서 화려한 드레스를 고르게 되고, 수많은 메이드에게 반쯤 강제로 옷이 갈아입혀졌을 때.

이거 분명히 귀족의 파티구나, 라고.

그리고 다음에는 '안 오면 좋았을걸'이었다. 왜 쉽게 승낙했을까. 왜 어슬렁어슬렁 따라왔을까. 왜 저항하지 않고 이걸로 갈아입었을까.

평소의 니나라면 어디서 저항하고 그 자리를 떠났겠지.

그러지 않았던 것은 역시 평소와 달랐기 때문이겠지.

익숙지 않은 드레스를 입고, 걷기 힘든 신발을 신어서 걸음도 뒤뚱거리고, 검도 빼앗겨서 허리춤이 허전했다.

그런 상태의 나나는 이졸테를 따라서 파티장에 있는 사람들에게 소개되었다.

그때야 나나는 조금 안도할 수 있었다.

소개받은 사람들이 고귀한 사람들만 있는 것은 아니었기 때문이다.

귀족은 많았지만, 평민 출신의 기사나 타국에서 빼내온 마술사단의 젊은 에이스처럼, 나나로서도 알기 쉬운 세계의 인간이 있었다.

그들 중에도 나나처럼 속아서 따라오게 된 건지, 당혹스러운 기색의 사람이 있었다.

인간은 자기 혼자만이 아니라는 걸 알면 마음에 안도감이 생기는 법이다.

나나도 일단 검왕이다.

진정을 되찾으면, 상대를 보고 자기가 이길 수 있을지 판단하는 정도야 할 수 있다.

주변에 있는 상대가 피라미뿐이라고 알게 되자 마음에 여유도 생겼다.

마음에 여유가 생긴 나나.

그녀가 다음에 생각한 것은 '배가 고프다'였다. 뭘 좀 먹어야겠다 싶었다. 생각해 보니 낮부터 아무것도 먹지 않았다. 검신류의 검사는 다들 대식가다.

수행을 위해 며칠 동안 숲에 틀어박힐 때 정도가 아니면 식사를 거르지 않는다.

그런 그녀가 파티장에 있는 형형색색의 요리에 눈을 빼앗긴 것도 어쩔 수 없는 일이겠지. 그리고 사람들의 눈을 개의치 않고 실컷 먹고 마시고, 그 결과 화장실이 급해져서 자리를 뜬 것도 어쩔 수 없는 일이겠지.

메이드의 안내로 화장실까지 온 것은 좋지만, 일을 본 뒤에 옷을 다시 입느라 악전고투 하는 사이에 메이드가 없어지고, 간신히 드레스를 다시 입었지만 미궁 같은 저택 안에서 파티장이 어디였는지 몰라서 길을 잃은 것도 어쩔 수 없는 일이었다.

'하아, 우울해지네….'

어둑어둑한 복도를 멍하니 걸으면서 니나는 마음속으로 한숨을 내쉬었다.

아슬라 왕국에 온 뒤로는 자리의 분위기에 계속 압도당해서 평소처럼 행동할 수가 없었다. 검왕이 되어 세계에 통하는 레벨이라고 생각했던 것이 산산조각난 기분이다.

"예전에는 더 생각 없이 움직일 수 있었는데…."

검왕이 되어 제자도 생긴 탓일까. 아니면 에리스와 알게 되면서 그녀의 성격에 영향을 받았기 때문일까. 예전과 달리 앞

뒤 생각 없이 움직일 수 없게 되었다.

그만큼 검사로서 강해졌다고 생각하긴 하지만….

"그러고 보니 이졸테한테 에리스 이야기를 하는 걸 잊어버렸네."

에리스가 이 도시에 와 있다면 또 셋이서 대련이라도 하고 싶다.

그런 생각을 할 때 니나의 뇌리에 낮에 보았던 광경이 떠올라서 절레절레 고개를 내저었다.

'그건 이미 내가 아는 에리스가 아냐….'

아무래도 좋으니까 얼른 파티장으로 돌아가자.

그리고 적당한 선에서 끝내고 돌아가자. 여기는 별로 편한 곳이 아니지만, 아슬라 왕국에는 명소가 많이 있다. 이졸테에게 안내를 받아서… 아니, 그녀가 바쁘다면 혼자서 산책이라도 하자.

시내는 축제인 모양이니 분명 즐거운 일도 있겠지.

뭣하면 시내에 있는 검신류의 도장을 방문하는 것도 좋다.

'좋아…… 응?'

결의를 새롭게 다진 니나의 시야에 문득 불빛이 새어나오는 방이 있었다.

작은 문이니까 파티장은 아니겠지.

하지만 파티장이 어디 있는지 아는 사람은 있을 것이다. 그들에게 길을 물어보면 된다.

반쯤 안도하면서 니나는 그 문으로 다가가서….

"아리엘 폐하도 그 사실이 남의 입에 오르내리는 것을 바라지 않으시겠죠?"

틀림없는 협박의 말을 듣고 멈춰 섰다.

'아리엘… 폐하?'

이 나라에서 그렇게 불리는 인물이 한 명밖에 없다는 사실은 아무리 시골뜨기인 니나도 알고 있었다.

아리엘 아네모이 아슬라.

10년 가까이 라노아 왕국으로 귀양 가 있었음에도 불구하고 혜성처럼 돌아와서 왕위를 손에 넣은 카리스마 여왕. 수도 아르스의 이 축제 소동은 모두 그녀 한 명을 위해 치러진다고 해도 과언이 아니다.

"…그 사실? 무슨 이야기입니까?"

"기억에 없으시다?"

니나는 발소리를 죽여서 문으로 다가갔다. 그리고 문틈으로 안을 엿보았다.

'……!'

거기에는 한 쌍의 남녀가 있었다.

의자에 앉은 금발 여성, 그 옆에 선 밝은 갈색 머리의 남자.

남자의 얼굴은 기억에 있었다.

"짚이는 게 너무 많아서….."

"그건….."

루데우스 그레이랫.

그는 낮에 에리스에게 웃어 주던 때와 전혀 다른, 다른 사람처럼 기분 나쁜 웃음을 띠면서 아리엘의 뺨으로 얼굴을 가져갔다.

나나는 순간 생각했다.

'육체관계를 요구하는 거야!'

루데우스 그레이랫이란 인물은 에리스 외에도 아내를 두 명 두고 있다.

호색가라는 소문도 들은 적이 있었다.

또 아리엘이 왕이 될 때 뒤에서 상당히 협력했다는 이야기도 시내에서 들었다.

올스테드의 부하가 되었다면 그 손발로서 아리엘을 지원했겠지.

그리고 아마도 그때의 뭔가를 미끼로 아리엘을 안으려고 한다.

'베어 버리자.'

나나는 순간 그렇게 생각했다.

아리엘이 뭘 미끼로 협박당하는지는 모른다. 루데우스가 얼마나 강한지도 모른다. 나나는 지금 검을 가지고 있지 않다.

하지만 그런 거랑 상관없이 나나는 눈앞에 있는 남자를 베기로 결심했다.

고민할 것 없었다.

이졸테는 아리엘의 부하다.

친구의 상사가 협박을 받고 있다면 베는 데에 주저가 있을 리가 없다.

물론 최근의 니나라면 '잠깐 기다려'라고 생각했겠지.

몇 시간 동안 그녀도 스트레스가 꽤나 쌓였다.

하지만 다음 순간 니나의 뒤에서 살기가 부풀어 올랐다.

"!"

다급히 뒤를 돌아보았다.

그러자 거기에는 피처럼 새빨간 드레스를 입은 악귀가 서 있었다.

"에리스?!"

왜 여기에? 라고 생각할 것도 없었다. 에리스는 루데우스의 곁에 있었다. 루데우스가 여기에 있다. 그럼 이 저택에 왔어도 이상할 것 없었다.

"니나…?"

에리스는 순간 의아한 얼굴을 하였지만, 곧 표정을 다잡았다.

"너 누구한테 그렇게 살기를 뿌리는 거야?"

니나로서는 아차 싶었다. 이 상태가 된 에리스는 멈출 수 없었다. 한 판 붙었다간 방에 있는 루데우스도 알아차리겠지. 2

대1, 에리스도 검을 가지고 있지 않았지만, 마술사와의 협공이라면….

"어라? 에리스, 돌아왔어?"

니나가 그렇게 생각했을 때에는 이미 늦었다.

뒤에서 문이 열리고 루데우스가 얼굴을 내밀었다. 그 시점에서 못 이긴다고 니나는 바로 깨달았다.

그래도 맹수처럼 돌진하는 것이 검신류다.

니나는 단전과 다리에 힘을 넣어서.

"자, 루데우스 님, 슬슬 가시지요. 손님이 기다리고 있습니다."

그러나 루데우스의 옆에서 태연한 표정으로 있는 아리엘의 얼굴을 보고 니나의 힘이 빠졌다.

그녀는 도움을 청하는 얼굴도, 절박한 얼굴도 아니었다.

뭔가가 이상하다 싶었다. 몇 시간 동안 몇 번이나 느낀 감각이었다.

"…협박당한 게 아니었습니까?"

"……?"

아리엘은 주저앉은 니나를 보고 고개를 갸웃거렸다.

니나와 아리엘은 면식이 없다. 하지만 아리엘은 니나의 자세와 표정, 에리스의 표정, 자신들의 대화를 떠올리고, 순간적으로 무슨 일이 있었는지 알아차렸다.

"아뇨, 제가 루데우스 님에게 부탁을 했다가 거절당했을 뿐입니다. 꼭 좀 부탁을 하고 싶었기에 루데우스 님의 약점을 좀 잡아 보았습니다만, 멋지게 카운터를 맞아서…. 뒷부분만 듣고 제가 협박당한다고 생각해서 도와주려고 했던 건가요?"

니나는 눈을 껌뻑거리면서 고개를 끄덕였다.

아리엘은 그런 그녀의 팔을 살며시 붙잡고 일으켜 세워주었다.

"고마워요. 처음 보는 얼굴이로군요. 아슬라 왕국 차기 국왕 아리엘 아네모이 아슬라입니다."

"어, 어, 어?"

차기 국왕 아리엘을 이렇게 가까이서 보고, 게다가 먼저 자기소개를 받았다.

그 사실에 머리가 쫓아가지 못해서 허둥댄 니나는 순간 에리스를 보았다.

그녀는 뚱한 표정을 지었지만, 한숨을 내쉬고 니나를 도와주었다.

"그 녀석은 니나야."

"에리스 님의 지인입니까?"

"그래, 검성 니나 파리온. 검의 성지에서 같이 수행했어."

왜 여기에 있는지는 모르지만, 이라고 에리스는 덧붙였다.

"이, 이제는 검왕이야! 당신하고 같아!"

"…그래? 축하해."

에리스의 쌀쌀맞은 대답에 니나는 입을 다물었다. 마치 의미도 없이 검왕이라고 잘난 척한 기분이었다. 그저 정정했을 뿐인데.

"그렇군요, 니나 님. 오늘 밤의 파티는 저와 루데우스 님이 주최한 것입니다. 나중에 이야기할 기회도 있으리라 생각합니다. 우선 느긋하게 즐겨 주세요."

"아, 예…."

아리엘은 부드럽게 미소 짓더니 루데우스와 함께 복도를 걸어갔다.

니나는 그걸 지켜보다가 한숨을 푸욱 내쉬었다.

오늘은 정말로 마음대로 안 되는 일만 일어난다.

"그래서 왜 여기에 있어?"

그리고 뒤에 있던 에리스가 그렇게 물었기에 천천히 돌아보았다.

새빨간 드레스와 틀어 올린 빨강머리가 잘 어울렸다.

목걸이나 귀걸이 같은 액세서리도 있어서, 진짜 귀족 따님 같은 모습이었다.

"……에리스… 드레스, 잘 어울려."

"후훗, 당연하지! 루데우스가 골라준 거니까!"

자랑스럽게 가슴을 펴는 에리스는 방금 전의 야수와 동일인물로 여겨지지 않았다.

하지만 니나는 생각했다.

'에리스, 별로 안 변했구나.'

그것이 계기였겠지.

"저기… 내 말 좀 들어봐, 에리스. 이줄테가…."

니나는 한숨을 내쉬면서 에리스에게 푸념을 늘어놓기 시작하였다.

결국 니나는 그 파티의 목적을 알 수 없었다.

그 이후에 에리스와 함께 파티장으로 돌아오자 루데우스가 다가와서,

"용신 올스테드는 당신 편입니다! 지금 계약을 하시면 세제도 사은품으로 드립니다. 괜찮습니다. 계약금은 일체 없습니다. 그저 80년 후에 녀석이 전쟁을 일으켰을 때를 대비하여 힘을 비축하고, 용신 올스테드에게 힘을 빌려주기만 하면 됩니다. 그것만으로 앞으로 백 년 동안 올스테드 코퍼레이션은 당신 편입니다! 신을 참칭하는 수상쩍은 놈에게서 계시가 있을 때, 처자식을 인질로 잡혔을 때, 어떤 때라도 용신 올스테드가 당신을 도울 것입니다. 부디 깨끗한 한 표를 부탁드립니다!"

그런 이상한 소리를 늘어놓았기에 고개를 끄덕거렸을 뿐이었다.

루데우스는 동료를 모으는 모양이었다.

방금 전의 일이 오해였다면, 에리스의 남편이기도 한 그에게 힘을 빌려주는 것에 사양할 이유가 없다.

다만 어디서 어떻게 힘을 빌려주면 좋을지 니나로서는 잘 알수 없었다.

80년 뒤에 전쟁이 일어나니까 그때 올스테드에게 힘을 빌려달라, 그때를 대비하여 힘을 비축해 달라, 그런 말을 들어도잘 이해되지 않았다.

니나와 마찬가지로 그 자리에 있는 이들도 당혹스러운 기색이었다.

하지만 최종적으로 모두가 고개를 끄덕였다.

아리엘이 부탁하는데 싫다고 할 인물은 그 자리에 없다는 이유도 있겠지.

파티가 끝나고.

에리스의 초대로 니나는 파티장이던 저택에서 묵게 되었다.

이졸테도 함께 있었다. 아무래도 이 저택은 루데우스가 아리엘에게 하사받은 것으로, 마음대로 써도 좋다고 에리스가 자랑스럽게 말했다.

그 날 밤에는 오랜만에 셋이서 이야기를 나누었다.

여전히 루데우스 이야기만 하는 에리스에게, 자기도 슬슬 상대가 고프다고 투덜대는 이졸테. 이렇게 셋이서 얼굴을 맞대고이야기하는 건 옛날 기분이 드는 일이라서 왠지 그때가 그리웠다.

이야기의 내용은 예전과 비교해서 다소 변했지만, 그래도 즐거운 건 마찬가지였다.

이 시간이 있었던 것만으로도 수도 아르스에 오길 잘했다고 생각할 정도로.

그리고 다음날이 되었을 때 묘한 질투심이나 패배감은 흐려져서 니나는 평소의 모습을 되찾았다.

아리엘의 대관식이 무사히 끝날 때까지 니나는 실컷 수도 아르스를 구경하고 다녔다.

관광 명소에, 인파에, 도장에. 가 보려고 했던 곳은 모두 다 갔다.

혼자가 아니었다. 이졸테는 일이 있어서 따라오지 못하는 날도 많았지만, 어째서인지 에리스는 계속 따라왔다.

처음에는 왜 그러나 싶었다. 에리스는 입만 열면 루데우스 이야기만 했으니까.

그럼 루데우스랑 있으면 될 텐데, 라고 생각할 때도 많았다.

하지만 오랫동안 함께 있었던 덕분에 니나도 에리스의 생각을 이해할 수 있었다.

아무래도 에리스는 니나가 루데우스의 권유를 받아주었으면 하는 모양이다.

말재주가 서툰 그녀의 말을 이해하기 어려웠지만, 진지하고 열심인 말은 니나의 마음을 움직였다.

잘 모르니까 무시하자고 생각했었던 루데우스의 이야기를

'조금 생각해 볼까'라고 보게 될 정도로.

　대관식이 끝나고, 니나는 검의 성지로 돌아왔다.
　돌아오는 길에 그녀는 생각했다.
　80년 후의 전쟁, 올스테드의 진영에 붙는 것에 동의한 자신, 행복해 보이는 에리스, 밝은 에리스, 씩씩해 보이는 에리스. 그 옆에 있던 루데우스.
　그들을 생각하면서 말을 몰았다.
　결론은 나오지 않았다.
　하지만 검의 성지에서 니나를 맞아준 인물을 보니 뭔가 딱하고 맞물리는 게 있었다.
　마중 나온 사람은 그녀의 사촌이었다. 니나의 뒤를 쫓듯이 검성이 되고, 이제 곧 검왕이 되려는 청년 지노 블리츠. 그를 보고 니나는 문득 떠오른 말을 그대로 말했다.
　주저는 없었다.
　왜냐면 검신류는 즉단즉결이 모토니까.

　"있잖아, 지노. 우리도 결혼 안 할래?"

　그 뒤 검의 성지에 한 쌍의 부부가 탄생하지만, 그건 또 다른 이야기다.

막간 성인식

여동생 이야기를 하자.

노른은 학생회장으로 열심히 일하고 있다.

최근에는 학생들 중 태반이 '학생회장이라면 노른 그레이랫'이라고 인식하였다. 물론 아리엘이 학생회장이었을 시기를 모르는 학생의 비율이 늘어난 것도 관련 있겠지.

노른은 인기 있는 학생회장이다.

일반학생 중에는 노른을 애칭으로 부르는 이도 많다.

노른은 싫어하는 모양이지만 어쩔 수 없겠지. 아리엘은 든든한 학생회장이었지만, 노른은 친근한 학생회장이다.

다만 팬클럽의 영향도 있어서 연애 쪽으로는 아직 전혀 소문도 없었다.

학교의 마스코트 같은 위치이기도 한 모양이다.

물론 그녀는 학생회장일 뿐만 아니라 공부 쪽으로도 열심이었다. 지난번에는 검술 훈련에서 검신류 중급 인가를 받았다는 모양이다. 내 주위와 비교해 보면 다소 늦지만, 그래도 보통은 이 정도겠지.

마술 쪽도 노력하고 있고, 그 외에도 여러 수업을 받는 모양이다. 자세한 것까지는 모르지만, 가끔씩 얼굴을 비치는 학교에서 "노른 회장은 어디서든 보이네."라는 말을 들은 적이 있다.

1등까지는 차지하지 못하는 모양이지만, 그만큼 여러 분야에 손을 대는 걸지도 모른다.

아이샤는 최근 아르스와 붙어 지낸다.

에리스가 육아에 서툰 모습을 보이는 탓도 있지만, 남자애가 귀여운지 계속 돌봐 주었다.

마음에 드는 거겠지.

뭐가 좋은지 모르겠지만, 최근에는 "아르스는 귀여워." 같은 소리를 입버릇처럼 한다.

물론 그건 괜찮다. 하지만 다소 걱정이기도 하다. 너무 아르스에게 붙어 있는 것 아닌가….

저번에는 배가 고프다고 우는 아르스에게 자기 젖을 빨게 하려고 했다.

그러면 울음을 그칠 줄 알았다고 하는데….

실제로 아르스도 가슴에 얼굴을 묻으면 행복하게 웃었기에, 아이샤가 그런 행동에 나선 것은 이해할 수 있다.

하지만 좀 걱정이다.

가슴을 보이는 상대가 갓난아기 정도밖에 없다고 생각하면 말이지.

뭐, 걱정은 그 정도다.

용병단 쪽으로는 잘 해 주고 있다.

용병단을 올스테드 코퍼레이션의 첩보조직으로 세계 규모로 확대하겠다고 선언한 나에게, 딱히 방법을 묻지도 않고서 다른 곳에 지부를 설립하는 데에 필요한 인재, 건물, 교섭 준비까지 해 주었다.

리니아와 프루세나를 잘 컨트롤하고 있다.

물론 아이샤 본인은 사람을 다루는 데에 그리 능하지 않은 듯했다.

특히나 능력이 낮고 같은 실수를 몇 번이나 거듭하는 부하에게는 너무 엄하게 굴기도 하는 모양이다.

물론 그런 부하는 리니아와 프루세나가 잘 부린다.

적재적소.

아이샤는 브레인이다. 그것도 최고의 브레인.

자, 그런 노른과 아이샤 말인데, 이제 곧 15세가 된다.

이미 설명할 필요도 없으리라 생각하지만, 이 세계에서 5세, 10세, 15세의 생일은 절기로 여겨져서 성대하게 축하한다.

특히나 15세는 성인이 되는 해라서, 귀족이라면 대규모의 파티를 하는 일도 많다.

성인식이다.

이 세계의 인간에게 가장 중요한 날이라고 할 수 있겠지.

그리고 이것 또한 설명할 필요도 없으리라 생각하지만, 나는 두 사람을 축하해 줄 생각이다.

정말로 성대하게 말이다. 올스테드에게 두둑하게 돈을 받아서 커다란 건물을 빌리고, 내 지인이나 높은 사람들을 잔뜩 부르고, 공물도 잔뜩 바치게 하고, 세계에서 제일가는 공주님 같은 대접을 해 주는 것이다.

그런 마음으로 록시에게 의논했더니,

"아이샤는 몰라도 노른은 조금 더 수수한 쪽을 좋아하리라 생각합니다…. 안 하는 편이 좋지 않을까요?"

라며 못을 박았다.

귀족도 아니니까 집에서 가족들끼리 하면 충분하다는 소리다.

그 뒤에 "루디는 15세 생일을 축하받은 적이 없으니까 너무 흥분한 거군요."라며 록시가 머리를 쓰다듬어 주었다.

개인적으로는 내 15세 생일은 아무래도 좋았지만… 뭐, 됐어. 모처럼 록시가 머리를 쓰다듬어 주었으니까 받아야지. 냐옹~

아무튼 무슨 일이든 지나치면 안 된다. 록시 덕분에 눈이 떠졌다.

"일단 두 사람 외의 가족에게도 이야기를 해서 축하할 방법을 생각하자."

그렇게 해서 노른과 아이샤를 제외한 전원이 회의를 열기로 했다.

★　　★　　★

회의는 밤늦게, 지하에서 가졌다.

촛불을 하나 켜놓고, 어둑어둑한 가운데 아이샤와 노른을 제외한 가족 전원이 얼굴을 맞댔다.

"잘 오셨습니다, 어둠의….."

"저기, 루디, 조금 더 밝은 편이 글쓰기에 편합니다만….."

서기인 록시가 개최 인사를 가로막으며 불평을 했다.

무드 좀 살려줬으면 좋겠다.

"아니, 하지만 불빛이 새어나가면 아이샤가 눈치챌지도 모르고."

"애초에 왜 숨기는 겁니까?"

"왜냐고 해도….."

숨길 일 아닌가?

예를 들어서 밸런타인데이 준비는 남자에게 들키고 싶지 않잖아.

"숨기려면 준비하는 것도 고생이고, 딱히 이유가 없으면 밝히는 편이 좋으리라 생각합니다."

그렇게 말한 사람은 리랴.

준비하는 쪽으로서는 숨기지 않는 편이 좋은 모양이다.

뭐, 그도 그런가. 몰래 준비하기보다도 당당히 준비하는 편이 편하겠지.

"흠."

하지만 그래. 딱히 숨기지 않아도 되는군. 생각해 보면 나는 다섯 살 때도, 열 살 때도 서프라이즈 파티였다. 고로 생일 파티는 숨기는 법이라는 선입관이 있었다.

지난 번 일도 있었으니, 노른도 아이샤도 축하해 주리라는 것 정도는 이미 알아차렸겠지.

그럼 말하지 않을 이유도 없다.

"그럼 두 사람에게 공개하는 방향으로."

대대적으로 하자.

그 편이 선물을 살 때도 고생스럽지 않겠지.

아이샤는 상점가 사람들과 사이가 좋다.

너무 몰래 움직이다가 '저번에 아이샤의 오빠가 와서 귀여운 팬티를 사갔다' 같은 말이라도 새어나갈지 모른다.

물론 팬티를 살 생각은 없다.

비유다, 비유.

결코 저번에 실피에게 입혀보려고 팬티를 구입했더니 아이샤가 웃으면서 지적했다고 이런 이야기를 하는 게 아니다.

"하지만 선물은 비밀로 하는 편이 좋아."

에리스의 말에 전원이 수긍했다.

"비밀이라도 우리가 각자 뭘 줄 것인지는 겹치지 않게 정해 두는 편이 좋겠지."

실피가 말을 이었다.

그녀의 말은 지당하다.

사교적인 두 사람은 당일에 곳곳에서 많은 선물을 받겠지. 노른은 학생회나 친위대에게서, 아이샤는 용병단이나 상점가 사람들에게서. 그런 쪽에서 겹치는 것은 어쩔 수 없다고 해도, 하다못해 가족들이 서로 같은 선물을 주는 것은 피하고 싶다.

"그럼 각자 뭘 주려고 하는지, 지금 생각하는 바를 말해 보죠."

그렇게 해서 이번 집회의 의제는 선물에 대한 것이 되었다.

그렇다고 해도 각자 미리 어느 정도는 정해둔 모양이었다.

리랴는 노른에게 손수건을, 아이샤에게는 에이프런을.

실피는 노른에게 책을, 아이샤에게 깃털펜을.

록시는 노른에게 특별 주문한 갑옷을, 아이샤에게는 원예용 삽(마도구)을.

에리스는 노른에게 검을 차기 위한 혁대를, 아이샤에게는 벨트를.

다들 여러모로 생각한 모양이다.

물론 나도 생각하지 않은 건 아니다.

노른에게는 파울로의 인형을 주려는 마음에 며칠 전부터 제작에 들어갔다.

노른은 파울로를 좋아했고, 성인이 된 것을 누구보다도 파울로에게 전하고 싶겠지.

엄청나게 미묘한 얼굴을 할지도 모르지만… 뭐, 그때는 그때.

다만 아이샤에게 줄 선물은 조금 고민하고 있다.

그녀가 뭘 원하는지 모르겠다. 아이샤가 좋아하는 건 귀여운 것이다.

그 엄청난 재능에서는 상상도 가지 않을 만큼 완전 소녀취향인 그녀는 나풀거리는 프릴이 달린 귀여운 옷이나 반짝거리는 액세서리를 좋아한다.

그런 것을 선물해도 좋겠지만… 최근에는 용병단에서 고문료를 받는 탓도 있어서 원하는 것은 대개 손에 넣는 모양이다.

"참고로 지금까지 다들 성인식 때 뭘 받았는지 물어봐도 될까요?"

일단 여성진에게 물어보기로 했다.

리서치는 중요하겠지.

"꽤 오래 전의 일입니다만, 저는 양친에게서 머리장식을 받았습니다. 조금은 여자다워지라면서."

이것은 리랴의 말.

15세 때의 리랴가 어땠는지는 모르지만, 별로 꾸미지 않는 성격이었다고는 들었다. 아무래도 도장주의 딸이고.

"나는 생일을 몰랐으니까 딱히…. 아, 하지만 아리엘 님에게서 이것저것 받았어. 옷이나 신발…."

실피는 복식과 관련된 것인 모양이다. 평소에는 차려 입지 않고 보이시한 차림을 하는 그녀에게, 하다못해 개인 시간에라도 입으라고 선물했겠지.

"저는 딱히. 미굴드족에게 그런 풍습은 없어서."

록시는 그런가.

일단 결혼 축하로 모자를 선물했으니 그걸 언급해도 좋았겠지만.

"나는 루이젤드에게 전사로 인정받았고… 루데우스한테는, 저기… 그거야!"

에리스는 그건가.

말로 하기 창피하지만, 나와 에리스의 첫 그것이다. 유니폼 교환이다.

그러고 보면 아이샤는 내게 호의를 보내고 있다. 혹시 그걸 받으면 아주 기뻐할까. 아니, 그거랑 같은 걸 아이샤에게 해선 안 되지.

하지만 그거까지 안 가면 좋은 느낌의 선물이 되지 않을까?

바다가 보이는 레스토랑에서 너의 눈동자에 건배, 쉐프가 내놓은 요리를 맛있게 먹으며 일생에 한 번뿐인 하룻밤의 신데렐라 나이트를 연출….

내가 말하고서 창피해졌다.

"으음, 아이샤에게 줄 것을 못 정하겠네."

"아이샤는 루디한테 받는 거라면 뭐든지 좋아할 것 같은데."

실피는 가볍게 웃으면서 말했다.

그럴지도 모르지만, 그렇기 때문에 더더욱 그렇다.

그렇기 때문에 받으면 기뻐할 것을 주고 싶다.

…아예 아주 비싼 것도 괜찮을 것 같은데.

10만 캐럿 다이아몬드라든가. 올스테드에게 물어보면 있는 곳을 알려 줄 것 같다.

설령 베히모스의 배 속이라도 그걸 캐러 가는 것에 주저하지 않겠다.

"루디가 지금까지 받은 것 중 제일 기뻤던 것을 주는 건 어떨까요."

록시의 제안에 정신이 들었다.

바로 그거다.

"과연…. 그렇게 하겠습니다."

대답을 얻은 나는 고개를 끄덕였다.

선물은 정해졌다.

그 뒤로 몇 차례의 회의를 거치면서 준비를 착착 진행하였다.

노른과 아이샤에게는 생일 파티를 할 테니, 그 날은 비워두라고 전했다.

두 사람은 파티 개최를 기뻐해 주었다.

노른은 '그런 거 필요없습니다!'라고 말할 줄 알았는데, 얌전히 "고맙습니다."라며 고개를 숙였다. 노른의 이런 솔직한 태도는 어쩐 일일까… 싶었는데, 생각해 보면 노른이 나에게 쌀쌀맞은 것은 학교에 있을 때뿐이다.

학교에서는 입장도 있으니까 어쩔 수 없을지 모른다.

아이샤는 더 단순하게 '기대돼!'라며 신난 모습을 보였다.

…일 줄 알았는데 아니었다.

오히려 놀란 얼굴을 하고 "그렇구나, 나 이제 어른이구나."라며 이제야 깨달았다는 듯이 중얼거렸다.

똑똑한 그녀니까, 뭔가 생각하는 바라도 있는 걸까.

뭣하면 파티 도중에 내가 어른으로서 훈시라도 해 볼까….

아니, 그만두자.

나는 자신 있게 어른이라고 할 수 있을 만큼 어른이 아니다.

여기서 잘난 척 무슨 소리를 해도 장래에는 창피를 당하는 결과가 될 것 같다.

아무튼 두 사람에게 이야기도 마쳤고, 이제 그 날을 기다리는 것만 남았다.

개최 당일.

노른은 평소처럼 학교에 갔다.

"최대한 빨리 돌아오겠습니다."

그런 말에서 추측하자면 기대하는 모양이다.

아이샤도 아침 일찍부터 용병단의 사무소로 나갔…지만, 점심 전에는 돌아왔다.

일을 일찌감치 끝낸 모양이다. 단원들에게서 무슨 선물이라도 받아올 줄 알았는데, 빈손이었다.

"뭐 받아오는 거 아니었어?"

"으음, 생일이라고 말하긴 했는데. 수족이라서 그런지, 다들 그런 풍습을 잘 모르는 모양이야."

그렇긴 해도 축하의 말은 곳곳에서 들었는지 기분 좋아 보였다.

하지만 상점가 사람들도 아이샤에게 아무것도 안 준 건가.

뭐, 손님이라고 해도 결국은 남이고….

애초에 꼭 물건만으로 축하하는 건 아니니까.

중요한 건 마음이다. 축하하자는 마음이 중요하다.

"오빠, 준비하는 거 봐도 돼?"

"그래, 물론."

아이샤는 그대로 식당에 자리를 잡고 파티장 준비를 하는 우리를 가만히 지켜보았다.

리랴와 실피가 주방과 식당을 오가는 모습을.

시장에 나갔던 에리스와 록시가 식재료를 산만큼 짊어지고 돌아오는 모습을.

내가 이런저런 일을 도우면서 장식을 하는 모습을.

묵묵히 계속 지켜보았다.

그렇게 보고 있으면 일하기 좀 그렇지만, 오늘의 주역은 그녀. 게다가 봐도 된다고 말한 이상 저녁까지 나갔다 오라고 하기도 그렇다.

물론 정말로 보기만 할 뿐이었다.

아이샤는 딱히 아무런 말도 없이 무표정하게 우리의 모습을 보았다.

도중에 제니스가 그녀의 옆에 앉아서 아이샤의 머리를 쓰다듬어도 딱히 아무 말도 하지 않고 가만히.

도중에 레오가 아이샤의 무릎에 머리를 올려도 딱히 상대하는 일 없이 가만히.

도중에 아르스가 울어서 자리를 뜨긴 했지만, 금방 돌아와서 가만히.

도중에 루시가 "아이샤 언니, 시간 있으면 놀래?"라고 해도, "으음, 미안. 실은 조금 바빠."라고 미소 지어주고 가만히.

딱히 뭘 하는 것도 아니라 그저 보고 있었다.

그녀가 무슨 생각을 하는지는 모른다.

성인에 대해 여러 생각을 하는 걸까. 아니면 단순히 '솜씨가 별로'라고 생각하는 걸까.

나로서는 모르겠다.

그러는 사이에 시간은 저녁이 되었다.

아이샤가 지켜보는 가운데, 준비는 착착 진행되고 끝났다.

장식된 식당.

구석에는 두 사람에게 줄 선물이 포장된 상태로 잔뜩 쌓여 있었다.

테이블 위에는 식어도 괜찮은 요리가 차려졌다. 메인 디시는 노른이 돌아온 뒤에 만들기 시작하는 수순이다.

이제 노른이 돌아오기를 기다릴 뿐이었다.

예정보다 조금 늦어진 걸까. 너무 늦지 않도록 마중을 나가자.

그렇게 생각하는데, 노른은 선언한 대로 일찍 돌아왔다.

"다녀왔습니다."

노른은 두 손에 셀 수 없을 정도의 짐을 들고 있었다.

왼손에는 커다란 꽃다발. 오른손에는 나무상자를 안고 있고, 안에는 옷감이나 머리장식, 뭐에 쓰는 건지 모를 이상한 모양의 오브제 같은 것이 가득했다.

"미안해요, 늦어져서. 돌아오는 길에 잔뜩 받아서…. 기숙사에 두고 올까 했는데, 옷장에 다 안 들어가서. 이건 집에 놔두려고 가져오는데, 도중에 자루가 찢어져서…."

학교에서 만난 많은 사람들에게 선물을 받은 모양이다.

학교에는 그만큼 성인이 된 노른을 축하하려는 사람이 많다는 거다.

역시나 친근한 학생회장이라고 할 만하군.

이상한 것을 받지 않았으면 좋겠는데. 머리카락이 든 쿠키라든가….

아무튼 노른도 집에 돌아왔으니 본격적으로 파티를 시작하기로 했다.

파티의 흐름은 몇 년 전에 있었던 두 사람의 생일 파티와 같았다.

내가 개최 인사.

15세가 되었다고 뭔가 변하는 건 아니지만, 세간에서는 어른으로 간주된다, 는 내용의 말을 했다.

그런 말은 하지 않기로 했지만, 해 버렸다.

나도 모르게 입이 미끄러져서 잘난 척 말해 버렸다.

물론 나를 시작으로 우리 집 어른들도 각자 '성인이 된 후의 마음가짐'을 말했다.

앞으로는 뭘 하든지 집의 허가를 받을 필요는 없지만 책임을 질 것, 이라는 것이 실피의 말.

배움을 잊어선 안 된다, 는 것이 록시의 말.

뭔가 목표를 가져라, 는 에리스의 말.

리라는 감격했는지, 파울로와 제니스의 젊었을 적이나 두 사람이 살았던 날에 대해 말하다가, 제니스가 머리를 쓰다듬어 주자 울상을 하였다.

그 뒤에는 선물 증정이었다.

우리가 주는 선물에 노른은 꽃이 피듯이 환한 얼굴을 하였다.

특히나 록시가 지인 대장장이에게 부탁하여 만든 갑옷을 마음에 들어 했다.

록시는 이날을 위해 현재 제니스의 방에 장식된 파울로의 갑옷과 비슷한 디자인의 갑옷을 특별 주문한 모양이다.

노른의 몸에 맞게 사이즈를 조정하고 여성용으로 어레인지하여서.

에리스에게 선물받은 혁대와 함께 입고 파울로의 애검을 허리에 차 보니, 돼지 목에도 진주라고 그럴싸한 검사로 보였다.

이 두 사람은 이전에 노른이 '모험가가 되고 싶다'고 말했던 것을 기억했던 걸지도 모른다.

내가 만든 파울로의 흉상은 처음에는 영 반응이 안 좋았다.

자신작이긴 하지만 30센티미터 정도 되는 석상이고, 그 마음은 모를 것도 아니다. 만드는 도중에는 몰랐지만, 현대 일본인의 감각으로 말하자면 '받아봤자 곤란한 것'으로 분류되는 걸지도 모른다.

하지만 이 세계에서는 사진 같은 게 없다.

이걸 보고 있으니 파울로가 떠올랐을까, 노른은 눈물을 글썽이며 "소중히 여기겠습니다."라며 받았다.

그렇게 선물을 다 받은 뒤에 노른은 말했다.

"저기, 고맙습니다. 앞으로 어른으로서의 자각을 가지고 열심히 할까 합니다. 앞으로도 도와주세요."

가슴 가득 감격한 느낌이었지만, 당당히, 분명히 말했다.

그 말에 리랴가 또 울음을 터뜨렸다.

노른은 정말로 훌륭해졌군….

자, 노른은 아주 기뻐했는데, 아이샤는 어떨까.

아이샤도 기뻐하긴 했지만, 나는 그녀를 보고 뭔가 위화감을 느꼈다.

물론 노골적으로 얼굴을 찌푸리거나 싫어하는 건 아니었다.

뭔가 받을 때에 "우와, 대단해! 예뻐! 고마워!"라고 말하거나 "이거 갖고 싶었어!"라고 기뻐하거나.

표면상으로는 평소처럼 밝은 아이샤라서 이 파티를 즐거워하는 것으로 보였다.

하지만 이건 뭘까.

역시 위화감이라는 말이 옳을까.

내 눈에 비친 아이샤는 어딘가 재미없어하는 걸로도 보였다. 미소도 웃음소리도 가짜 같고, 연기하는 것으로도 보였다. 그렇게 생각하는 것은 낮의 그녀를 보았기 때문일지도 모른다.

그런 아이샤에게 내가 준 것은 팬던트였다.

미굴드족의 팬던트…는 루이젤드에게 주었으니까 그 복제품이다.

손수 만든 거라서 비싼 것도 아니고 진짜도 아니다.

"아이샤, 이건 내가 성장하는 계기가 되었던 것이야. 너에게는 아무런 의미도 없는 것이지만, 나는 네가 어른이 된 증표로 이걸 줄까 해."

자기만족의 범주라는 자각은 있었다.

하지만 왜인지 노른보다 아이샤에게 이걸 주고 싶었다.

이유는 모르겠다.

다만 내가 받고 가장 기뻤던 것이라는 말에 제일 먼저 이게 떠올랐다.

"…고마워."

아이샤는 기뻐하는 얼굴을 하지 않았다.

놀란 얼굴을 하였다. 그리고 뭔가 생각하듯이 팬던트를 가만히 바라보았다.

그 후에 메인디시와 케이크를 먹으면서 파티를 즐겼다.

깜짝 놀랄 일도 있었다.

해가 완전히 저문 뒤에 학교 학생들이 찾아와서 노른에게 선물을 주고 갔다.

오늘 학교에서 노른이 15세 생일이라고 안 뒤에 다급히 사 온 모양이다.

그런 학생들이 여러 명 왔다.

내가 나가자 몇 명은 새파란 얼굴을 하였지만, 루데우스 스마일 덕분에 별일 없었다. 역시 미소는 인류 공통의 인사군.

…미안, 거짓말 했어.

내 미소를 본 순간 몇 명은 새파란 얼굴로 얼어붙어서 도망치려고 했다.

실피가 붙잡아서 선물은 무사히 노른에게 전달되었으니 별일 없었다…. 실례 아니냐고, 흥흥.

그런 녀석이 여러 명 온 바람에 어느 틈에 노른의 선물은 산더미처럼 쌓였다.

반대로 아이샤의 선물은 우리 가족에게 받은 것뿐.

아이샤는 웃고 있었지만, 그 웃음이 가짜라고 보이는 탓인지 왠지 상처 입은 것처럼 보였다.

나 이외에는 아이샤의 웃음이 가짜라고 알아차리지 못한 걸까.

내가 너무 깊이 생각하는 것뿐, 아이샤는 신경 쓰지 않는 걸까.

슬슬 실피와 이야기하는 편이 좋을까.

그렇게 망설이는 중에 왠지 현관 쪽이 시끄러워졌다.

수많은 사람들의 기척과 레오가 멍멍 짖는 소리.

"뭔가 왔어…."

에리스가 험악한 얼굴로 구석에 놔둔 검을 들었다.

올스테드라도 왔나. 아니, 하지만 그렇다고 하기엔 기척이 많다. 올스테드가 사람을 여럿 데리고 다닐 리가 없다.

그렇게 생각하며 나는 현관으로 나갔다.

밖에 나가자, 불량해 보이는 녀석들이 우르르 밀려와 있었다.

체격 좋고, 털이 덥수룩하고, 긴 송곳니를 가진 녀석들. 모두 이 딱딱한 느낌의 검은 코트를 입고 있었다.

위압감이 느껴지는 놈들이다.

하지만 그 모습은 꽤나 더러워져 있었다.

다치거나 코트가 낡기도 했다.

그 필두에 선 것은 이 도시에서 제일 불량한 2인조.

두 사람은 머리를 엉망으로 풀어헤친 채로 언쟁을 벌이고 있었다.

"리니아가 잘못했어. 어제 일에서 마지막에 실수하는 바람에 출발이 늦었어."

"그, 그걸 던진 건 프루세나 아니었냐."

"바로 남 탓만 하잖아. 전부 리니아 탓이야."

"사냥감 냄새를 쫓고 있었을 텐데, 야영 중인 모험가가 굽는 고기 냄새에 끌려간 녀석이 말은 잘 한다냐. 그것 때문에 사냥 감을 해치우는 데에 시간이 걸렸다냐."

"큭, 그, 그런 곳에서 야숙하는 놈이 잘못이야."

리니아와 프루세나.

두 사람은 평소처럼 험악한 분위기를 만들고 있었다. 다만 이건 그냥 장난이다.

주위 녀석들도 익숙한 건지, 뒤로 손을 모으고 직립부동 자세로 서 있었다.

"아, 보스."

"음, 전원, 인사다냐!"

내 모습을 본 리니아의 호령에 그들은 일제히 고개를 숙였다.

그때 그들의 뒤에 있던 것이 눈에 들어왔다.

나무판자에 실린 커다란 덩어리 세 개.

"보스! 고문의 성인 축하다냐!"

"어제부터 숲에 가서 같이 잡아 왔어!"

그건 거대한 마물이었다.

멧돼지와 비슷한 마물이며, 이 근처 숲에서 사는 놈이다.

어제부터….

"…너희들, 오늘은 사무소에 없었어?"

"괜찮다냐. 최소한의 인원은 남겼다냐."

"그래. 오늘은 거의 일이 없도록 조정했어."

그렇다면 아이샤가 일찍 돌아온 것은 사무소에 아무도 없었기 때문일까. 축하를 받으려고 좋아라 하고 갔더니 아무도 없다. 일도 없다. 기다리면 누가 올까 했는데, 점심이 지나도 아무도 안 온다.

그러니 아이샤도 기분이 우울해질 만하군.

"아, 고문이다냐!"

"다들, 고문이야!"

돌아보자, 거기에 아이샤가 있었다.

눈앞에 떡 하니 놓인 멧돼지를 보고 아연한 얼굴을 하였다.

"뭐야, 이거….."

"고문! 생일 축하해!"

프루세나의 말을 시작으로, 단원들이 다시 일제히 고개를 숙였다.

축하합니다, 축하합니다, 하는 말이 시끄러울 정도로 크게 메아리쳤다.

완전히 야쿠자의 집회 같은 풍경. 그들의 앞에 있는 것은 한 소녀.

"……아핫."

아이샤는 웃었다.

그 광경을 보고 도저히 참을 수 없었던 것처럼 웃었다.

"그런 걸 어떻게 다 먹으라고… 아하, 아하하하."

자기가 그렇게 말하고, 뭐가 그렇게 웃긴지 큰 소리로 웃었다.

단원들은 그걸 보면서도 아이샤가 기뻐하는 것을 이해했겠지.

모두가 안도한 얼굴을 하고 밝은 웃음을 띠었다.

오늘은 노른의 인기만을 보았지만, 아이샤도 확실히 자기 커뮤니티의 사람들에게 받아들여졌다.

"오빠, 이왕 이렇게 된 거 우리 집 정원에서 다 같이 먹고 가게 해도 될까?"

그런 제안에 단원들 쪽을 보니, 꼬리를 흔드는 녀석이 몇 명 보였다.

수족의 방식은 모르지만, 보통은 사냥감을 양도할 뿐만이 아니라 자기도 축제에 참가해서 먹는 거겠지.

배가 고픈 건지 침을 흘리는 녀석이나 꼬르륵 대는 녀석도 있었다.

"그래, 물론."

내 말에 아이샤는 활짝 웃었다.

그 뒤에 노른을 축하하러 온 학생들도 포함하여 정원에서 연회가 시작되었다.

수족이 가져온 멧돼지를 통째로 굽고, 상점가에서 아이샤에게 신세졌다는 아저씨가 가져온 술을 나누었다. 이웃에게 폐도 되겠고, 엄숙한 성인식과는 거리가 먼 탓인지 노른도 한숨을 내쉬었다.

물론 노른도 싫은 기색은 아니었고, 분위기 망치는 소리도 하지 않았다.

아이샤가 진심으로 즐거워하는 것처럼 보였기 때문일지도

모른다.

연회는 한동안 계속되어서 용병단 사람들의 배가 빵빵해졌을 때에야 끝났다.

사람들이 삼삼오오 돌아가는 가운데, 아이샤가 말했다.

"어른이란 건 모르겠어."

자각을 가지고 사는 노른과 달리 아이샤의 말은 어린애처럼도 들렸다.

하지만 그런 거겠지. 아이샤에게는 아이샤의, 노른에게는 노른의, 각자가 생각하는 어른의 모습이 있다.

사람의 숫자만큼 어른과 아이가 있다. 각자 자기의 이상에 가까워지면 된다.

"그래, 모르는 거지."

나는 그렇게 대답했다.

아이샤에게 억지로 어른스럽게 굴 필요는 없다, 그렇게 생각했다.

이렇게 아이샤와 노른은 15세가 되었다.

제5화 성과와 앞날

이럭저럭 하는 사이에 1년이 경과했다.

순식간이다.

오늘은 졸업식이다. 라노아 마법대학의 졸업식.

내 졸업식이다.

평소에는 학생회 쪽에서 바라보기만 했던 행렬.

거기에 최근 잘 입지 않은 교복을 입고 졸업생 중 하나로 참가하였다.

자노바와 크리프의 졸업식이 있었던 게 바로 어제의 일 같다.

기억도 안 나는 동급생들 사이에서 교장의 이야기를 들었다. 교장의 이야기는 이전에 몇 번 들었던 것과 똑같았다. 아마도 매번 같은 원고를 읽는 거겠지.

이럴 때에 재학생들이 참가하지 않는 건 편해서 좋군.

하지만 별로 감개 같은 건 없었다.

학교 자체에 별로 안 왔던 탓도 있겠지. 수업도 거의 받지 않았고, 최종적으로는 조례에도 안 나갔다. 학적에 이름만 올린 느낌이다. 그래도 무영창 마술에 관한 연구 고찰과 그 교육방법에 관한 논문을 제출해서 C급 마술사 길드원 자격을 받았지만….

이래선 감개무량함 같은 것과는 거리가 멀겠지.

하지만 추억은 많다.

실피와 재회하고, 자노바나 크리프와 친해지고, 틈나면 리니아와 프루세나에게 성희롱을 하고, 나나호시와 함께 일본의 추억 이야기를 하고, 바디가디와 술을 마시며 웃고….

그런 장소와도 이별이다.

그렇게 생각하니 눈물이 나올 것 같았다.

아, 이게 감개라는 건가.

그래, 감개 깊군.

1년 동안 아슬라 쪽으로는 손을 써놓았다. 몇 달 정도 아슬라 왕국에 체재하면서 용병단의 지부, 자노바 상점의 지점과 상품을 제조하기 위한 공장을 만들었다.

어느 것이고 아리엘의 조력이 있었기에 가능했다.

아리엘은 쉽게 동료가 되었다.

거듭 올스테드에게 협력해 달라고 부탁하자 "원래부터 그럴 생각이었습니다."라는 든든한 말을 들을 수 있었다. 그리고 아리엘은 자기 파벌의 사람을 모아서 파티를 열어 주었다. 나와의, 아니, 자기의 뒷배인 칠대열강 '용신'과의 연줄을 가질 찬스를 만든다는 명목으로.

파벌이라고 해도 기본적으로 아리엘의 숨결이 닿은 인물들 뿐이다.

말하자면 아리엘의 힘으로 10년 뒤, 20년 뒤에 요직에 앉을 인물이겠지.

태반은 아리엘의 예스맨이다.

하지만 개중에는 조금 느낌이 다른 인물도 있었다.

그건 이를테면 수제 이졸테라든가. 어떤 영문으로 여기까지 왔는지는 모르겠지만 파티장에 있던 검왕 니나라든가….

아무튼 수신류와 검신류 사람들이 올스테드에게 협력하는 것은 기쁘다.

그런 말을 에리스에게 했더니 니나를 설득하는 건 맡겨달라고 뛰쳐나갔는데, 그건 결국 어떻게 되었을까. 한동안 셋이서 여기저기 놀러 다닌 모양인데, 결과는 듣지 못했다.

별로 기대하지 않지만, 니나라는 인물이 에리스와의 연줄로 나를 신용해 준다면 좋겠다.

솔직히 80년 뒤에 라플라스가 부활한다는 말을 태반의 사람들은 믿지 못했다.

그러니 내 권유의 말은 다소 건성이었다고 생각한다.

하지만 그들의 고삐는 아리엘이 잡고 있다.

괜찮아, 그녀는 사람들을 끌어들인다는 의미로 아주 우수하다.

든든한 아슬라 지부장이다.

그런 아리엘에게 '에리스가 아들을 낳았다. 이걸로 자식은 세 명째다'라고 보고했더니, 그녀는 아주 기뻐했다.

그리고 장난 섞인 얼굴로 말했다.

"그렇군요. 그럼 자식 중 누군가를 아슬라 왕가의 아이와 약혼시키지 않겠습니까? 그러면 우리 사이도 반석이 되리라고 생각합니다만…."

그녀로서는 꽤나 진지하게 한 말이겠지.

나는 반사적으로 '무슨 농담을'이라는 생각이 강하게 들었지만, 자식을 많이 낳아서 연줄 있는 권력자와 인척 관계를 맺는 것도 괜찮겠지.

다른 이들도 아리엘이라면 몰라도 모습이 보이지 않는 올스테드나 정체 모르는 나를 뒷배로 삼는 것은 조금 무섭겠지.

하지만 내 육친이 아리엘의 인척과 결혼하면 일단 안심할 수 있다.

육친의 정은 깊다.

물론 나로서는 자식을 그런 식으로 쓸 생각이 없었다.

아니, 자식이 왕자님과 결혼하고 싶다든가, 공주님이 되고 싶다는 말을 진심으로 꺼낸다면 고려하겠지만.

아무튼 아슬라 쪽으로는 완전히 수중에 들어왔다고 해도 과언이 아니겠지.

아리엘을 필두로 그 귀족 집단. 수신류의 일파. 운이 좋으면 검의 성지 쪽으로도.

그리고 루이젤드 인형 + 그림책의 제조공장과 판매소도 순조롭다. 여기에 용병단(수송대)을 넣으면 중앙대륙의 태반에 루이젤드 인형을 확산시킬 수 있다.

완벽하다.

가능하면 서둘러 루이젤드가 이쪽을 찾아내어 접촉을 해 주었으면 좋겠다.

다음은 왕룡 왕국 쪽으로 진출하고 사신 란돌프의 연줄을 이용하여 접촉을 하려고 준비하고 있다. 이쪽은 아리엘이라는 경이적인 존재가 없기 때문에 쉽게 되지 않겠지.

최소한 2년에서 3년, 어쩌면 더 걸릴 것 같다.

아슬라 왕국은 연습 같은 것이었다.

앞으로가 진짜다.

연구의 성과도 이야기하자.

일단 자노바. 그는 1년 동안 점포의 설립과 판매 등의 지휘로 바빠서 연구에 종사할 수 없었다. 어쩔 수 없지. 1년 동안 샤리아와 아슬라에 동시에 점포를 세웠다.

아주 바쁜 몸이겠지.

하지만 진저나 용병단 출신의 매니저, 아리엘이 붙여 준 재무 관계 브레인이 잘 도와준 덕분에 가게 자체는 순조롭게 운영되었다.

인형과 그림책은 폭발적이라고 할 정도는 아니지만, 순조롭게 팔렸다.

특히나 책 뒤에 붙인 글자 읽고 쓰기 연습용 표가 인기 있는 모양이다.

덤으로 붙인 게 제일 인기 있는 것은 납득하기 어렵지만, 결과가 좋으니까 넘어가자.

기본적으로 아리엘이라는 스폰서도 붙었으니 당장 폐점이 될 일은 없겠고, 느긋하게 갔으면 싶다.

다음은 크리프. 그는 1년 동안 가족과의 친목을 다지면서 저주의 연구에 종사하였다.

엘리나리제와 올스테드의 저주의 해소.

물론 이것도 큰 발견이 있었던 것은 아니다. 높은 허들에 부딪친 모양이다.

마도구의 효과를 향상시키는 데에는 성공했지만, 완전한 해소에는 이르지 못했다. 다만 이 덕분에 엘리나리제도 1년 이상 성생활 없이 지낼 수 있는 모양이다. 본인의 성욕은 억누를 수 없는 모양이지만.

그리고 나.

이번에는 나도 수확이 있었다.

아슬라 왕국과 마법도시 샤리아를 오가면서 나는 마도갑옷의 소환 방법에 대해 생각하였다.

페르기우스에게 뭔가 좋은 방법이 없을지 물어보고, 나나호시에게 조언을 듣기도 했다.

그런 가운데 어떤 법칙을 깨달았다.

쌍방향 전이마법진. 그 위에 올라가는 것은 전이가 발동한 시점에서 '교환'된다.

즉, 마법진 A 위에 올라간 것은 B로, B 위에 올라간 것은 A로 동시에 이동한다.

발동의 타이밍은 물건이 위에 올라간 순간이기 때문에, 좀처럼 이 법칙을 깨닫지 못했지만, 생각해 보면 흔히 있는 이야기였다.

하지만 이걸 깨달은 덕분에 획기적인 방법이 떠올랐다.

마도갑옷을 미리 쌍방향 전이마법진 위에 설치해 둔다. 나는 기동하지 않은 전이마법진 스크롤을 가지고 다니다가, 이때다 싶은 때에 그것을 펼치고 전이마법진을 발동시킨다. 그러면 어머나 신기해라, 처음부터 마법진 위에 있었던 마도갑옷은 자동적으로 나에게 전이된다.

이 생각대로 곧바로 사무소 지하에 마도갑옷을 설치하고 시험해 보았더니 멋지게 성공.

이것으로 전 세계의 어디에 있어도 마도갑옷 '1식'을 소환할 수 있게 되었다.

나와라, 건○! 같은 것이다.

다만 미리 스크롤을 가지고 있어야만 하는 데다가, 소환 후에 마도갑옷의 무게로 스크롤이 찢어지기 때문에 스크롤은 1회용이다.

횟수는 제한된다.

마찬가지로 한 쌍을 이루는 스크롤을 두 장 가지고 있으면 긴급탈출용 전이마법진도 되기 때문에, 범용성이 높은 연구 결과가 되었다.

그리고 올스테드. 그도 좋은 결과를 내놓았다.

전화…는 만들 수 없었지만, 통신용 석판을 만들어 주었다.

이것은 기신이 만든 '칠대열강의 비석'과 똑같은 구조라는 모양이다. 메인이 되는 석판에 그려진 것이 서브 석판에 똑같이 그려진다는 방식이다.

서로가 메인, 서브를 가지고 다니면 언제든지 문자로 통신이 가능하다.

다만 이것도 너무 무겁고 너무 크기 때문에 현재로서는 소지하고 다니기 어렵다.

게다가 상당한 마력을 소비하기에 거점에 설치하는 형태가 바람직하겠지.

말하자면 고정전화로군.

일단 처음에 만든 것을 올스테드의 사무소와 아리엘의 개인 방에 설치했다.

밤이면 밤마다 반짝이는 석판을 상대로 아리엘이 무릎을 꿇고 "반드시 라이더 놈을 쓰러뜨리고 말겠습니다."라고 하는 것이다.

연구 쪽은 그런 느낌이다.

그리고 아이들 이야기도 해 보자.

일단 루시. 우리 집 장녀는 다섯 살이 되었다.

지난달에 있었던 생일 파티에서 가족 전원에게 선물을 받아 기쁜 눈치였다.

그녀는 아주 무럭무럭 자랐다.

얼마 전까지 뒤뚱뒤뚱 걸으면서 혀 짧게 말을 더듬거린 것 같았는데, 최근에는 똑바로 걸으면서 혀 짧은 말이라도 또박또박 말하게 되었다.

잘하는 말은 '싫어'와 '그치만'이다.

또한 실피와 록시의 영재교육으로 초급 마술을 습득.

오전 중에 마술 연습을 하고, 오후에 에리스와 함께 막대기를 휘두르는 매일이다.

마치 예전의 나를 보는 듯하군. 루시 본인은 당연하다고 생각하며 하는 모양이지만, 옆에서 보자면 엄청난 스파르타로 보인다.

그래서 나는 오냐오냐 하면서 말을 다 받아 주었는데, 그 탓인지 최근에는 나를 보면 '아빠'라면서 달려든다.

엄청 귀엽다.

또 특별한 다섯 살 생일 파티를 거치면서 언니로서의 자각이 생긴 모양이다.

최근에는 라라나 아르스를 돌봐 준다. 라라와 항상 함께 있는 레오도 동생으로 보는지, 라라와 함께 귀여워한다. 저번에는 빗을 손에 들고 레오의 하얀 털을 빗겨 주었다.

실로 훈훈한 광경이었어….

하지만 나중에 그 빗이 실피의 것이라고 판명.

멋대로 가지고 나가서 개털을 손질했다고 잔뜩 야단을 맞았다.

"그치만 엄마도 레오도 하얀걸!"

그것이 루시의 변명이었다.

아이는 재미있는 말을 하는군. 그렇게 생각하며 웃었더니 실피가 진짜로 화나서 꼬박 하루 동안 입을 열지 않았다.

용서를 받을 수 있었던 것도 루시의 중재 덕분이었다.

"앞으로는 아빠 빗 쓸 테니까 아빠 용서해 줘."

그런 흐름으로 내 빗을 하나 빼앗겼지만, 그 정도야 별것 아니지. 남자는 손으로 대충 넘기면 충분해.

다음은 라라.

두 살이 된 미래의 구세주는 여전히 무뚝뚝하고 울지 않는 아이다.

하지만 행동력이 없는 것도 아니었다. 아장아장 걷기 시작하게 된 그녀는 집안을 돌아다닌다. 누구에게 달라붙는 일도 없이, 호기심이 가는 대로 혼자 여기를 갔다가 저기를 갔다가.

이 행동력은 어머니를 닮은 거겠지.

눈을 떼면 위험하다 싶지만, 파수견인 레오가 항상 곁에 있으면서 위험한 짓을 하려고 하면 슬쩍 도와주니까 문제는 없겠지.

이동한 곳에서 잠들면, 레오가 그녀를 껴안듯이 몸을 웅크리고 지켜준다.

라라도 레오를 자기에게 편리한 시종 같은 걸로 생각하는 모양이다.

최근에는 레오의 등에 올라타서 꽉 붙잡고 이동할 때도 많았다.

한 번은 에리스가 레오를 산책에 데려가려고 할 때, 레오가 배낭 같은 것을 지고 있기에 뭔가 했더니 라라였다, 라는 일도 있었다.

레오가 있으면 안심일지도 모르지만, 역시 조금 불안하다.

또 왜인지 모르지만, 라라는 제니스를 좋아하는 모양이다.

곧잘 제니스의 무릎 위로 올라가서 그녀의 얼굴을 들여다보았다.

대화가 없는 점을 제외하면 할머니와 손녀의 훈훈한 광경이었다.

마지막으로 아르스.

한 살이 된 장남은 아버지를 닮아서 가슴을 좋아한다. 크든 작든 다 좋아해서, 어머니인 에리스는 물론이고, 실피나 록시부터 시작해서 생판 남인 리니아나 프루세나에 이르기까지.

그 가슴에 안겨 있을 때는 계속 행복한 표정을 하고 있다.

크고 작음에 귀천은 없다고 아는 모양이다.

하지만 오줌을 지릴 때도 행복한 표정을 하는 것을 보면 장래가 좀 걱정된다.

참고로 내가 안으면 운다. 바로 운다.

쿨쿨 자고 있어도 내가 안은 순간 칭얼거리고, 눈을 뜬 순간 '이게 뭐야!'라는 느낌으로 운다.

남자 가슴이 마음에 안 드는 모양이다.

나도 울어도 될까….

뭐, 나도 태어날 때에 같이 있어 주지 못했으니까 어쩔 수 없지만, 역시 조금 쓸쓸하군.

그리고 장래에 여러 여자에게 지조 없이 손을 댈까 봐 걱정이다.

조금 자라면 제대로, 확실히 그런 교육을 하는 편이 좋겠지. 응.

아이들은 그런 느낌이다.

종합하자면 이 1년은 성과가 많은 해였다.

성적을 매기자면 '내년도 이런 느낌으로 해 봅시다'라는 느낌이겠지.

자, 그렇게 1년을 돌아보는 사이에 졸업식은 끝났다.

물론 수석은 내가 아니었다.

수업에 나가지 않은 정도가 아니라 졸업 시험도 치르지 않은 내게 수석자리를 줄 리도 없고, 가령 수석이라고 해도 사양하겠지.

졸업식 후의 결투 대회는 생략하지.

무슨 신데렐라 스토리를 꿈꾸는 듯한 여자에게 고백받는 것
도 생략. 교문 앞에서 수석교사 지너스가 '당신을 추천하길 잘
했다'며 악수를 청해 온 것도 생략해도 되겠지. 특히나 지너스
에게는 아마도 또 신세지겠고.

노른도 그랬듯이, 루시도 몇 년 지나면 학교에 보내고 싶다.

그렇게 말하자 지너스는 감동했는지 울었다.

저녁이 되었을 무렵. 우리는 함께 단골 술집에 모였다.

크리프의 송별회를 하는 것이다. 내 졸업 축하도 겸하지만,
시험이고 뭐고 없이 졸업했으니 축하고 뭐고 없겠지. 기쁘긴
하지만.

크리프는 한 달 뒤에 미리스 신성국으로 떠난다.

거기서 싸움을 시작한다. 그 자신의 싸움이다. 무엇과 싸우
는지 나도 확실히는 모른다.

아마도 절반은 자기 자신이겠지만, 나머지 절반은 불명이다.

크리프는 그 뭔가와 싸우기 위해 이제까지 노력해 왔다. 도
중에 엘리나리제의 독니에 걸리는 액시던트는 있었지만, 해독
을 구사하여 상처를 경험과 사랑으로 바꾸고 지금 싸우러 가
는 것이다.

"나는 반드시 미리스 교단의 간부가 되겠다. 그러면 리제와

크라이브를 데리러 돌아오지!"

그런 선언을 엘리나리제는 황홀한 얼굴로 들었다.

그녀는 강하다. 나였다면 혹시 록시가 '마대륙에서 마왕이 되겠습니다!'라고 말하며 떠나려고 한다면 불안해서 가만히 있을 수 없겠지. 저 총명한 록시가 멍청하기로 유명한 마왕이 되겠다고 한다면 걱정하지 않을 리가 없다.

성공을 믿으며 기다린다고 말로 하기는 쉽지만, 믿고 보냈더니 안 좋은 결과가 기다리고 있었다…라는 것도 흔한 일이다.

그런 점에서 엘리나리제는 크리프를 신뢰하는 모양이다.

맹신하는 것은 아니지만, 어느 정도 그런 쪽으로 선을 그은 것이다. 불안하겠지만 크리프에게 들키지 않도록 하였다.

나이를 공으로 먹은 게 아니다.

그때는 그런 식으로 생각했다.

"루데우스, 잠깐 괜찮을까요?"

그런 인식이 조금 변한 것은 연회가 끝날 즈음이었다.

엘리나리제는 슬슬 연회도 끝나려는 시기에 나를 밖으로 불러냈다.

그때 나는 완전히 하렘 상태였다.

실피는 내 오른쪽 무릎을 베개 삼아 잠들었고, 록시는 내 왼쪽 무릎에 앉아서 술을 마시고, 에리스는 내 오른쪽 어깨에 머리를 올리고 붙어 있었다. 내 두 손은 모두 부드러운 것을 만지고 있고, 술도 들어간 탓이 있어서 '이대로 세 명을 동시에

할 수 없을까' 같은 생각을 하고 있었다.

"…좋습니다."

하지만 엘리나리제의 얼굴을 보고 조금 술이 깼다.

그녀는 연회에 어울리지 않게 진지한 표정을 하고 있었기 때문이다.

용건은 상상이 갔다.

취했을 때 할 이야기가 아니라는 것도 알았다. 나는 바로 해독 마술로 취기를 지운 후 세 아내를 떼어내고 일어섰다.

"뭔가요, 루디. 바람입니까. 바람기는 좋지 않습니다. 바람은 저한테만 해 주… 읍…."

취한 록시를 입술로 조용히 시키고 앉힌 다음,

"우후, 루디의 다리, 부드러워…."

록시의 무릎에 실피의 머리를 올리고,

"루데우스… 나 둘째도 아들이 좋아."

록시의 어깨에 에리스의 머리를 올리고,

"그럼 갈까요."

엘리나리제와 함께 술집을 나섰다.

밖은 추웠다.

겨울은 끝났지만, 샤리아의 눈은 오래 남는다.

이 추위는 계속되겠지.

"저기, 루데우스, 크리프 말인데요. 부탁이 하나 있어요."

엘리나리제는 입을 열자마자 그런 말을 꺼냈다.

크리프 문제일 것은 왠지 모르게 알았다. 엘리나리제도 1년 동안 고민한 것이다.

고민하지 않을 리가 없다.

"저기, 이런 말을 하는 건 크리프에게 미안하지만⋯ 역시 좀 걱정돼요."

엘리나리제는 하얀 숨을 내뱉으면서 말했다.

그녀가 보기에 크리프는 아직 어리다. 사랑하는 남편이지만, 동생이나 자식을 대하는 감정도 품고 있겠지.

그걸 보내는 것이니 걱정도 되겠지.

"그러니까 그를 따라가 줄 수 없나요?"

"괜찮습니까?"

무심코 되물었다.

엘리나리제는 크리프의 결의를 존중할 터였다.

"처음에만 지켜보면 되요⋯. 궤도에 오를 때까지가 중요하잖아요? 크리프는 제대로 할 수 있는 아이이지만, 남들 사이에 섞이는 게 아무래도 서투르니까⋯."

무슨 낯가림 하는 애처럼⋯.

아니, 하지만 이해한다. 분명히 크리프에게는 그런 면이 있다.

결국 졸업까지 우리 이외의 친구가 생기지 않은 것을 봐도 알 수 있다.

미리스 신성국에 가도 외톨이에, 주위에게 손가락질 받으면서도 열심히 노력하는 크리프….

아, 이런, 왠지 눈물이 나오려고 한다.

"…하지만 나는 돕지 않기로 약속했으니까요."

나도 크리프가 성공하기를 바란다.

미리스 교단 안에서 출세했으면 좋겠다. 제일 위는 아니더라도, 크리프가 할 수 있는 데까지 해서, 올라갈 수 있는 데까지 갔으면 한다.

올스테드의 동료 모집과는 별개로 친구로서도 그를 응원할 생각이다.

하지만 돕지 않겠다고 말했다.

말로는 그렇게 하지 않았을지도 모르지만, 지금으로부터 1년 전, 그의 말에 동의한 것은 바로 그런 뜻이다.

"어떻게 안 될까요?"

"……."

"정말로 처음만이면 되니까요. 아무것도 안 하더라도, 크리프가 힘들어할 때 이야기를 들어 준다든가, 그런 형태라도…."

"으음…."

남자와 남자의 약속 같은 소리를 할 생각은 없다.

나도 크리프가 걱정된다. 그는 분명히 힘이 있지만, 서툰 면도 있다. 그 서툰 면이 바로 첫 허들이 될지도 모른다. 첫 허들을 뛰어넘지 못하여 자기 장점을 제대로 발휘하지 못한 채 추락하는 크리프는 보고 싶지 않다.

그럼 처음 정도는 힘을 빌려주는 편이 좋을지도 모른다.

크리프는 싫어할지도 모르지만, 친구의 힘도 자기 힘이겠지.

여차할 때에 도와주는 존재를 크리프는 학교에서 손에 넣었다. 그렇게 생각하면 내 도움도 크리프의 힘이라고 할 수 있겠지.

물론 너무 도우면 안 될 테니까 적당한 선이 중요하지만.

"……."

좋아. 결심했다.

하지만 올스테드의 동료 모집 쪽은 괜찮을까. 크리프가 미리스에 간 동안, 왕룡 왕국 쪽에서 활동하려고 생각하였다. 아이샤에게도 그렇게 전했고, 그렇게 움직이게 했다.

행선지를 미리스로 변경하면 문제 있을까….

미리스 교단의 본거지인 미리스 신성국에 마족 인형을 판매하는 자노바 상점을 만들기는 어렵겠지. 하지만 용병단만이라도 미리 만들어두는 것은 문제없을 것이다.

일단 용병단을 만들고 인재와 정보를 모아둔다.

상점 쪽은 크리프가 성공한 뒤에 다시 밑준비를 하는 형태면 되겠지.

"알겠습니다, 나도 미리스로 가겠습니다."

"……! 고마워요, 루데우스!"

엘리나리제도 사실은 자기가 가고 싶은 것이다.

크라이브를 우리 집에 맡기고, 미리스 신성국에서 크리프를 돕고 싶은 것이다.

하지만 분명 그녀는 크리프와 약속했겠지. 집에서 크라이브를 키우면서 기다린다고.

"다만 크리프를 도울지는 나 자신이 판단할 테니, 양해바랍니다."

"물론 알고 있어요."

엘리나리제는 가슴을 쓸어내렸다. 남편을 도우려고 여러모로 손을 쓴다….

나도 내 아내에게 불만이 있는 건 아니지만….

역시 이 녀석은 좋은 여자다.

그런 송별회가 끝.

취한 세 아내를 데리고 집에 돌아와서 각자의 침대에서 재웠다.

아이들은 이미 자고 있었다.

어린아이를 놔두고 술 취해 돌아올 수 있는 것도 리랴나 아이샤 덕분이로군.

감사의 말이라도 하려고 일단 거실로 돌아왔다.

엘리나리제 문제도 있고, 아이샤에게도 다음 지부 설립에 대해 의논하고 싶었다.

그렇게 생각하고 거실에 갔던 나는 무거운 분위기를 느꼈다.

이번 송별회 도중에 돌아갔던 노른. 집을 지키고 있던 리랴와 아이샤.

세 사람이 복잡한 얼굴로 머리를 맞대고 있었다.

"왜들 그래?"

"아, 오빠… 이런 게."

세 사람의 앞에 있는 것은 한 통의 편지였다.

손에 들어 보았다.

발신인의 이름은 '라트레이아 가家'.

기억에 있다. 제니스의 친정이다. 미리스 신성국에서 간신히 답신이 온 모양이다.

내 앞으로 되어 있음에도 불구하고 이미 개봉된 상태지만, 뭐, 넘어가자.

안을 들여다보니 편지가 한 장.

[당신의 보고를 받아 보았습니다.

내 딸 제니스가 심신상실 상태라는 말이로군요.

서둘러 제니스를 우리 라트레이아 본가로 데려오기를 명합니다.

혹시 그 자리에 있다면 노른 그레이랫과 아이샤 그레이랫도 데리고 올 것.

라트레이아 백작부인 클레어 라트레이아]

아주 짧은 문장이었다. 군더더기 없다고 해도 좋지만… 이걸 편지라고 하기에는 다소 어폐가 있다.

이건 명령서다.

"이제 와서 이런 편지를….."

그렇게 말하려다가 참았다.

생각해 보면 내가 편지를 보낸 건 약 5년 전이다.

여기서 미리스 신성국까지는 멀다. 말로 이동해도 1년 이상 걸린다.

이 세계의 우편은 그리 발달하지 않았다. 편지가 이상한 곳에서 오락가락하는 것도 흔히 있는 일이다.

배달인이 마물의 습격을 받는다든가, 편지 자체가 소실될 가능성도 있다.

그러니까 5년 만에 답장이 온 것은 타당하다고 할 수 있을지도 모른다.

"어라? 편지가 이것뿐?"

"예, 그것뿐입니다."

리랴가 답했다.

다른 게 하나 더 있는데 그걸 숨겼다든가 하는 것도 아닌 모양이다.

"그렇습니까….."

몇 년씩이나 걸려서 보내기에는 꽤나 짧은 편지다.

아니, 그래서 더 그런가. 라트레이아 가문도 편지가 먼 곳을 여행하는 것을 알고 있을 터이다.

아마도 도착하지 않을 가능성을 고려하여 여러 통 보냈을 것이다.

명령서처럼 짧은 문장이 된 것은 길게 썼다가 정말로 전하고
싶은 내용이 전해지지 않는 것을 막기 위해…라고 생각하면 합
리적이다.

　명령조가 된 것은 꼭 돌아오길 바라기 때문이겠지.

　……이라고 생각했지만, 두 여동생의 반응은 달랐다.

　"하아…."

　"…할머니, 변하지 않으셨네."

　노른은 노골적으로 한숨을 내쉬었고, 아이샤는 차가운 표정
으로 편지를 보았다.

　두 사람 다 그 이름을 평생 듣고 싶지 않았다는 얼굴을 하고
있었다.

　두 사람의 반응을 보면 이 클레어라는 인물은 이런 편지를
쓰는 인품을 가졌다는 소리일까.

　"……."

　슬쩍 보니 리랴까지 복잡한 얼굴을 하고 있었다. 이 클레어
라는 인물은 그렇게 싫은 사람일까. 만난 적이 없으니까 모르
겠다.

　"주인님은 어쩌시겠습니까?"

　내가 쳐다보자, 리랴는 고개를 들고 그렇게 물었다.

　내 대답은 정해져 있다. 마침 미리스에 갈 구실도 필요하던
참이었다.

　굴러들어온 호박, 나이스 타이밍이다.

"일단 이 말에 따라서 어머니를 모시고 미리스까지 갈 수밖에 없겠죠."

"……."

"……."

자매와 양어머니는 서로 시선을 주고받았다. 내 말에 문제가 있는 모양이다.

그렇게 클레어라는 인물은 문제일까.

하지만 딸이 기억상실에 심신상실 상태라는 말을 들으면 누구든 만나고 싶어하겠지. 부모니까.

제니스를 찾고 싶었던 것은 그쪽도 마찬가지일 것이다.

제니스는 가출 상태였던 모양이지만, 그래도 파울로의 이야기에 따르면 라트레이아 가문은 피트아령 수색단에도 자금을 원조해 주었다는 모양이니 그런 은혜도 있다.

미리스 국내에 힘을 가진 모양이고, 나로서도 만나두는 편이 좋겠지.

"뭐, 어찌 되었든 언젠가 미리스에 가려고 생각했습니다. 마침 일이 이렇게 되었으니, 겸사겸사 잠깐 괜찮겠죠."

"아니, 잠깐만, 오빠. 다음 달부터 왕룡 왕국으로 가는 거 아니었어?"

아이샤가 다급히 그렇게 말했다.

물론 그럴 생각이었다. 왕룡 왕국에 용병단을 만들고 사신 란돌프와 왕녀 베네딕트와 커넥션을 만들고 자노바 상점을 유지하기 위한 스폰서가 되어달라고 한다.

아이샤에게는 그걸 도와달라고 하였다.

아슬라 왕국 때도 그랬지만, 용병단 지부의 설립에는 아이샤가 따라와 준다.

아이샤와 그녀가 현지에서 고른 인재와 함께 용병단을 설립한다.

그러면 용병단은 고작 한 달 만에 궤도에 오른다. 두 달이면 용병단은 아이샤의 손을 떠나 독립적으로 움직인다. 마법 같은 솜씨다.

"이런 편지가 온 이상 서두르는 편이 좋겠지. 미리스를 우선하고… 내친김에 할머니에게도 인사하고 오자."

"으음…."

아이샤는 노골적으로 싫은 표정을 했다.

몇 달 전에 성인식을 맞았지만, 그녀의 이런 점은 변하지 않았다.

그때 노른이 일어섰다.

"…오빠, 저는 가고 싶지 않습니다."

노른은 그렇게 말했다. 딱 잘라 그렇게 말했다.

가지 않겠습니다도, 갈 수 없습니다도 아니라, 가고 싶지 않다.

아이샤처럼 싫은 얼굴을 하는 것도 아니라, 진지한 얼굴로 그렇게 말했다.

"학교도 중요한 시기고, 학생회도 있습니다. 몇 달이나 비울 수는 없습니다."

"…뭐, 그렇겠지."

내가 졸업했으니까 노른은 최상급생이다.

앞으로 1년. 착실히 수업을 받고 시험을 치고 졸업해야 한다. 나와 달리 노른은 6년 동안 착실하게 학교를 다녔다. 여기서 내던지면 노른의 6년은 헛일이 되겠지.

"어어, 오빠, 나도 말이지, 으음… 그래, 쌀. 오빠가 좋아하는 쌀을 수확해야 하니까 못 가!"

아이샤는 방금 떠오른 변명처럼 말했다.

하지만 나는 알고 있다. 아이샤가 용병단 사람들을 써서 교외에 전답을 만들고 거기서 쌀을 양산하고 있다는 사실을. 이미 책임자를 두고 모든 것을 맡겼기 때문에, 아이샤는 별로 거기에 나가지 않는 것을 다 알고 있다.

그러니까 그런 점을 지적해서 데려갈 수는 있겠지.

하지만 아이샤는 기분파다.

억지로 데려갔다가 기분을 해쳐서 일을 대충하기라도 하면 곤란하다. 그렇다고 아이샤가 가지 않으면 지부 설립이 힘들다. 나 혼자서 잘 할 수 없겠고….

아, 그렇지.

미리스에 가서 안 만난다는 선택지는 있나.

"알았어, 아이샤. 그렇게 만나고 싶지 않다면 억지로 만나라고는 안 할게. 하지만 하다못해 미리스까지는 같이 가 줘. 라트레이아 가문에는 나와 리랴 씨와 어머니만 다녀올 테니까, 너는 용병단 쪽에 전념해 주면 돼."

"…와아. 고마워, 오빠!"

아이샤는 방긋 웃었다.

클레어가 그렇게 싫은가.

하지만 리랴도 그런 아이샤를 나무라지 않았다. 평소에 이런 말을 하면 잔소리와 함께 한 대 쥐어박는데.

"알겠습니다, 주인님. 동행하겠습니다."

리랴는 평소처럼 무표정하게 고개를 숙였지만, 그녀도 별로 클레어와 만나고 싶지 않은 눈치였다.

그녀의 입장을 생각하면 이해되기도 한다.

제니스는 미리스 교도였다. 그 어머니도 당연히 미리스 교도겠지.

미리스교에서 둘째 아내가 어떤 대접을 받는지는 모른다. 율법으로 금지되었으니까 적어도 환영받지는 못하겠지.

"리랴 씨, 폐를 끼치게 되었습니다."

"아뇨, 당연한 일입니다."

나 혼자서는 제니스를 돌볼 수 없다.

리랴나 아이샤. 최소한 둘 중 한 명은 같이 가 주지 않으면 힘들다.

"그럼 아이샤. 그렇게 되었으니까 왕룡 왕국에서 미리스 신성국으로 방침을 바꿔줘."

"예~ 출발은 언제쯤?"

"글쎄…."

아예 크리프와 맞출까. 딱히 이유는 없지만, 전이 위치에서 미리스까지는 다소 거리도 있다.

그다지 도울 것도 없는 일이고, 같이 가도 좋을지 모르겠다.

"그럼 한 달 뒤로."

"알겠어~"

그렇긴 해도 할머니라. 어떤 사람일까.

노른과 아이샤의 반응을 보기론 만나기가 두렵다.

왕룡 왕국행을 변경.

다음 용병단 지부는 미리스 신성국에 만든다.

아이샤는 불평을 하면서도 준비를 시작했다.

왕룡 왕국용이라고 적힌 종이다발과는 별개로 미리스용이라고 적힌 종이다발을 만들기 시작했다.

그걸 보자면 각국에서 어떤 인재가 필요한가 하는 자료를 준비한 거겠지.

이번에는 국가가 뒤를 봐주지 않기 때문에, 인재 모집이든 뭐든 조금 시간이 걸릴 것이다.

일단 반년 정도를 예상해 두자. 그 기간 내로 궤도에 오를지, 완전 무리일지 가늠한다.

크리프에게는 일단 말해 두기로 했다.

우연히, 어쩌다보니 제니스의 친정에서 소환령이 왔기 때문에 같이 가자는 식으로.

크리프는 쓴웃음을 지었지만, 싫지는 않은 기색이었다.

"이러니저러니 하면서도 네가 따라올 거라고는 생각했어."

그런 말이었다. 아무래도 신뢰 같은 것이 느껴지는, 안도가 담긴 말이었다.

의외로 크리프도 불안했던 걸지도 모른다. 자노바 때는 따라간다고 말하고선 나한테는 안 따라오는 거냐? 나한테는 우정을 느끼지 않는 거냐? 라는 식으로.

그럴 리 없잖아. 크리프 선배도 참.

자, 이걸로 미리스행이 결정된 것은 크리프 외에 네 명.

나, 아이샤, 제니스, 리랴.

리랴와 아이샤가 집을 비우면, 가사능력이 높은 사람이 적어지기 때문에 실피는 남는다.

마족인 탓에 미리스 신성국에서 안 좋아할 테니까 록시도 남는다.

에리스는 가고 싶어 하는 눈치였지만, 리랴가 강하게 반대했다. 에리스 마님은 라트레이아 본가에 가지 않는 편이 좋다, 분명히 다툼이 일어난다, 라면서. 그 참뜻에 대해서는 잘 모르겠다.

하지만 리랴의 말을 들어보면 라트레이아 가문의 클레어라는 인물이 꽤나 까다로운 사람이라고 짐작되었다.

그런 사람과 에리스를 대면시키지 않는 편이 좋다는 건 이해할 수 있다.

제니스의 친정과 사이가 험악해지는 것도 바람직하지 않지. 젖먹이를 데리고 여행하기도 힘들겠고.

그런고로 에리스도 남기기로 했다.

어쩐 일로 아내가 아무도 따라오지 않는 상황이다.

…뭐, 가끔은 이럴 때도 있는 법이지.

그렇게 준비를 진행하여 이제 곧 출발하려던 어느 날.

실피의 임신이 판명되었다.

제6화 그리고 미리시온으로…

실피가 임신했다. 두 번째 아이다.

출발 직전의 이 시기. 이전이라면 어째야 좋을지 고민했겠지.

하지만 이렇게 장기 출장에 나갈 때에 아이가 생기는 건 네 번째다.

걱정되는 거야 마찬가지지만, 지금까지와 비교하면 여유가 있었다.

실로 경사스러운 일이다. 이름은 뭐라고 할까. 이번에는 아들일까, 딸일까. 루시, 남동생이나 여동생이 생긴다? 또 동생이 생기는 거야.

나는 기쁘게 정원을 뛰어다녔지만….

"실피 마님이… 어, 어쩌지요…?!"

리랴는 당황하였다.

항상 냉정한 그녀가 새파란 얼굴로 허둥거렸다.

"제니스 마님을 돌보는 것은 저밖에… 하지만 집안일을 할수 있는 것은 몸이 무거운 실피 마님뿐이고… 만일의 일이 생기면…."

제니스를 돌보기 위해 미리스에 따라간다. 그동안의 가사는 실피에게 일임한다.

그런 흐름으로 결정되었는데 임신.

일단 록시도 대충 가사를 할 수 있고, 뭣하면 일시적으로 가정부를 고용하면 된다. 그렇게 생각하기도 했지만, 임산부를 두고 몇 달이나 집을 비우는 것은 역시 불안한 모양이다.

리랴는 망설였다. 제니스를 따라가야 할까, 남아서 실피를 돌봐야 할까.

이렇게 리랴가 당황하는 모습을 보니, 나도 안절부절못하는게 맞는 것 같았다.

혹시 그냥 생각없이 좋아할 때가 아닌가?

애초에 올스테드의 부하가 되기로 결정한 시점에서 임산부를 두고 출장에 나갈 가능성에 대해서는 각오했지만, 생각해 보면 그건 아이샤나 리랴라는 신뢰할 만한 도우미의 존재를 전제로 하였다.

혹시 이번에는 문제인가?

어쩐다….

"어어, 나는 괜찮아요. 두 번째고, 록시도 에리스도 있고, 할머니도 계시니까."

고민하는 리랴에게 실피는 그렇게 말했다. 분명히 실피는 두 번째 임신이다.

뭘 어떻게 해야 할지 알겠지. 믿음직한 사람도 많다.

록시는 집에 없을 때도 많겠지만, 엘리나리제가 정기적으로 보러 와 준다면 그게 제일이겠지.

에리스도 무슨 일이 생기면 적극적으로 움직여 줄 것이다.

응, 그래. 첫 임신 때는 집에 노른과 아이샤밖에 없었다.

지금은 세 사람의 임산부를 돌봐 본 아이샤지만, 당시에는 임산부를 돌본 경험이 없었겠지.

그렇게 생각하면 지금 상태는 그래도 낫다. 1년이나 집을 비우는 것도 아니고.

그러니까 괜찮아.

"그래, 어떻게든 돼! 내가 지킬게!"

"저는 낮에 없으니까 불안하기는 합니다만, 그래도 주위에 항상 사람이 있으니까 그리 위험한 일은 없으리라 생각합니다."

에리스와 록시도 그렇게 말했다.

하지만 불안은 사라지지 않았다.

리랴는 록시의 로브 자락을 붙잡고 서 있는 라라를 힐끗 내려다보고 말했다.

"하지만 지금은 아이도 있고 부담도 늘어날 겁니다. 무슨 일이 일어날지 모릅니다⋯."

분명히 아이는 무슨 일을 할지 모른다.

루시도 라라도 활발하게 돌아다닌다. 두 사람이 악의를 가지고 실피에게 무슨 짓을 할 리는 없지만, 예를 들어 루시가 연습으로 쏜 마술이 실피에게 직격하거나 레오의 등에 탄 라라가 집 밖으로 나가려는 것을 막으려던 실피가 계단에서 구르거나.

⋯아니, 그런 소리를 하면 끝이 없다는 건 알지만.

아무튼 아이는 액시던트를 일으킨다.

고민된다. 애초에 "종족 때문에 아마 더는 안 생겨."라고 말했던 실피에게 "확인해 보지 않으면 모르잖아."라면서 가족계획 따윈 생각하지 않고 일을 친 건 나다.

아니, 물론 장난으로 애를 만든 건 아니다.

계속 둘째를 바라고 있었다. 루시가 태어난 지 5년 지났으니까 실피의 말처럼 안 생기는 건가 싶어서 최근에는 별로 신경 안 썼지만⋯.

아무튼 후회해도 소용없다.

책임은 내게 있다. 나는 아내가 임신해서 힘들 시기에 곁에 일일이 붙어 있을 수 없다.

아내 세 명에게 모두 그랬다.

그렇긴 해도 왜 내가 멀리 출장가는 타이밍에 아이가 생기는 걸까.

인신의 저주일까.

아예 미리스 신성국행을 늦춘다는 생각도 있었다.

1년 정도 늦추어서 실피의 출산을 지켜본 뒤에 출발한다.

그때는 이어서 록시가! 에리스가! 라고 연쇄할 가능성도 있지만….

어찌 되었든 미리스까지 가는 이동 시간을 생각하면 1년이나 2년 늦춘다고 저쪽에서 뭐라고 하지 않겠지.

크리프와 마찬가지다.

그래, 하지만 크리프 문제도 있다. 엘리나리제에게는 하다못해 처음만이라도 지켜봐달라는 부탁을 받았다. 크리프는 가령 우리가 안 가더라도 가겠지.

괜찮으리라고 생각하지만, 1년 동안 돌이킬 수 없을 레벨로 궁지에 몰릴지도 모른다. 실피든 크리프든 '만에 하나'의 문제다.

어느 쪽도 긴급성은 없다.

선택해야만 한다. 크리프를 택할지, 실피를 택할지.

일을 택할지, 사랑을 택할지.

장래를 생각하면 얼른 미리스에 용병단을 만들고 크리프를 도와서 미래의 대교황님으로 만드는 게 낫다.

나에게는 그게 제일 좋다.

하지만 그래도 될까. 그 바람에 실피와 아이를 울리면 아무런 의미도 없지 않나.

나는 뭘 위해 올스테드에게 협력하는지 생각해.

본질을 놓치지 마.

"……."

그렇게 생각할 때 제니스가 움직였다.

"음? 마님?"

그녀는 천천히, 몽유병자처럼 예비동작도 없는 움직임으로 리랴의 손을 잡았다.

꽤나 힘이 담긴 동작이었는지 리랴는 어정쩡한 모습으로 제니스를 따라서 걸어갔다. 제니스는 실피에게로 이동했다.

"어어… 어머님?"

당황하는 실피. 제니스는 리랴의 손을 실피의 어깨 위에 가만히 올렸다.

마치 리랴는 이 아이를 돌보라고 말하듯이.

나는 괜찮으니까, 라고 말하듯이.

"마, 마님…!"

리랴의 눈이 젖어들었다.

제니스가 때때로 보여주는 강한 의지. 아이나 손자가 관련되었을 때에 그런 모습을 보인다는 것은 가족 모두가 알아차리고 있었다. 제니스라면 리랴가 자기보다도 실피와 배 속의 아이를 돌보게 하겠지.

모두가 그걸 알고 있었다.

"알겠습니다."

리랴는 눈물을 닦고 제니스의 눈을 바라보며 끄덕였다. 망설임을 떨쳐낸 얼굴이었다.

"아이샤!"

"예!"

멍하니 바라보던 아이샤에게 리랴는 말했다.

"나 대신 제니스 마님을 돌보고 무사히 라트레이아 가문까지 데려다 드리세요. 군소리는 듣지 않겠어요!"

"…예!"

아이샤는 순간 망설였다. 솔직히 라트레이아 가문의 저택에 가고 싶지 않은 모양이다.

하지만 그래도 지금 흐름을 보면서 싫다고 할 만큼 못된 아이는 아니다.

"루데우스 님, 그렇게 되었으니 잘 부탁드립니다."

"…예, 수고해 주세요."

리랴가 봐준다면 실피에게 만일의 일은 없다. 그런 확신이 있었다.

나는 근심 없이 미리스 신성국에서 일을 하고 오면 된다.

"실피."

"…왜, 루디?"

하지만 말해야만 할 것도 있다. 중요하다.

"사랑해."

"응. 나도."

실피는 일어서서 내 등에 가만히 손을 둘렀다.

나는 그녀의 머리칼에 얼굴을 묻듯이, 힘을 너무 주지 않도록 껴안았다.

"아이의 이름, 생각해 둘게."

"응, 돌아오면 가르쳐 줘."

실피는 부끄러운 듯이 웃었다. 평소라면 아직 불안이 남았겠지.

하지만 실피의 뒤에는 리랴가 있다.

든든한 시어머님이다.

그 뒤에 록시와 에리스와도 포옹을 하고 우리는 출발했다.

이동을 시작했다.

나, 아이샤, 제니스, 크리프. 단 네 명이서.

짐은 엄선했지만, 아무래도 많아졌다. 통신용 석판에 마도갑옷 '1식' 소환용 스크롤이 포함되어 있다.

여전히 '2식 개량형'을 장착한 상태로 이동하였기에 무게는 문제없지만, 아무리 장사라도 손은 두 개밖에 없고 등은 하나 밖에 없다. 인간의 크기는 변함없어서, 자기보다 큰 짐을 들면 움직이기 힘들어진다. 한 아름이나 되는 빈 박스를 드는 것과 같다.

그렇게 큰 짐을 들고서 교외에서 크리프와 합류했다.

멤버가 줄어든 것에 대해 설명하자, 크리프는 놀랐다.

하지만 아이가 생겼다는 말에 밝은 웃음과 함께 축하의 말을 해 주었다.

"내 입장에서는 네 상황을 칭찬할 수 없지만…. 미리스 님도 말씀하셨다. '새로운 생명의 탄생은 그게 어떤 존재든지 기쁜 일이다.'"

"그렇게 말씀해 주신다니 고맙습니다."

"네 아이들이 내 아이의 좋은 친구가 되어줄 것을 미리스 님께 기도하지."

내가 미리스교의 시선에서는 아무리 나쁜 놈이라도 아이에게 죄는 없다.

뭐, 내게서 태어난 아이가 장래에 상대를 마구 갈아치울 가능성도 있지만….

그때는 또 크리프가 설교해 주겠지.

아니, 내가 설교해야만 하나. 응.

"그런데 크리프 선배는 라트레이아 가문에 대해 뭔가 압니까?"

"라트레이아 가문…."

한 달 동안 묘하게 싫은 얼굴을 하는 여동생들＋리랴에게 라트레이아 가의 클레어 할머니에 대해서 많이 들었다.

결론부터 말하자면 '완고하고 엄격한 인간'이다.

노른은 "버릇없다고 야단맞은 기억밖에 없습니다."라며 얼굴을 돌리며 말했고, 아이샤는 "무슨 일이 있을 때마다 노른 언니의 체면을 세워주라고 야단맞았다."라며 한숨과 함께 말했다.

리랴는 "무조건 혈통과 교의를 중시하는 분입니다."라고 했다.

말하자면 이 세 사람은 미리시온에 머무르는 동안, 그 집안에게 눈엣가시 취급을 당하면서 집안과 결혼에 대해 꽤나 군소리를 들은 모양이다.

물론 나는 클레어에 대해 별로 걱정하지 않는다.

분명히 사전정보만 들어보면 만나러 가는 게 무섭지만… '완고하고 엄격한 인간'이라면 나도 일단 짚이는 바가 있다.

이미 고인이지만… 사울로스 보레아스 그레이랫.

에리스의 할아버지다. 그 할아버지는 무게를 두는 바가 클레어와 다르지만, 그래도 자기 신념을 가진 사람이었다. 확실히 예절을 지키고 대하면 그에 상응한 대응을 해 주었다.

클레어도 인간이다.

혈통을 중시한다고 해도 나도 일단 라트레이아 가문과 그레이랫 가문의 계보에 속한다.

교의를 존중한다는 점도 조금 무서우니까, 중혼했다는 걸 숨기는 편이 좋겠지.

어찌되었든 그 고성과 폭력이 지배하는 에리스의 집에서도 지냈던 나다.

클레어도 사울로스의 여자 버전 정도로 생각하면 아마 괜찮겠지.

여동생들도 과거의 기억인 탓에 싫은 녀석으로 단정하고 있지만, 만나보면 조금 완고할 뿐이지 정이 많은 인물일 가능성도 충분히 있다. 루이젤드처럼.

어찌되었든 어머니가 딸을 만나고 싶다는 것을 막을 생각은 없다.

하지만 일단 정보는 모아두자.

"마족 배척파의 간부 중 한 명으로, 우수한 신전기사를 여러 명 배출한 명가로군."

"그렇군요."

신전기사단. 생각해 보면 내 숙모인 테레즈도 신전기사단의 일원이었다.

그 사람은 잘 지내고 있을까.

"나도 미리스에 있을 적에는 어렸으니 자세히는 모르지만,

엄격한 집안이란 사실은 노른에게 들었다."

노른은 크리프를 신뢰하는 모양인지, 재학중에 문제가 생기면 종종 의논했다는 모양이다.

그런 흐름으로 과거에 라트레이아 가문에서 '못난 아이'라고 낙인 찍혔던 것도 이야기한 모양이다. 아이샤와 항상 비교당하고, 첩의 딸에게도 지는 못난 아이라고 말이다.

크리프는 거기에 대해 "남과 자신을 비교할 것 없다. 항상 지금의 자신을 뛰어넘을 수 있도록 노력해라."라고 계속 말했다고 한다.

그 결과 노른은 학생회장이 되었다.

말로는 하지 않지만, 노른은 크리프를 존경하는 모양이다.

연모의 영역에는 도달하지 않았다. 하지만 혹시 엘리나리제가 없었다면 노른과 크리프가 사귀었을 가능성도 있겠지.

어라, 하지만 그렇게 되면 마족 배척파인 라트레이아 가문과 마족 영합파인 그리몰 가문이 합쳐지는 거고….

아, 아니지, 노른은 달라. 노른은 파울로의 자식, 그레이랫 가문이다.

미리스 교단의 파벌 다툼과는 관계없다.

"나로서는 네가 라트레이아 가문의 일원이 되어 적이 되지 않기를 빌 뿐이야."

"내가 크리프 선배의 적이 될 리가 없지 않습니까."

"물론 신용하고 있어. 하지만 때로는 어쩔 수 없는 일도 있으니까….”

크리프는 그렇게 말하고 쓴웃음을 지었다.

분명히 생각해 보면 복잡한 관계로군. 라트레이아 가문은 신전기사단, 마족 배척파이며 크리프의 적.

그 집안과 연관이 생기는 것을 생각해 두는 편이 좋겠지.

아니, 혈연이 있는 것은 틀림없는 사실이다. 그러니까 나는 어디까지나 마법도시 샤리아의 그레이랫 가문. 올스테드의 부하, ‘용신의 오른팔’ 루데우스 그레이랫, 크리프의 친구인 루데우스로 행동하면 된다.

“적극적으로 크리프 선배를 돕지는 않겠습니다만, 그렇다고 적이 될 리는 없습니다. 거짓말이라면 크라이브에게 우리 집 딸을 하나 보내도 좋아요.”

“아, 그건 좋을지도 모르겠군. 네 딸과 내 아들의 약혼…. 음, 나쁘지 않아.”

“아, 잠깐만요. 역시 자식의 결혼을 부모가 정하는 건….”

“알아, 알아, 농담이야. 자, 얼른 가자.”

크리프는 웃으며 걸어갔다.

정말로 농담이지? 하지만 루시도 라라도 귀여우니까….

분명 두 사람 다 장래에는 어머니를 닮은 미인으로 자라겠지. 크라이브는 그런 미인 자매를 보고 자란다. 분명 첫사랑 상대는 루시겠지. 크라이브는 엘리나리제의 아들이고, 어쩌면 이른 단계에서 고백해서 사귈지도 모른다.

어디의 말뼈다귀인지 모를 녀석이라면 몰라도, 크리프의 자식이다.

크라이브가 '부탁드립니다, 아버님'이라고 고개를 숙이며 부탁한다면 교제를 인정하지 못할 것도 없다.

물론 네게 아버님이라고 불릴 이유는 없지만….

"오빠, 두고 간다?"

제니스의 손을 잡아끄는 아이샤의 말에 정신이 들었다.

"아, 미안, 미안."

어찌 되었든 아직 먼 훗날의 이야기다. 그렇게 생각하면서 우리는 크리프의 뒤를 따라갔다.

사무소에 들러서 올스테드에게 인사. 그 뒤에 지하로 이동하여 전이마법진에 올라탔다. 순식간에 미리스 대륙이다.

전이한 미리스 쪽의 전이마법진은 이전에 이 부근에 왔을 때에 만들어두었다.

미리스 수도에서 그리 멀리 떨어지지 않은 숲속.

거기에 있는 폐가의 지하다.

왜 숲에 폐가가 있는가 싶겠지만, 이 세계에는 숲 근처에 있는 마을이 갑자기 침식해 온 숲에 휩쓸리는 경우가 있다.

여기도 그런 마을 중 하나다.

이끼로 뒤덮이고 넝쿨이 무성한 폐가의 지하. 희미하게 빛나는 마법진.

집 자체는 관리되지 않았지만, 나무들이 버팀대가 되어준 덕분인지 당장 무너질 일은 없겠지.

가끔씩 인근 도시에서 모험가가 오지만, 마법진이 있는 방은 비밀통로로 연결되어 있었고 그 통로의 입구가 있는 방에는 보물상자를 놔두었다. 안에는 대수롭지 않은 마력부여품이 들어 있을 뿐이지만, 대부분의 녀석은 그걸로 만족하고 돌아가겠지.

거기서부터는 걸어서 이동이다.

심신상실 상태인 제니스를 데리고 여행하는 것이기 때문에 다소 시간이 걸렸다.

미리스 근처니까 강한 마물은 없지만, 느긋하게 갈 필요가 있겠지.

아, 그렇지, 마물이라고 하니 마법진을 설치하기 위해 올스테드와 이 숲을 방문했을 때 처음으로 그 마물과 만났던 것을 떠올렸다.

고블린이다. 녹색 피부에 인간의 절반 정도 크기를 가진 그 녀석이다.

호색에 호전적, 세계에서 가장 약한 등급의 개체. 무리 지어 생활하고 때때로 다른 종족을 잡아와서 교배하고 임신시킨다. 말은 안 통하고 인간을 적으로 보기 때문에, 보자마자 공격해 온다.

하지만 솔직히 고블린이라는 생물은 마물이 아니라 마족이 아닐까 싶을 때도 있었다.

그들은 숲속에 있는 동굴에서 아주 원시적인 생활을 한다.

굴에서 살면서 집단으로 사냥을 하여 생계를 유지한다.

공작 레벨은 낮지만 곤봉이나 돌칼 같은 도구도 사용한다. 또 힐끗 보았을 뿐이지만, 부모 고블린은 자식 고블린에게 애정 같은 것을 보였다.

단순히 지능이 낮기 때문에 마물 취급을 당할 뿐이지, 원시 시대의 인간과 그리 다를 바 없다고 생각된다.

말만 이해할 수 있으면 조금 다를지도 모르겠다.

하지만 여기는 미리스 대륙. 미리스 신성국에서 그런 생물은 인정받지 못한다.

어쩌면 고블린이 인간을 보자마자 공격해 오는 것도 그런 과거가 있기 때문일지도 모른다. 분명 고블린과 미리스 신성국 사이에는 내가 모르는 투쟁의 역사가 있었겠지.

생각해 보면 고블린도 가엾은 생물이다. 하다못해 중앙대륙에 살았으면 완전한 마물이 아니라 최하급의 마족으로 인식되었을지도 모른다….

내가 도중에 습격해 온 고블린을 처리한 후에 그렇게 생각하였다.

"오빠, 고블린을 보고 무슨 생각 해?"

"응. 생각해 보면 고블린도 다른 곳에서 살았으면 마물이 아니라 마족 소리를 들었을지도 모르겠다 싶어서."

"…그거 록시 언니한테 말하면 화내지 않을까?"

"록시는 화 안 내."

한마디로 마족이라고 해도 여러 종족이 있으니까.

나는 모르지만 고블린급으로 머리 나쁜 종족도 있을 거다.

마왕이라고 불리는 존재조차도 상당히 머리가 나빴고. 그 이상으로 머리가 나쁜 종족이 있어도 이상할 것 없다. 오히려 마왕의 그 멍청함이 신기할 정도다.

"하지만 왜 그런 생각을 해?"

"아니, 고블린은 다른 마물과 달리 조직을 이루어 행동하니까. 여기서 말이라도 통했으면 지금 같은 대우를 받지 않았겠다 싶어서."

"어? 똑같지 않아?"

아이샤는 노골적으로 싫은 얼굴을 하였다.

고금동서, 고블린이란 생물은 여성이나 아이에게 인기가 없다.

뭐, 됐어. 나는 고블린 애호단체가 아니다.

"조직 이야기가 나와서 말인데, 아이샤, 용병단 쪽은 어때?"

"웅? 어떠냐니? 잘 될 텐데….."

"잘 되냐는 말이 아니라, 잘 지내냐는 말이야."

그건 단순히 잡담 삼아 꺼낸 말이었다.

잘 지내고 있어. 저번에 누구랑 같이 밥 먹으러 갔는데 엄청 매운 요리가 나와서 다들 땀을 뻘뻘 흘리면서 먹었어, 같은 이야기를 듣고 싶어서.

"…글쎄."

하지만 돌아온 것은 어두운 목소리였다.

설마 괴롭힘?!

평소의 나라면 황급히 용병단으로 달려가서 리니아와 프루세나를 체포하여 취조실에서 갈궜을 것이다.

하지만 작년에 나는 보았다.

리니아와 프루세나, 그리고 용병단 사람들이 아이샤의 생일에 선물을 준비해 준 것을.

적어도 아이샤는 용병단에게 받아들여졌다.

그건 틀림없다.

"무슨 걱정이라도 있어?"

"으음…. 뭐라고 할까, 잘 모르겠어."

"호오."

"노른 언니도 그럴 때가 있는데, 뭔가를 시작할 때 '그렇게 하면 틀림없이 실패한다' 싶은 일을 태연하게 하곤 하잖아?"

"…아니, 그걸 모르니까 태연하게 하고 실패하는 거지."

"아, 그게 아냐. 어어, 한 번 실수하고서 같은 실수를 거듭하는 거."

"아하, 과연."

같은 실수를 거듭하는 것 말인가.

노른은 분명히 같은 실수를 거듭하는 타입이다.

하지만 그건… 아니, 진정해. 이야기를 가로막는 건 좋지 않다. 끝까지 들어야지.

"용병단에서 나는 고문이니까, 모두의 상사니까, 부하가 같은 실수를 거듭하면 주의를 주고 때로는 화를 내. 저번에 이렇게 말한 적 있잖아? 왜 못 하는 걸까? 라고."

"응."

"하지만 다들 그게 싫은가 봐."

"뭐, 야단맞고 기분 좋은 사람은 없지."

"하지만 그게 싫으면 같은 실수를 하지 않으면 되잖아. 뭐가 문제였을까, 다음에는 어떻게 생각하면 좋을까, 전부 내가 가르쳐 주니까."

"가르쳐 준다고 바로 실천할 수 있는 게 아니야."

내가 그렇게 말하자, 아이샤는 모르겠다는 얼굴을 하였다.

뭐, 아이샤는 모를지도 모르지.

아이샤는 이른바 천재파다. 요령 좋고, 한 번 배운 건 잊지 않는다. 실수의 빈도도 극단적으로 적고, 성공했을 때도 완벽에 가까울 때가 많다.

경험이나 지식을 다음에 살리는 것에 대단히 뛰어나다.

나처럼 평범한 인간이 보자면 '다른 종류의 실수'라고 생각되어도, 아이샤가 보자면 '같은 종류의 실수'고, 과거에 이런 일이 있어서 반성했는데 왜 같은 일을 거듭하는 건지 답답하게 여겨지겠지.

아마 아이샤에게 꾸지람 들은 부하도 같은 실수를 거듭했다

는 자각이 없을 거다.

그러니까 실수할 때마다 화내는 아이샤를 좋게 생각하지 않을지도 모른다.

"그러니까 잘 해내고는 있지만, 친하게 지내는 건 아니라고 생각해…."

"그렇군."

아이샤는 능력이 대단하지만, 그렇기에 남을 놔두고 앞서나가곤 하겠지.

뭘 하든 자기는 잘 해낸다, 자기는 실수하지 않는다. 그러니까 남에게 질타가 많아지고 까칠하게 구는 거겠지.

"하지만 그러면 직장 분위기가 안 좋지 않아?"

"으음, 내가 화내면 리니아가 그 상대에게 다가가서 뭐라고 해. 뭐라고 하는지는 모르지만, 그러면 다들 후련한 얼굴로 돌아와."

그렇군.

아이샤는 용병단 사람들을 질책하고, 리니아나 프루세나가 그걸 커버하는 건가.

그야말로 적재적소잖아.

"그럼 아이샤도 그런 걸 하면 되겠네."

"으으음…."

아이샤는 노골적으로 싫은 얼굴을 했다.

하라고 하면 하겠지만, 하기 싫다는 느낌일까.

뭐, 실제로 아이샤라면 할 수 있겠지.

사람을 위로하고 띄워주며 모티베이션을 유지시키는 정도야.

하지만 분명 그 마음까지는 모르는 게 아닐까.

아이샤도 언젠가 알아줬으면 좋겠다. 일을 잘하지 못하는 녀석의 고뇌나, 잘 해 보자고 생각해도 할 수 없을 때의 분함, 이것이 최선이라고 생각하는데 몸이 움직여 주지 않는 무력감 같은 것을.

그걸 알면 분명 아이샤는 더 많은 사람들에게 사랑받게 된다.

모르더라도 아이샤라면 잘 살아갈 수 있겠지만, 그래도 말이야.

"뭐, 급할 건 없어."

"응, 급할 건 없어. 잘 해내가고 있으니까."

아이샤와 그런 대화를 하면서 우리는 미리시온으로 향하였다.

숲을 빠져나간 뒤로는 미리시온까지 7일 정도 거리였다.

도중에 마을에 들러서 마차를 구입했다. 마차라고 해도 짐차나 마찬가지로 조악한 것이지만, 걷는 것보다는 낫겠지. 석판도 무겁고.

마차를 몰아 가도를 나아갔다.

이 나라는 아슬라 왕국보다도 평원이 많고, 밭농사보다 방목을 하는 농가가 많다.

아슬라 왕국은 미국의 밀밭 같은 풍경이 많지만, 이쪽은 몽골의 방목지 같은 풍경이 많다.

아슬라는 황색과 녹색. 미리스는 청색과 녹색.

어느 쪽도 녹색이 많다는 점에서는 일치한다.

녹색이 많다는 것은 풍요롭다는 증거다.

도중에 나오는 마물의 숫자는 일단 미리스 쪽이 많지만, 그 정도다.

마대륙이나 북방대지와 비교하면 미지근한 환경이라고 할 수 있다.

그리고 나는 미리스 신성국 수도 미리시온에 도달할 수 있었다.

제7화 크리프, 고향에 돌아가다

미리스 신성국의 수도 미리시온에 도착했다.

이 도시에 오는 것도 오랜만이다. 전이마법진을 설치할 때에 미리스 대륙에 왔었지만 수도에는 오지 않았다. 그러니까 내 인생에서 두 번째로군.

전에 왔을 때는 북쪽에서 왔는데, 당시의 광경은 지금도 기억난다. 청룡산맥에서 흐르는 물이 호수로 흘러드는 모습, 호

수 중앙에는 순백의 화이트 팰리스가 떠 있고, 기슭에는 금색의 대성당이나 은색의 모험가 길드가 있었다.

그리고 도시를 둘러싸듯이 배치된 일곱 개의 탑과 드넓게 펼쳐진 초원지대.

…아.

"존엄과 조화. 두 가지를 겸비한, 이 세계에서 가장 아름다운 도시다."

그랬던가.

예전에 읽었던 책의 해설 그대로의 광경이었으니까 왠지 모르게 기억하였다.

으음, 그립군. 그게 무슨 책이었더라.

그래, 모험가 블러디칸트의 책『세계를 걷다』다. 지금 생각해 보니 대단한 이름이다.

그렇긴 해도 남쪽에서 보는 미리시온도 역시 아름다웠다. 높은 탑과 높은 성벽 덕분에 필요 없는 것은 전혀 보이지 않았다. 그저 청렴한 은색 성만이 빛을 반사하여 반짝반짝 빛났다. 성벽이 성 이외의 것을 숨겨서 성의 아름다움이 강조되어 보인다.

심플 이스 베스트.

"그래, 이 도시는 세계에서 가장 아름다워."

"하지만 그 속은 분명 세계에서 가장 더럽다."

그렇게 중얼거린 것은 크리프였다. 내 혼잣말을 들은 모양이다.

크리프의 눈동자에는 화이트 팰리스만이 비치고 있었다. 지금 그에게 그 아름다운 성은 위압감을 띤 존재일지도 모른다. 앞으로 전장이 될 도시다. 그렇게 생각하는 것도 당연하겠지.

솔직히 말해서 속이 더러운 걸로 말하자면 아슬라 왕국이 위일 것 같다. 아리엘도, 기타 귀족들도 대개 속이 더러웠다. 하지만 아슬라 왕국은 이러니저러니 해도 겉으로도 더러운 부분이 많았다. 미리스 신성국만큼 겉을 아름답게 꾸미지 않았다.

그 점을 보면 분명히 미리스 쪽이 더러울까.

"……크리프 선배."

"이제 선배는 아니잖아?"

"크리프… 무슨 일이 있거든 알려주세요."

이번에 나는 몸이 가벼운 입장이다. 가벼운 만큼 크리프의 힘이 되어 주고 싶다.

편의점에 주스를 사러 간다는 느낌의 레벨이라도 좋으니까.

"그럼 일단… 마차로 내 집까지 데려다줘."

"예, 미래의 대주교님의 분부대로."

이 날, 크리프는 미리시온에 돌아왔다.

약 10년 만의 일이다.

미리시온에는 입구가 네 개 있다.

모험가 구역, 거주 구역, 신성 구역, 상업 구역, 이렇게 네 군데다.

전에 왔을 때는 모험가 구역으로 들어갔다. 이유는 분명히 외부인이 그 이외의 입구로 들어가면 일이 복잡해지기 때문이었던가. 아무튼 성벽을 주욱 돌아서 가장 활기 있는 출입구로 들어간 것은 기억한다.

이번에도 같은 입구였다.

다만 지난번과 달리 이번에는 크리프가 있기 때문에 입구를 고를 필요는 없었다. 단순히 남쪽에 있는 모험가 구역의 입구가 가장 가까웠던 것이다.

물론 어디까지나 가까울 뿐이다. 사람이 많은 시내를 지나는 것보다도 사람이 적은 시외를 가는 편이 시간으로는 빨랐겠지. 바쁠수록 돌아가란 소리다.

하지만 크리프는 말했다.

"오랜만에 시내를 보고 싶다."

라고. 오랜만의 고향, 10년 만의 고향이다.

앞으로 몇 년간 살게 되겠지만, 오늘이라는 날은 특별하다.

입구에서 집까지 가는 동안, 저건 옛날 그대로다, 저기에는 예전에 뭐가 있었다, 라는 식으로 향수에 잠겼다.

그게 가능한 기회는 결코 많지 않고, 지금이 그 기회다.

"예."

그렇게 해서 나는 크리프의 말에 따라 시내로 마차를 몰았다.

"그립군⋯."

크리프는 미리스의 아름다운 문을 지났을 때에 그렇게 중얼거렸다.

크리프는 신성 구역 출신으로 모험가 구역에는 별로 안 갔다고 들었다. 하지만 어째서인지 모험가 구역의 문을 보고 눈을 가늘게 떴다. 뭔가 떠오르는 에피소드라도 있는 걸까.

내가 이 도시에 있었던 것은 기껏해야 1주일 정도다.

떠오르는 것은 파울로와의 일뿐.

그건 그거대로 떠올리면 눈물도 나오는 이야기지만, 그 이외의 추억이라고 할 만한 것은 없었다.

그러니까 주위를 보면 생각나는 것은 미래뿐이다. 앞으로 이도시에 만들 용병단에 대한 생각.

주위에서는 모험가가 돌아다녔다.

아슬라 왕국과 비교하면 수족이나 엘프 같은 종족이 많았다.

모험가 랭크는 제각각이지만, 복장을 보면 대충 알겠다.

눈에 띄게 중고인 장비를 입은 15~16세의 소년소녀는 신출내기다.

새 장비를 입은 것이 18세 정도의 초급.

새 것과 중고 장비가 뒤섞인 20대가 중견.

언뜻 보기에는 낡았지만 마력부여품인 듯한 것이나 고급스러운 것을 입은 자가 베테랑.

직업은 제각각이지만, 미리스 교단의 본거지인 것도 있어서 치유 마술사가 많고, 마술사가 적다.

마법도시 샤리아에서는 역전의 용사, 검사와 신출내기 마술사가 많았다.

마법대학에서 태어난 모험가 지망의 신출내기 마술사를 역전의 용사들이 스카우트하는 형태다.

종족은 인간과 수족이 많았다. 수족이 많은 것은 리니아와 프루세나의 장기 체제와 관련이 있겠지.

아슬라 왕국의 수도 아르스에서는 어디를 봐도 신출내기뿐이었다. 학교들이 충실하기 때문에 직업에 편중이 적지만, 종족은 인간뿐이다. 인간 이외의 종족은 대개 중견이나 베테랑이고, 금방 왕도를 떠난다.

미리스에서 모험가의 종족과 숙련도가 제각각인 것은 대삼림이 가깝기 때문이겠지.

대삼림에서 수족, 엘프, 호빗, 드워프 같은 종족의 신출내기가 남하하고, 미리스 쪽에서 실적을 쌓은 모험가가 마물이 강한 대삼림으로 북상한다. 하지만 대삼림에는 모험가 길드가 없기 때문에 미리시온이나 잔트포트를 거점으로 삼는다.

결과적으로 모험가 길드의 본부도 있는 이 도시에는 편중 없이 여러 모험가가 머물게 된다.

자, 그런 가운데에 어떻게 용병단을 만들까.

아슬라 왕국에서는 아리엘의 도움도 있어서 일이 편하게 진행되었다.

그 나라에는 '검사'와 '상인'과 '귀족'이 넘쳐났다.

검술도장에 들어갔지만 병사가 되지 않고, 모험가도 되지 않고, 누구에게 검술을 가르칠 연줄도 없는 평민. 상인의 자식으로 태어나서 상인이 될 교육을 받았지만, 가게는 장남이 물려받았기 때문에 자기는 독립할 수밖에 없었던 사람. 그리고 종합적인 교육을 받긴 했지만 가독을 물려받는 것도 아니고 아내를 얻을 수도 없는, 하급귀족의 삼남, 사남.

인재를 모아보니 신기하게도 각 방면으로 연줄이 생기고, 병사가 하기 힘든 일을 중심으로 일이 들어왔다.

최종적으로는 아리엘의 소개로 들어온 상급귀족의 오남에게 지부장을 맡겼다.

으음, 그 오남에게 지부장을 맡길 때에 면접을 했는데 재미있었다.

아이샤와 둘이서 삼각형의 알 없는 안경을 끼고서 "자네, 여기에 들어올 때까지 2년 동안의 공백이 있었는데, 뭘 했나?" 같은 질문을 했지.

답변은 "신분을 숨기고 적극적으로 평민과 교류했습니다. 그러는 것으로 문화의 차이를 아는 동시에 직업 동료 한 명 한 명을 잘 아는 것의 중요성을 배울 수 있었습니다."였다.

대답이 논리정연해서 '오, 이 녀석은?' 싶었다.

실제로 조정 능력도 탁월했다. 귀족과 평민의 생활, 문화의 차이를 숙지하고, 용병단 안에서 문제가 발생했을 때에 양쪽의 말을 이해하고 해결로 이끌 수 있는 녀석이었다.

카리스마는 없었지만, 신기하게도 미움을 사지 않는 타입이기도 했다.

그럼 맡겨야지. 나보다도 우수한걸.

뭐, 그건 넘어가고.

일단 이 나라에서도 용병단을 잘 만들어가고 싶다.

인재와 지부장. 용병단으로서의 방향성. 아이샤는 뭔가 메모를 만들었던 모양인데, 결단은 현장을 보고 난 뒤에 내리겠다고 했다.

고로 그녀도 나와 마찬가지로 주위를 두리번거리고 있다.

하지만 여기 분위기로 모든 것을 결정하는 것은 성급한 짓이다. 여기는 모험가 지구니까 모험가가 많지만, 신성 구역이나 상업 구역, 거주 구역도 있다. 모험가보다도 현지 사람들을 상대로 하는 편이 좋을 건 틀림없다.

신성 구역이나 거주 구역을 보고난 뒤에 결론을 내리는 편이 좋겠지.

"전에 왔을 때에는 신경 쓰지 않았는데… 많은 종족이 있네."

"대삼림이 가까우니까."

그렇게 말하면서 나도 주위를 보았다. 정말로 많은 종족이 있었다.

열 살 정도로밖에 보이지 않는 호빗, 메마른 나무처럼 가는 팔다리를 가진 엘프. 수족 중에도 다양한 녀석이 있다. 개, 고양이, 토끼, 사슴, 쥐, 호랑이, 늑대, 양, 곰… 문득 생각해 보니 그런 녀석들은 가축으로 사육되는 소나 돼지를 보고 아무 생각도 없을까….

아니, 인간이 동물원에서 기르는 늑대를 봐도 아무 생각 없는 것과 같나.

다른 생물이다.

"아아, 아아…!"

"아, 일어나면 위험해요…!"

뒤쪽을 보니, 제니스가 마차 위에서 일어나 있었다.

아이샤가 황급히 앉히려는 가운데, 흔들리는 마차 안에서 비틀거리면서 뭔가를 가리켰다.

가리킨 것은 원숭이였다.

아니, 실례. 원숭이 같은 얼굴을 한 남자였다.

그러고 보면 수족 중에 원숭이를 닮은 쪽은 없었던 것 같다. 그렇다면 오히려 이 세계에서 원숭이는 드문 걸까.

제니스가 가리키며 기뻐할 정도로.

응, 저 원숭이, 어디서 본 적이 있군.

아니, 저거 수족이 아니라….

"…아."

"오오?! 제니스랑 선배잖아! 왜 이런 곳에?!"

마족(기스)이잖아.

★　　★　　★

"으음, 설마 이런 곳에서 만날 줄은 몰랐어."

기스는 우리의 모습을 보자마자, 바로 마차에 올라탔다.

전혀 사양하는 기색이 없었다. 다 아는 자기 마차라는 듯.

"우연이란 건 참 무섭네! 아니, 뭐 하러 왔어?!"

기스는 우리를 만난 게 꽤나 기뻤던 모양이다.

활짝 웃고 있었다. 그렇게 기뻐하니 나도 기뻐지네.

"반은 일, 반은 집안일입니다."

"그래, 그래, 참고로 나는 말이지, 이게 또 눈물 없이 들을
수 없는…."

기스는 묻지도 않았는데 샤리아에서 헤어진 이후의 일을 이
야기해 주었다.

기스, 탈핸드, 베라, 쉐라는 예정대로 아슬라 왕국에 도착.

거기서 흡마석을 돈으로 바꾸어 막대한 돈을 손에 넣었다.
베라와 쉐라는 그 돈으로 모험가를 은퇴.

그대로 자기들이 원래 살던 곳으로 돌아간 모양이다. 그 뒤
의 일은 모른다는 모양이지만, 돈은 있으니까 무슨 장사를 시
작했을 거라고 기스는 말했다.

자, 그리고 기스 말인데, 예상대로라고 할까, 뭐라고 할까,
도박에 빠졌다.

나는 잘 모르지만, 아슬라 왕국에서는 도박거리가 있어서 거기에 갔다는 모양이다.

기스 자신이 원래부터 도박을 좋아하던 탓도 있지만, 거금을 손에 넣어서 고삐가 풀렸던 모양이다. 기스는 고작 몇 달 만에 손에 넣은 돈을 전부 없애 버렸다.

"으음, 그때는 정말로 위험했어. 옷가지까지 모두 빼앗기고, 진짜 내 목숨밖에 걸 게 없었던 상태였어."

분명 그대로 가다간 콘크리트에 파묻혀서 바다 밑바닥으로 가라앉았겠지.

그 상황에서 도와준 것이 탈핸드였다.

그는 슬슬 다음 모험을 떠나려고 기스에게 인사를 하려고 왔다가 그 상황과 조우. 황당해하면서도 공방에서 새로 만들어온 팔토시를 팔아서 기스를 구했다.

흡마석을 사용한 팔토시로, 이것도 개발비에 전 재산을 부은 것이라는 모양이다.

덕분에 두 사람 다 무일푼. 물가가 비싼 아슬라 왕국에 있을 수 없어서 남쪽으로 여행을 떠나게 되었다나.

나였으면 그런 레벨로 돈 씀씀이가 헤픈 녀석을 돕거나 같이 여행을 하지 않을텐데, 탈핸드도 기스와 오래 알고 지낸 사이라서 서로에 대해 이해하는 바가 있겠지.

탈핸드도 기스에게 도움을 받은 적이 있다든가.

뭐, 우정이란 거지.

그렇게 두 사람은 내란으로 분위기가 뒤숭숭한 실론이나 거기에 가담했다는 소문의 왕룡 왕국을 무시하고 미리스로 돌아왔다.

옛 둥지로 돌아오듯이.

그 뒤에 탈핸드는 생각한 바가 있다며 떠났고, 기스는 혼자 남은 모양이다.

기스의 말에 의하면 탈핸드는 아마도 고향으로 돌아간 모양이라고 했다.

"그 녀석, 고향에 돌아가서 뭘 하려는 걸까."

기스는 그렇게 투덜거렸지만, 나는 왠지 모르게 알 것 같았다.

긴 여행을 하면 문득 가족과 만나고 싶은 기분이 들 때도 있겠지.

향수병이란 것이다. 나나호시의 지병이지.

"기스는 안 돌아가고요?"

"나? 헛소리 마. 아무것도 없는 그런 촌구석에 돌아가면 재미고 뭐고 없잖아."

그런 건가. 나는 항상 내 집이 그립다.

만지면 체력이 회복되는 실피의 가슴, 만지면 일시적으로 행운 수치가 상승하는 록시의 가슴, 만지면 시간을 스킵할 수 있는 에리스의 가슴. 모든 것이 있는 것은 집뿐이다.

"그 녀석도 자기 고향에 안 좋은 추억이 있는 모양인데."

"그럼 그 안 좋은 추억을 청산하러 간 걸지도 모르지요."

예전에 뭘 했더라도 세월이 경과하면 많은 것이 변한다.

10대 때는 절대로 용서할 수 없었던 것이 20대 때에는 용서할 수 있게 된다든가, 50대 정도가 되면 아무래도 좋아진다든가.

탈핸드도 마음의 정리를 하였으니까 뭔가를 확인하러 갔을지도 모른다.

"뭐, 탈핸드는 넘어가고, 나는 여기서 모험가 사업을 재개했어."

기스는 탈핸드와 헤어진 뒤에 여기서 또 모험가로 활동을 시작했다는 모양이다.

물론 전혀 벌이가 없는 모양이다. 마족이고, 전투능력은 없어서.

"그래서 선배는 왜 여기에 왔어?"

"어머니가 이런 상태가 되어서 외가 쪽에서 호출이 있었습니다. 친구를 바래다주는 김에 얼굴을 보이러."

"헤에…. 제니스네 집안이라…."

기스는 안쓰럽다는 듯이 제니스를 보았다.

제니스는 평소처럼 멍한 표정이지만, 평소보다 기분이 좋아 보였다.

기스가 있기 때문일까.

"뭐, 나도 제니스네 집안이 어떤 곳인지 들은 적이 있지만…

별로 유쾌한 일은 없을걸…?"

"…어떤 식의 이야기를 들었습니까?"

"자세히는 모르지만, 아주 딱딱한 집안이라고."

기스는 어깨를 으쓱였다. 그 정도의 정보는 오기 전부터 알고 있었다.

하지만 안 갈 수 없지.

"아, 이제 곧 구역 경계인가. 미안하지만 세워 줘. 마족인 내가 신성 구역에 들어가면 난리가 날 테니까."

기스의 말에 나는 마차를 세웠다.

기스는 곧바로 마차에서 훌쩍 뛰어내리고,

"그럼 한동안 머물 거면 또 볼 일이 있겠지. 건강하라고, 선배."

손을 흔들면서 뒷골목으로 걸어가더니… 돌아보았다.

"선배! 하나 물어봐도 될까?!"

"뭡니까?"

"그 미궁에서 파울로가 했던 말, 기억해?"

미궁에서의 말. 짚이는 바는 많았지만, 마음에 남는 말은 있었다.

아마도 그거겠지.

"예."

그렇게 말하자 기스는 만족한 것처럼 끄덕이고 발길을 돌렸다.

갑자기 만난 지인은 갑자기 떠났다.

정말로 우연의 재회란 거겠지.

하지만 우연이라고 해도 긴장했던 참에 지인과 만나는 것은 기쁜 일이다.

그렇게 생각하면서 나는 신성 구역으로 들어갔다.

★　　★　　★

크리프의 집에 도착할 무렵에는 이미 해가 저물어 있었다.

크리프의 집은 생각 이상으로 평범했다. 그냥 평범한 집, 3~4인 가족이 살기에 딱 좋을 정도의 아담한 집이었다.

이웃집과 그리 다르지 않다…고 하기보다는, 신성 구역에는 완전히 똑같이 생긴 집이 줄줄이 있었다.

교황의 집이니까 아리엘의 저택과 맞먹을 거라고 예상했는데 김이 샜다.

"의외로 작네요."

"교단 본부에서 일하는 성직자는 다들 이런 집을 지급받아. 물론 할아버지는 본부 쪽에도 방이 있으니까 이 집을 쓰지 않지만."

크리프는 내 무례한 말에 화내는 일도 없이 설명해 주었다.

말하자면 사택이란 소리군.

"바래다줘서 고마워. 이미 늦었으니 묵었다 가지?"

크리프의 제안에 나는 생각했다.

제니스의 친정은 거주 구역에 있다. 그렇다면 지금부터 가도 시간이 좀 걸린다.

너무 늦은 시간에 찾아가도 실례일 것 같다. 여행자의 모습으로 찾아가는 것도 별로 인상이 좋지 않겠지.

모험가 구역 쪽에서 숙소를 잡고 내일 다시 방문해도 좋겠지만… 이중으로 수고롭지.

"그렇다면, 부탁하겠습니다."

나는 크리프의 제안에 따르기로 했다.

짐을 내리고 말을 마구간에, 마차를 창고에 넣는 사이에, 다른 이들이 짐을 안으로 옮겼다. 하지만 내가 마차를 창고로 옮기려는 때에, 문 안에서 하얀 연기 같은 것이 뭉게뭉게 일었다.

"에취!"

코를 찌르는 냄새가 나고 아이샤가 귀여운 재채기를 하였다.

"쿨럭… 너무한데…. 할아버지가 청소도 안 했던 모양이야…."

크리프는 코를 천으로 누르면서 푸념하였다.

아직 크리프가 돌아오지 않으리라 생각하고 방치했던 걸지도 모른다.

어찌 되었든 집 안은 먼지투성이였다.

"재워 주는 답례 정도는 아니지만 청소를 돕겠습니다… 아이샤가."

"으음, 미안하… 어?"

"어, 나?"

아이샤가 놀란 듯이 말하고, 제니스가 비난하는 눈을 하였다.

아니, 제니스는 무표정이었지만. 다만 시선에서 의사를 느꼈다.

아이샤도 그런 눈으로 보지 마. 내가 너 혼자한테 청소를 맡긴 적이 있었어?

있었다. 항상 그랬지. 전부 맡겼다. 감사하고 있어….

"아, 물론 농담이거든요? 나도 도울 거거든요?"

"당연하지."

밤의 대청소가 시작되었다.

창문을 활짝 열고 바람 마술로 대충 먼지를 밖으로 날린 뒤에 빗자루로 쓱쓱.

그 다음은 사용할 방을 대충 걸레로 닦는다. 몇 년 동안 안 썼던 것도 생각해서, 침대나 모포도 열풍을 쐬어서 소독했다.

부엌은 꽤나 더러워진 모양인데, 아이샤가 혼자서 어떻게든 처리했다.

아니, 나와 크리프가 거실을 청소하는 사이에, 사용할 방의 대략적인 청소를 아이샤가 모두 끝냈다.

평소의 세 배 속도로. 붉은 혜성 아이샤다.

그 뒤에 여행 동안 먹다 남은 식재료를 사용하여 가벼운 만찬을 가졌다.

"크리프 선배. 귀환 축하드립니다."

"아직 성급한 소리지. 할아버지와 만나야 귀환이야."

물로 건배를 하면서 말린 고기와 수프를 먹었다. 집 안에서 먹는 요리치고 아무것도 없지만, 이런 거겠지. 식재료가 대량으로 남아도 곤란하니까 다 써 버리자는 생각이다.

"너희는 내일 어쩔 거지?"

"일단 라트레이아 가문을 방문할 겁니다."

"그래, 밤에는 거기서 묵는 건가?"

"아마 그렇게 되겠지요."

이러니저러니 평판은 나쁘지만, 일단 제니스의 친정이다. 한동안 머물러도 문제는 없겠지. 용병단 지부의 설립 준비에 크리프를 지켜보는 것 등, 할 일은 많으니까 그 집에 머무르면 행동에 다소 제약이 있을지도 모르지만… 일단 가 봐야 안다.

뭣하면 인사만 하고 다른 곳에 머무는 것도 괜찮다.

"그럼 누구 집안일을 할 사람을 고용해야…."

"뭣하면 우리 아이샤를 며칠에 한 번 정도 파견할까요?"

"아니, 됐어. 너희도 바쁘겠고, 나도 짚이는 데는 있으니까."

크리프는 어깨를 으쓱이며 그런 말을 하였다.

우리는 객실에서 자기로 했다.

그리 넓지 않은 방에서 세 명. 가족이 나란히 누워서 취침.

…이라고 생각했는데, 나도 아이샤도 몸은 완전히 어른이다.

침대 자체도 작고, 어른이 셋이나 나란히 누워서 잘 공간은 없었다. 그래서 침대는 제니스에게 주고, 나와 아이샤는 바닥에서 자기로 했다.

크리프에게 빌린 모포와 쿠션으로 침상을 만들었다.

바닥은 융단이 깔려 있기 때문에 야숙과 비교하면 별것 아니었다.

베개에 머리를 대고 누웠다.

그러자 어느 틈에 내 눈앞에서 침상을 만들던 아이샤와 시선이 마주쳤다.

"에헤헤, 오빠랑 같이 자다니, 실피 언니한테 말하면 질투할까…."

"여행 동안에는 자주 그랬잖아."

"응. 하지만 뭔가, 에헤헤."

아이샤는 집 안에서 이렇게 뒤섞여 자는 게 즐거운지 히죽 웃었다.

귀여운 웃음이다. 이게 실피였으면 불끈거려서 그대로 끌어안았겠지. 실피도 은근히 내게 몸을 기댔겠고.

하지만 아이샤에게는 불끈거리지 않고, 그녀도 딱히 내게 다가오지 않았다.

나는 아이샤를 좋아하고, 아이샤도 나를 좋아하는 모양이다.

하지만 이른바 성적인 욕구는 느끼지 않는다. 감각으로 말하자면, 루시를 향한 것과 비슷하다. 가족애란 것이다.

"하찮은 질문인데, 너는 리랴 씨가 전부터 했던 말을 지금 어떻게 생각해?"

"엄마가 전부터 했던 말이라니?"

"나를 모신다든가, 그걸 한다든가, 이걸 한다든가 하는 거."

그렇게 묻자, 아이샤는 멍한 얼굴을 하였다.

그러다가 문득 생각하듯이 턱에 손을 댔다.

"응, 딱히 싫은 건 아냐…. 하지만 아마 실피 언니의 그거랑은 좀 다를 거야. 좀… 좀이란 뭘까…."

"아니, 이해해. 그래, 좀 다르지."

명확하지 않은 대화지만 왠지 모르게 이해된다.

필링이 맞는 느낌이다.

"우후후, 그런 걸 알아주니까 오빠는 좋아!"

아이샤는 그렇게 말하면서 슬금슬금 내 쪽으로 다가와서 몸을 밀착시켰다.

따뜻하고 부드럽다. 껴안고 자기 좋다.

"…나도 언젠가 누군가를 좋아하게 되어서 아이를 낳고 싶다고 생각할까."

감촉을 즐기고 있자, 아이샤가 떠오른 것처럼 그렇게 말했다.

아까 말한 좀, 에 대한 거겠지.

"글쎄. 그러지 않을까?"

"어떤 상대일까…."

아이샤의 연인이라.

상상도 가지 않는다. 우수한 타입일까. 아니면 미덥지 않은 타입일까.

아이샤라면 어떤 상대든지 맞춰줄 수 있겠지만, 아이샤는 상대에게 맞춰줘야만 하는 걸 좋아할 것 같지 않다.

아이샤의 평소의 교우는 어떤 식일까.

용병단은… 수족이 많군. 그런 야수 같은 놈들에게 아이샤가?

어디의 개뼈다귀인지 모를 놈에게 여동생은 못 준다!

올스테드에게 물어보면 아이샤가 어떤 상대와 결혼했는지 알 수 있을지도 모르지만… 뭐, 묻지 말자. 평생 독신이라는 말을 들으면 왠지 가엾어질 것 같다.

아, 그렇지.

자기 전에 확인해 두자.

"아이샤, 내일 어머니를 모시고 갈 건데… 너는 어쩔 거야?"

"……."

아이샤는 내 품 안에서 몸을 움찔거리더니 거리를 벌렸다.

원래 위치로 돌아갔다.

"갈래. 엄마가 신신당부했으니까."

"그래…."

"응."

아이샤의 대답을 듣고 나도 안심했다.

내일은 제니스의 친정에 방문.

거기서 대화를 마치고 연줄을 만드는 것인데, 격식 높은 집 안에 혼자 가는 것은 아무래도 불안하였다.

"그럼 한동안 잘 부탁해."

"알았어. 맡겨줘."

"정말로 고마워. 오늘 청소도 고마워…. 그럼 잘 자."

"응, 별 말을…. 잘 자…. 후아아."

아이샤의 졸린 목소리를 들으면서 나는 눈을 감았다.

제8화 라트레이아 가문

제니스의 친정은 컸다. 상상했던 그대로란 느낌일까.

커다란 문, 문 양옆에 서 있는 사자 조각상, 문에서 입구까지 이어지는 긴 돌길, 길 도중에 있는 분수, 이상한 모양으로 깎은 잔디. 그리고 그 안쪽에 하얗게 아름다운 저택이 자리 잡고 있었다.

귀족의 집이라는 것은 바로 이런 것이다…라는 느낌이었다.

장소는 거주 구역의 귀족거리고, 그 안에서도 특히나 고귀한 이들의 집이 늘어선 장소였다. 아슬라의 귀족거리와 분위기가 비슷할까.

그렇기는 해도 집이 컸다. 크리프의 집에서 김이 샜는데, 제 니스의 집은 상상 그대로였다.

물론 나도 아슬라 왕국에 이런 저택을 하나 가지고 있다.

아리엘에게 받은 것이니까 별로 자랑할 이야기도 아니지만, 이것과 비슷한 크기의 저택이다. 이쪽이 청렴한 분위기를 가지고 있지만, 호화스러운 건 똑같겠지.

그러니까 겁먹을 것 없다. 쫄지 마.

"하아⋯."

옆에서 아이샤가 한숨을 쉬었다. 싫은 얼굴로 저택을 바라보았다.

현재 우리는 문 앞에서 기다리고 있다. 집에서 가져온 귀족의 옷을 입은 나와 메이드복의 아이샤, 그리고 나와 마찬가지로 귀족의 옷을 입은 제니스다.

우리는 입구에 있는 위병인 듯한 인물에게 전갈을 부탁했다. 편지를 보여주려고 했지만, 위병은 제니스의 얼굴을 보고 바로 저택으로 달려갔다.

아직 돌아오지 않은 상황.

"저기, 오빠. 충고하겠는데, 할머니는 아주 불쾌한 사람이야."

"몇 번이나 들었어."

충고가 무섭다.

하지만 나는 개인적으로 싫은 녀석에게 내성이 있다. 나 자신이 생전에 정말 바닥이었던 탓이다. 그와 비교하면 어지간한 녀석은 허용할 수 있다.

그러니까 괜찮을 것이다.

가령 못 참을 레벨의 상대라도 제니스의 근황을 이야기하고 같이 한탄하며 슬퍼하는 정도는 할 수 있다. 그 이상은 무리일지도 모르지만, 그것만으로도 충분하다.

"아."

그렇게 생각하고 있는데 저택 쪽에서 남녀가 줄줄이 걸어왔다.

방금 전의 위병만이 아니었다. 메이드 차림의 사람이나 집사 차림의 인물까지, 총 열두 명 정도가 서둘러 이쪽으로 다가왔다.

메이드들은 문 앞, 길 양옆에 두 줄로 섰다. 집사가 정면에서 등을 쭉 펴고 이쪽을 보며 섰다. 부자들이 나오는 만화에서 곧잘 보았던 '마중의 진형'이다.

아슬라 왕국에서도 곧잘 보았다.

위병이 문을 열자, 집사가 깊이 고개를 숙였다. 거기에 맞춰서 메이드도 고개를 숙였다.

"제니스 님, 잘 돌아오셨습니다. 저희 일동, 진심으로 기다리고 있었습니다."

고개는 제니스에게 숙이는 것이었다.

하지만 제니스는 평소처럼 멍한 얼굴로, 그들을 시야에 넣지도 않았다.

"그럼 루데우스 님. 주인마님이 기다리고 계십니다. 이쪽으로."

"예. 잘 부탁드립니다."

집사는 그걸 개의치 않고 내게 인사하더니 안내하듯이 발길을 돌렸다.

아이샤에게는 한마디도 없었다. 메이드 차림을 한 녀석은 메이드로 대하는 것일까. 그럼 아이샤에게는 다른 옷을 입혀야 했을까. 내 여동생다운 옷으로. 하늘거리는 드레스라든가.

그렇게 생각하면서 긴 길을 빠져나가 현관을 통해 안으로 들어갔다.

안은 역시나 고급스러운 가구가 가득했다. 물론 아슬라 왕성이나 페르기우스 성과는 비교도 안 되지만, 취미는 나쁘지 않았다.

"그럼 이쪽에서 기다려 주십시오."

안내받은 장소는 이른바 응접실이었다.

마주보게 배치된 소파에, 방구석에 놓인 꽃병. 가장자리에 서 있는 메이드….

기다리고 계십니다, 라고 들었는데 그 마님의 모습은 없었다.

여행이 끝나는 것을 기다렸다는 의미지, 지금은 사람들 앞에 나올 준비 중이겠지만.

아무튼 나는 일단 제니스를 앉혔다. 그 뒤에 나도 옆에 앉았다.

슬쩍 보니 아이샤는 의자 가장자리에 서 있었다.

"아이샤도 앉아."

"어? 하지만 서 있는 편이 좋을 거라 생각하는데…."

"너는 내 여동생이고, 여기서는 손님이잖아. 앉아."

"…응."

내 말에 아이샤는 제니스의 옆에 앉았다.

"……."

그대로 셋이서 대화도 없이 기다렸다.

이러고 있으니 필립에게 면접을 보러 갔을 때가 떠올랐다.

그때는 사울로스가 갑자기 등장해서 실컷 고함을 지르고 돌아갔지.

그립구나. 그때처럼 잘 풀리면 좋겠는데….

사울로스 때는 어땠더라. 분명히 선수를 쳐서 이름을 대고 인사했었다. 어느 세계든 먼저 이름을 대는 것이 예의라고 생각했다. 이번에도 그렇게 가자.

"주인마님, 이쪽입니다."

그렇게 생각하고 있을 때 문이 열렸다.

들어온 것은 백발이 섞인 금발의, 신경질적인 듯한 할머니. 그리고 백의 같은 것을 입은 뚱뚱하고 수염 난 중년 남자였다.

누가 주인마님일지는 들을 것도 없었다.

나는 곧바로 일어서서 가슴에 손을 대고 가볍게 인사했다.

"처음 뵙겠습니다, 할머님. 루데우스 그레이랫이라고 합니다. 오늘은…."

"……."

할머니는 내게 시선도 주지 않았다.

인사하는 내 옆을 그대로 지나쳐서 제니스의 얼굴이 보이는 위치까지 이동했다.

그리고 한 걸음 거리를 둔 위치에 멈춰 서더니 제니스의 얼굴을 뚫어져라 보았다.

감동의 재회…치고 클레어의 표정은 차가웠다.

잠시 뒤에 클레어는 흥 하는 소리를 내더니 차갑다고 할 수 있는 목소리로 말했다.

"확실히 딸이군요. 안델, 부탁해요."

그 말에 수염 난 남자가 움직였다. 내 옆을 지나쳐서 제니스의 손을 잡고 일으켜 세웠다.

그리고 공허한 얼굴에 손을 대고….

"잠깐 기다려 주세요. 갑자기 뭡니까?"

황급히 끼어들었다.

"아, 말씀이 늦었군요. 저는 클레어 님의 주치의를 맡고 있는 안델 바크레라고 합니다."

"말씀 감사합니다, 루데우스 그레이랫입니다. 의사분이십니까?"

"예. 오늘은 클레어 님을 뵙는 날이었는데, 마침 잘 되었다면서 따님을 진찰해 달라고…."

그래, 그런 건가.

클레어 할머니, 제니스를 보고 조금 마음이 급해진 거네. 알

지, 알아.

"그런 거라면 어머니를…."

"누가 앉아도 된다고 가르쳤습니까!"

부탁드립니다, 라고 말하려던 순간에 뒤에서 질책의 목소리가 날아들었다.

움찔 몸을 떨면서 뒤를 돌아보자, 아이샤가 다급히 소파에서 일어서고 있었다.

"메이드 주제에 주인이 자리에서 일어설 때 계속 앉아 있어도 된다고! 누가 가르쳤습니까!"

"죄, 죄송합니다."

아이샤는 울 것 같은 얼굴로 고개를 숙였다.

아니, 잠깐, 잠깐. 왜 그렇게 되는데. 잠깐만.

페이스가 빠르다. 왜 나를 무시하지? 울어 버린다?

"내가 앉아 있으라고 했습니다."

강한 어조로 말하자, 클레어는 천천히 이쪽을 보았다. 아, 이런. 저라고 할 걸 그랬나… 에이, 됐어.

"메이드복을 입고 있습니다만, 그녀는 내 여동생입니다. 어디까지나 어머니를 돌보려면 움직이기 편한 옷이 좋을 테니까 메이드복을 입었을 뿐이지, 메이드로 다루면 안 됩니다."

"인간은 옷으로 신분을 보이는 법입니다. 우리 집에서는 메이드복을 입은 자를 메이드로 간주합니다."

그런 로컬 룰로 뭐라고 해도 말이지.

"그럼 나 같은 옷을 입은 사람에게는?"

"물론 상응하는 대접을."

"이런 복장을 입은 사람을 무시하는 것이 이 집의 방식입니까?"

말하면서 두 팔을 펼치고 내 옷을 내려다보았다. 이상한 모습은 아니다…라고 생각한다. 이 옷을 어디서 샀더라. 분명히 샤리아라고 생각하지만… 아슬라 왕국에서 산 것이 좋았을까? 하지만 그건 파티용이고….

"아뇨, 당신을 무시한 건… 처음 보는 남자가 갑자기 나를 할머님이라고 불렀기 때문입니다. 몇 년 동안 그런 사기꾼도 만났으니까요. 진위를 확인할 때까지 답변할 가치가 없다고 판단했습니다."

"…그렇군요."

뭐, 이렇게 큰 집에서 딸 하나가 뛰쳐나갔다면, 혈족이라고 주장하며 받아들여달라는 녀석도 나타나기 마련이겠지. 나는 인사는 했지만 신분을 밝힐 것을 전혀 제시하지 않았다. 이 옷도 딱히 그레이랫 가문의 문장이 들어 있는 게 아니다. 준비하려고 하면 어디서든 준비할 수 있었겠지.

말은 된다…고 할 수는 있다.

"제니스는 진짜였습니다. 그쪽의 아이샤도 기억하고 있습니다. 당신이 내 손자라는 증거는 뭔가 있습니까?"

증거라, 증거라고 해도 말이지. 제니스와 아이샤를 데리고 왔고 편지까지 들고 왔다.

　그 이상의 것은… 아니, 왜 내가 증거를 내놔야만 하는 거지.

　"필요합니까?"

　"뭐라고요?"

　"어머니… 제니스와 아이샤를 데려왔고, 당신이 보낸 편지도 가져왔습니다. 그 이상의 증거가 필요합니까?"

　그렇게 말하자, 클레어는 눈썹을 꿈틀거렸다.

　"그럼 당신을 라트레이아 가문의 일원으로 인정할 수 없습니다."

　"좋습니다. 나는 그레이랫 가문 사람… 당주고, 이 가문의 저택을 오늘 처음 찾아왔습니다. 라트레이아 가문 사람이라고 주장할 생각은 없습니다."

　비위를 맞춰보려는 마음은 있었다.

　용병단을 위해서라도.

　하지만 저쪽이 경계한다면, 그 마음을 겉으로 드러낼 필요는 없다. 일단 제니스의 귀향이 목적이었고.

　클레어는 다소 재미없는 건지, 눈썹을 실룩이면서 노려보았다.

　"그레이랫 가문의 당주 자리도 꽤나 싸구려가 되었군요. 그레이랫은 아슬라의 4대 영주 중 하나… 라트레이아 가문은 명가라고 해도 결국은 백작 가문. 게다가 백작 본인이 아니라 백작 부인에게 먼저 이름을 대고, 먼저 고개를 숙이다니….”

"나는 아슬라 4대 영주의 피를 이었습니다만, 영주 본가는 아닙니다. 애초에 귀족 지위를 가진 것도 아닙니다. 당주라고 했습니다만, 샤리아에 사는 일반 가정의 가장에 불과합니다. 물론 가령 신분이 높았다고 해도, 처음 만나는 할머니에게 예의를 갖추는 것은 당연하다고 생각합니다만."

"…호오."

그렇게 말하자 클레어의 시선이 나를 내려다보는 것으로 변했다.

아니, 기분 탓일지도 모르겠는데… 그렇다고 해도 이 사람은 가문을 제일로 치는 사람일까. 그렇다면 귀찮겠는데, 일단 견제해 볼까.

"귀족으로서의 지위는 없습니다. 작년에 아슬라 왕국에서 대관하신 아리엘 폐하와는 개인적인 친분이 있고, 나 자신은 칠대열강 2위 '용신' 올스테드 님의 부하입니다. 너무 가볍게 보지 말아 주셨으면 합니다."

그렇게 봐도 좋기는 한데, 아이샤를 대하는 걸 봐도 말이지.

어디까지나 대등, 혹은 거기에 가까운 입장이라고 명시해 두자. 클레어는 내 말에 입을 꾹 다물고 고개를 빳빳이 쳐들었다.

품평이라도 하듯이 나를 뚫어지게 보았다.

"이것이 용신의 부하라는 증거입니다."

용신의 문장이 들어간 팔찌를 보여주었다.

클레어는 그것을 몇 초 동안 본 뒤에 어느 틈에 옆에 있던 집사에게 작은 목소리로 뭔가 물었다. 집사가 끄덕였다. "분명히 용신의…."라는 말이 들렸다. 그리 유명하지 않은 줄 알았는데, 저 집사는 용신의 문장을 아는 모양이다.

이런 거라면 얼마든지 위조할 수 있다…고 말하면 곤란한데.

"그렇군요…. 알겠습니다."

클레어는 그렇게 말하더니, 고개를 살짝 내리고 두 손을 배 앞에서 모았다.

그리고 자연스러운 동작으로 고개를 숙였다.

"내 이름은 클레어 라트레이아. 신전기사단, 검 그룹 '대대장' 칼라일 라트레이아 백작의 아내입니다. 현재는 이 저택을 맡고 있습니다. 방금 전의 실례는 부디 용서를."

신분을 증명이 된 걸까, 아니면 내 태도가 무슨 허들을 넘었을까.

모르겠지만, 클레어는 고개를 숙이는 동시에 사죄하였다.

그렇기는 해도 신전기사단의 '대대장'인가.

제니스의 여동생, 테레즈도 신전기사단 소속이었고, 이 일가는 신전기사단과 관련이 깊은 거로군.

"그럼 다시 한번 인사드리겠습니다. 루데우스 그레이랫입니다. 파울로 그레이랫과 제니스 그레이랫의 아들로, 현재는 '용신' 올스테드 님 밑에서 일하고 있습니다. 방금 전의 무례는 잊어주십시오. 나도 준비와 배려가 부족했습니다. 경계하시는 게 당연하다고 생각합니다."

서로 고개를 숙여서 일단 끝냈다.

휴우. 이걸로 숨 좀 돌리겠군. 인사만 해도 꽤나 고생스러웠는데, 이걸로 어떻게든 되겠지.

"그럼 이쪽에 앉아 주시지요."

"예, 실례하겠습니다."

나는 시키는 대로 소파에 앉았다.

"일단 긴 여행, 고생 많았습니다. 몇 년은 걸릴 거라 생각했습니다만, 신속한 대응에 감사합니다."

클레어가 그렇게 말하며 손뼉을 치자 문이 열렸다.

메이드가 카트를 끌며 들어왔다. 카트 위에 있는 것은 티 세트였다.

다과회인가. 좋지. 공중요새에서 단련된 나의 차 스킬을 보여주지.

그리고 그 전에 아이샤를 앉힐까. 그녀는 메이드가 아니라 내 여동생이다. 손님으로 대접해 주지 않으면 곤란하다. 그럼 그런 것부터 주장해야겠지.

"아이샤도 앉아."

"아, 하지만…."

"오늘 너는 메이드가 아니라 내 가족으로 왔어. 앉아."

아이샤는 클레어 쪽을 힐끔 보면서 천천히 앉았다.

클레어는 아무 말도 하지 않고 눈썹을 꿈틀거렸을 뿐이었다. 일단 넘어가 주는 모양이다. 그렇더라도 아이샤는 우리 집 사람이니까 용서하고 말고 이전의 문제다.

힐끗 제니스 쪽을 보니, 그녀는 아직도 의사의 진찰을 받는 모양이었다. 혀나 눈을 검사하는 중이었다. 뭐, 그런 것을 봐도 어떻게 안 되리라 생각하지만….

클레어로서도 기억이 돌아오지 않는다는 전언보다도 자기가 신뢰하는 의사에게 검사를 받게 하는 편이 마음 편하겠지.

"어머니는… 치료하려고 노력해 보았습니다만, 아직 방법을 찾지 못했습니다."

"…먼 시골 땅에서는 수단도 한정되겠지요."

어머나, 아프게 찌르는 말. 내가 사는 곳을 시골이라고 했냐!

…하지만 나는 그런 말을 들을 거라고 이미 예상했다.

이 정도는 상정한 범위 안입니다.

"분명히 샤리아는 미리스와 비교하면 치유 마술이 발전하지 않았습니다만… 봐주신 것은 이 세상의 모든 마술에 정통한 올스테드 님이나 전이나 소환에 밝은 페르기우스 님입니다."

"페르기우스? 그 삼영웅? …좀처럼 믿기 어려운 이야기로군요."

그렇지. 믿기지 않는 마음도 안다. 그렇다고 데려올 수도 없지. 지금은 호랑이의 위세를 빌리는 것에 불과하니까.

뭐, 미리시온에는 몇 달 동안 머물 예정이다. 그 동안에 클레어도 제니스의 치료는 무리라고 알아주겠지. 너무 거친 치료법을 시험해도 곤란하고….

"그런데… 노른은 어쩌고 있습니까?"

그 점에 대해서도 조금 더 이야기할까 하는 참에, 갑자기 화제가 바뀌었다. 노른인가.

"그녀는 라노아 마법대학에 재학 중입니다. 학업이 바쁜 탓에 두고 왔습니다."

"그렇습니까. 그녀는 별로 신통치 않다고 생각했는데, 잘 해내고 있습니까?"

"예. 지금은 학생회장으로 학교의 정점에 서 있습니다."

다소 과장스럽게 말하자, 클레어는 의외라는 얼굴을 하였다. 그녀의 기억에서 노른은 꽤나 못난 아이였던 모양이다. 뭐, 아이샤와 비교하면 그렇지.

"그렇습니까…. 졸업 후에는 어쩔 예정입니까?"

"아직 정하지 않은 듯합니다."

"혼담은?"

"연애 쪽으로 통 소식이 없는 모양이라."

그렇게 말하자, 클레어는 얼굴을 찌푸렸다. 뭔가 거슬리는 소리라도 했을까.

"그럼 졸업 후에 데려오세요."

다짜고짜 명령조다.

여기서 샤리아까지의 거리를 생각하지 않는 걸까. 왕복으로 몇 년은 걸리는데….

뭐, 실제로는 전이마법진을 쓰니까 1주일이면 오갈 수 있지만.

"그건 괜찮습니다만…."

"라노아 왕국 같은 촌구석에서는 제대로 된 상대도 없을 테니, 내가 주선하겠습니다."

응, 그게 무슨 소리야? 주선을 해?

"노른을 누군가와 결혼시킨다는 뜻입니까?"

"그렇습니다. 가야 할 길도 없고, 당주가 혼담을 주선하지도 못한다면, 내가 돌보겠습니다."

"아뇨, 잠깐만 기다려 주세요. 그런 건 노른의 의사를 묻고…"

"무슨 소립니까? 집안의 여자를 결혼시키는 것도 당주의 역할이지요?"

…어? 그래?

그렇게 생각하며 아이샤 쪽을 보니 그녀는 어깨를 으쓱였다. '그런 거 아냐?'라는 태도다. 혹시 이 미리스 신성국의 귀족 사이에서는 그것이 상식일지도 모르겠다.

그래, 그렇군.

지난 생에서도 부모가 자식의 결혼 상대를 정하는 세계는 있었다.

내가 제대로 손쓰지 않았을 뿐이지, 의외로 일반적인 생각인 것이다.

하지만 우리 집에는 그런 규칙이 없다.

노른이 '결혼하고 싶어, 오빠가 누구 좀 데려와 봐'라고 말하면 맞선 같은 것을 마련하겠지만. 그런 게 아니라면 자유롭게 놔두고 싶다.

"노른은 내가 책임을 지고 지켜보겠습니다."

일단 그렇게 말해 두는 편이 좋겠지.

"그렇습니까, 알겠습니다…. 당신은 당주니까 제대로 처신하세요."

위에서 질책이 떨어졌다. 아까부터 이런 게 많군.

날 깔아보는 시선이라는 게 느껴진달까. 하지만 진정하자. 이건 예상했어. 싫은 상대라는 건 알고 있었고. 애초에 상식이 다르니까 그런 걸 반론해도 싸움만 날 뿐. 평행선이다.

오늘은 서로가 첫 대면. 일단 서로를 아는 것부터 시작해야 한다.

요구는 그 다음이다.

"…끝난 모양이로군요."

내가 심호흡을 하고 있자, 안델 씨가 제니스를 데리고 돌아왔다.

바로 아이샤가 일어서서 제니스를 소파에 앉혔다.

"어떻습니까?"

"몸은 건강 그 자체입니다. 들었던 연령보다 젊게 보일 정도입니다."

그렇다네, 대단해, 제니스. 젊어진 것도 아닌데 젊게 보인데!

…아니, 반대인가? 불안하게 생각하는 게 좋은가?

혹시 저주의 영향인가…라고.

"가족 분들에게 질문을 좀 드리고 싶습니다만, 괜찮겠습니까?"

"물론입니다, 뭐든지 물어보세요."

"그럼…."

질문 내용은 다채로웠다.

보통은 뭘 먹고 있나, 양은 어느 정도인가, 운동은 어느 정도 하는가, 생리는 하는가. 그런 건강상의 질문부터, 스스로 어느 정도 생활을 할 수 있는가, 평소의 행동은? 자해를 한 적은 있는가? 같은 정신상의 질문까지.

의사다운 질문이라서 나는 술술 대답했다. 가끔 내가 모르는 것은 아이샤가 보충했다.

리랴가 있으면 더 자세히 설명할 수 있었겠지만, 없으니까 어쩔 수 없다.

"그렇군요, 잘 들었습니다."

안델은 문답 내용을 메모하면서 끄덕였다.

그리고 클레어에게 가서 뭔가 이야기하기 시작했다.

"어떻습니까?"

"그렇군요. 문제없다고 생각합니다. 시중드는 메이드 한 명이 옆에 붙어서 돌보면, 병이나 다치는 일도 없습니다. 정신도 안정된 듯합니다."

"아이는?"

"생리도 하니까 낳을 수 있을지도…. 이것도 몇 명이 붙어서 돌보면 가능합니다."

"좋아요."

뭐가 좋다는 걸까. 별로 좋지 않은 이야기로 들리는데….

"마치 어머니를 재혼시키겠다는 이야기로 들리는군요."

농담처럼 말했다.

하지만 클레어에게서 돌아온 것은 차가운 시선이었다.

차갑고, 아주 강한 시선. 말대답하지 말라는, 강제의 의사가 느껴지는 눈.

"…여기 미리스 신성국에서 여자의 가치는 아이를 낳을 수 있는가, 입니다. 아이를 낳을 수 없다면 인간으로 대접받을 수 없을 가능성도 있습니다."

잠깐만 있어봐. 부정을 하지 않는다니… 거짓말이지?

아니, 진정해. 부정은 하지 않았지만, 긍정도 하지 않았다. 그녀는 이 나라의 상식을 말했을 뿐이다.

자식을 못 낳는다고 인간 대접을 못 받는 건 아니라고 생각하지만, 이런 할머니는 자기가 그렇게 생각하고 그게 진실이라고 믿곤 하니까.

"아, 그렇지. 당신들, 교황파의 신부와는 연을 끊으세요."

"…예?"

"당신이 교황파의 신부와 가까운 사이라는 건 알고 있습니다."

또 갑자기 이야기가 바뀌어서 당황스러울 뿐이었다.

대화의 주도권을 쥐지 못하는 것은 아까부터 클레어가 강한 어조로 말을 하는 탓일까.

아니면 선제 인사에 실패한 탓일까.

홈그라운드가 아니라는 게 느껴지는군.

"분명히 나는 크리프와 친하게 지내고 있습니다만… 왜 연을 끊을 필요가?"

"현재 라트레이아 가문은 추기경파에 속해 움직이고 있기 때문입니다. 교황파인 사람과 어울리는 건 허락하지 않습니다."

추기경파란 건 마족 배척파 말인가. 지금의 우두머리가 추기경이겠지.

"딱히… 나 자신이 교황파를 편들 생각은 없으니까, 그 정도는 괜찮지 않습니까?"

"아뇨, 안 됩니다. 이 집에 머무는 이상 이 집의 룰을 따라야 합니다."

으음. 으으음.

뭐, 분명히 크리프가 어느 정도의 지위를 확보하면 교황파를 편들겠지.

그런 부분을 안다면 선수를 치는 것도 모를 바는 아닌데.

그런 느낌도 아니란 말이지.

"크리프에게는 학교에서 신세를 졌습니다. 노른도 그에게 신세를 졌습니다. …친구로서 알고 지내는 정도는 괜찮겠죠?"

"안 됩니다. 꼭 교황파의 신부와 가깝게 지내겠다면 이 집에 머무는 것을 허락할 수 없습니다."

틀렸나. 그런가. 알았다. 그럼 좋아. 일단 오늘은 다른 곳에서 자도록 하지.

좋아, 괜찮아. 화 안 났어. 화 안 났어.

나는 차분하다. 나는 냉정하고 클레버한 루데우스다.

당황한 거 아냐. 클레어가 그런 사람이라는 이야기는 들었어. 각오도 했어.

나 자신의 교우 관계에까지 간섭할 줄은 예상 못 했지만… 우리는 물과 기름이라 서로 어우러질 수 없었다는 것뿐이다

하다못해 싸우지 않고 여기서 정중하게 인사를 한 뒤에 이 집을 나가….

"제니스를 두고 얼른 가세요."

사고가 정지했다.

"일단 앞으로 이 집에 출입하는 것만큼은 허락하겠지만, 어디까지나 다른 집 사람으로…."

"두고 가라? 무슨 소립니까?"

입에서 나온 것은 그 직전의 말에 대한 대답이었다. 몇 초 동안 의식이 날아가 있었다.

클레어는 말을 끊고 나를 보더니, 차가운 눈을 하며 말했다.

"이렇게 된 이상 달리 길은 없습니다. 이런 것이어도 자식을 낳을 수 있다면 아직 혼인의 길도 남아 있습니다."

입 안이 바짝 말랐다. 시야 가장자리가 검은 것으로 뒤덮였다. 마치 검은 안개 속에 있는 듯했다.

"……."

그게 다 뭐야, 라고 누군가가 소리쳤다.

나다. 내가 소리쳤다.

아니, 아까는 상식적으로 말했을 뿐이잖아? 설마 진심으로 하는 말이야? 라고.

다만 소리는 나오지 않았다. 입만 뻐끔뻐끔 움직였을 뿐이다.

"이 아이는 추기경파의 귀족과 결혼시키겠습니다. 몇 번 이혼하게 되겠지만, 문제는 없겠죠."

자기 의사를 전할 수도 없는 인간을 누군가와 결혼시킨다.

자기 딸을 '이런 것'이라고 말하며 물건 취급한다.

"건강한 것이 불행 중 다행이었군요."

나는 혈관이 끊어지는 소리라는 것을 들은 적이 없다.

들었을 리가 없다. 그건 어디까지나 비유니까. 에리스를 화나게 했을 때에 그런 환청을 들은 적은 있지만, 대개는 그 뒤에 바로 기절하니까 제대로 기억하지 못한다.

그러니까 내 혈관이 끊어지는 소리를 들은 건 오늘이 처음이다.

★　　★　　★

정신이 들었을 때에는 저녁 노을 속에서 제니스의 손을 끌며 걷고 있었다.

그 뒤에 내가 뭐라고 말했는지 별로 기억하지 못한다.

큰 소리로 고함 친 것은 기억하지만, 내용이 잘 기억나지 않았다.

평소에는 하지 않을 만한 욕설이 나온 건 틀림없다.

클레어가 눈을 치뜬 것은 기억한다.

메이드들이 무슨 일인가 싶어서 얼굴을 내비친 것도 기억한다.

데리고 돌아가겠다고 선언하고 제니스의 손을 잡고 일어섰을 때에, 클레어가 "안 됩니다. 제니스도 제정신이라면 그렇게 말했을 겁니다."라고 말한 것도 기억한다.

그 말은 내 마음에 기름을 부었고, 분노로 정신이 나간 나는 주먹을 움켜쥔 채로 마술을 쓰려고 했다.

기억한다.

그때 "해치워 버려, 오빠!"라는 아이샤의 목소리에 다소 정신을 차렸다.

그 뒤에 클레어가 위병을 부르고, 내가 위병을 날려 버리고, 라트레이아 가문과 연을 끊겠다고 선언하고 그대로 뛰쳐나왔다.

"휴우…."

어느 틈에 신성 구역의 경계까지 돌아왔다. 분노 때문에 시야가 빙글빙글 도는 것 같았다. 떠올리기만 해도 화가 났다. 그런 열받는 소리를 들을 줄은 몰랐다.

으으, 제길. 뭐가 불행 중 다행이냐.

안 오면 좋았을걸. 그런 소리를 듣고 싶지 않았다.

자기만 아는 그 할망구는 대체 뭐야?

아니, 처음에 인사를 무시한 건 좋아. 뭐, 모르는 남자가 갑자기 할머니라고 하면 뜨악할 뿐이겠고.

노른을 시집보내려는 것도 이해한다. 지난 생에서도 명가는 그런 거라고 들었고, 그쪽의 상식으로 움직이는 것이다.

응. 이해해.

하지만 제니스는 아니잖아!

그녀는 기억상실이고, 자기 앞가림도 만족스럽게 할 수 없다. 그런 사람을 왜 시집보내려는 건데!

게다가 몸은 건강? 생리는 하니까 아이를 낳을 수 있는 게 불행 중 다행?

결혼한 제니스는 낮에는 간호를 받으면서 밤에는 결혼 상대에게 안긴다는 소리?

난 그걸 뭐라고 하는지 안다. 러브돌이다.

그리고 임신하면 어떻게 되지? 낳을 수 있어? 낳을 수 있다고 생각하는 거야?

가령 낳는다고 해도 거기에 제니스의 의사는?

내 마음은? 남겨진 아이들이 어떤 기분이라고 생각해?

남의 어머니를 뭐라고 생각하는 거야! 자기 딸을 뭐라고 생각하는 거야!

애초에 쓸모라는 소리는 뭔데!

도구 취급이냐?

애 낳는 기계냐?

웃기고 앉았어!

오랜만에 제대로 열받았다!

뭐가 클레어야!

크림스튜나 만들라고!

"휴우……."

마지막에 이상한 소리가 나온 탓인지 조금은 진정되었다.

동시에 배가 꾸르륵 거렸다. 그러고 보면 배가 고프군. 낮에 아무것도 안 먹었고.

스튜 말고 딴 거 좀 먹고 싶다.

"오, 오빠…."

그 목소리에 돌아보았다.

아이샤가 우물거리며 서 있었다. 뭐라고 말하면 좋을지 모르겠다는 얼굴로.

"아이샤."

나는 바로 말없이 한쪽 손을 뻗어서 그녀를 안아주었다.

그녀는 저항 않고 내 품안에 들어왔다.

아이샤나 노른, 리랴까지도 말을 흐렸던 이유를 알았다.

그래. 그런 녀석이랑 만나고 싶지 않겠지. 아이샤나 노른이 과거에 그 사람에게 무슨 소리를 들으며 자랐는지는 모르지만, 분명 안 좋은 마음이었겠지.

"미안해. 데려와서."

"아, 아냐. 괜찮아. 하지만 저기, 연줄은 틀렸네."

연줄? 연이라도 날려?

아니지, 커넥션 말이지.

응, 그래. 용병단을 만들 때 운 좋으면 라트레이아 가문의 힘을 빌릴 수 있을 거라 생각했다.

"됐어. 그런 녀석 힘은 빌릴 것 없어."

다른 쪽으로 만들자. 크리프에게 부탁해서 크리프의 할아버지와 연줄을 만들까….

크리프는 별로 좋은 얼굴을 하지 않을지도 모르지만, 클레어에 대한 앙갚음이 되겠지.

혹시 그것도 안 된다면 연줄 없이 해 볼 수밖에 없겠지.

어찌 되었든 오늘은 지쳤다. 돌아가서 쉬자….

아, 돌아간다고 해도 묵을 곳이 없군. 지금부터 모험가 구역까지 가서 숙소를 잡으면 심야가 되겠고, 제니스가 거기까지 걸을 수 있을지….

좋아. 또 크리프네 집에서 재워달라고 하자.

그렇게 생각하며 나는 크리프의 집으로 돌아갔다.

제9화   미리스 교단 본부

클레어와의 만남을 마치고 의기소침한 모습으로 크리프의 집으로 돌아온 나.

그런 내 앞에 믿기지 않는 광경이 펼쳐져 있었다.

왠지 집 안에서는 크리프가 낯선 여성과 껴안고 있었다.

소박한 느낌이 드는 여성이다. 밝은 밤색의 단발에 주근깨, 작은 키. 전체적으로 말랐지만, 멍한 느낌인 탓인지 둥글둥글한 인상이었다.

엘리나리제와는 닮지 않았다.

엘리나리제를 발정기의 고양이로 비유한다면, 이쪽은 거세당한 개다. 물론 나는 모르는 인물이다.

거짓말이지, 크리프 선배. 나에게 그렇게 설교해대던 사람이… 엘리나리제를 데려오지 않은 것은 그 사람과 만나기 위해서였습니까? 엘리나리제와는 장난이었습니까? 야한 상대라고 아이까지 낳게 하고… 진짜는 따로 있었습니까?

거짓말이라고 말해 주세요, 크리프 선배.

라트레이아 가문에 이어서 크리프 선배까지 그러면, 아무것도 믿을 수 없어진다고요.

으으, 제길, 사랑은 어디에 있나. 실피, 록시, 에리스. 누구든 좋아, 나를 껴안고 사랑을 속삭여 줘. 그러면 조금은 더 힘을 낼 수 있으니까.

"아, 루데우스. 마침 잘 왔어. 거기 선반 위의 상자를 좀 집어주겠어? 우리의 키로는 받침대를 써도 안 닿아."

"아, 예."

내가 다음 회 예고를 하는 사이에 크리프는 소녀와 떨어졌다.

딱히 얼굴을 붉히거나 하는 느낌은 없다. 그저 받침대에서 떨어지려는 것을 받아주었던 모양이다.

"웬디, 발목을 삔 건 아니지?"

"응. 괜찮아, 고마워."

그런 대화를 들으면서 나는 선반 위에서 상자를 내렸다.

저번에 청소되지 않았던 먼지를 불어서 날리고 크리프에게 건넸다.

"미안하군, 아마 이거라고 생각하는데… 좋아, 이거다. 다행이군. 이걸로 내일은 어떻게든 되겠어."

크리프는 상자 안에서 무슨 마크 같은 것을 꺼냈다.

미리스 교단의 문장이었다. 직업도구인가?

"그리고, 루데우스, 너는 어떻게 된 거지? 오늘은 라트레이아 저택에서 잔다고 하지 않았나?"

그 말에 나는 반사적으로 나섰다. 오늘 이야기는 꼭 크리프에게 들려주고 싶었다.

"아니, 그게 말이죠, 내 말 좀 들어보세요…."

분노에 몸을 맡기면서 나는 자초지종을 크리프에게 설명했다.

라트레이아 가문에 갔던 것. 거기서 클레어의 언동, 행동, 견딜 수 없어서 화를 내고 저택에서 뛰쳐나온 것. 지금은 다소 진정되었지만, 아직 분노가 가라앉지 않은 것.

떠올리기만 해도 화가 난다.

"…으음."

내 이야기를 듣고 크리프도 얼굴을 찌푸렸다.

두 말 할 것 없는 성인인 크리프도 지금 이야기를 들으면 이해해 주겠지.

"분명히 미리스의 귀족에게는 부모가 결혼상대를 정하는 풍습이 있고, 여자는 아이를 낳을 수 있어야 가치가 있다고 말하는 녀석도 있지만… 아무리 그래도 혼자서 대화도 할 수 없는 인간에게 혼인을 강요하는 건 문제로군."

"그렇죠?"

이미 사람도 아니라고요. 금수라고요. 아무리 나라도 옹호할 수 없습니다. 그런 게 제니스의 어머니라니 믿기지 않아.

신은 어디에 있는가! 마법도시 샤리아!

"물론 클레어 여사도 조금 혼란스러운 걸지 모르지. 갑자기 딸이 그렇게 되었으니까. 네 자식으로 상상해 보면… 알겠지?"

크리프는 나는 타이르듯이 그렇게 말했다. 같이 화내 주었으면 싶기도 하다. 하지만 크리프의 입장에서 보면 내 시선으로 본 것을 들었을 뿐이다. 냉정하게 상대방의 입장을 생각하는 걸지도 모른다.

나도 조금 생각해 볼까.

내 아이, 루시가… 라는 건 아직 상상하기 어렵군. 노른 정도로 해볼까.

노른이 성인식과 동시에 여행을 떠났다가 겨우 돌아왔나 싶더니 심신상실 상태. 그리고 잘 모르는 남자와의 아이, 그 남자가 밖에서 낳은 아이와 함께 돌아왔다. 분명히 혼란스럽군.

어떻게든 해야겠다고 생각하겠지… 하지만.

"어떻게 혼란스러우면 결혼시킨다는 결론이 나오는 겁니까?"

"의외로 생각한 바일지도 모르지. 아이 이야기는 둘째 치고, 귀족과 결혼하면 곁에서 돌봐주는 이는 있을 테니까. 여사 본인이 죽은 뒤에도."

나로서는 그렇게 생각되지 않았다.

아직 기능이 남아 있으니까, 아까우니까 버리지 않고 재활용하겠다는 느낌이었다.

아이의 어머니를. 모처럼 돌아온 자기 딸을. 그게 뭐야. 제길.

저택에서 소리칠 때의 클레어의 얼굴이 떠올랐다. 위병을 스톤 캐논과 폭풍으로 날려 버렸을 때도 태연한 얼굴을 하고 있었다. 마치 나는 전혀 잘못한 게 없는데 이 녀석은 왜 이러지?

라고 말하는 얼굴이었다.

물론 지금의 내 눈에는 필터가 끼어 있다. 클레어는 다리가 후들거리고 얼굴도 굳어 있었던 것뿐일지도 모른다. 그렇더라도 입에서 나온 말은 변하지 않지만.

"어찌되었든 그런 사정이라면 알았다. 내 집은 마음대로 써도 좋아."

"고맙습니다."

"여기는 교황의 소유지야. 가령 라트레이아 가문이 어떻게 하려고 들더라도 여기에는 손을 내밀 수 없지."

그 말을 듣고 나는 라트레이아 가문이 무슨 짓을 할 가능성을 전혀 생각하지 못했다고 깨달았다.

클레어와는 결별했다. 이미 두 번 다시 만날 일은 없다.

나는 그렇게 생각했지만, 저쪽은 그렇게 생각하지 않을지도 모른다. 제니스를 되찾기 위해 무슨 수를 쓸 가능성도 있다. 그럼 제니스는 샤리아로 돌려보내는 편이 좋겠지.

"네 어머니도 고향으로 돌아왔다가 바로 돌아가는 건 가엾지."

"음."

미리스는 제니스의 고향이다. 듣고 보니, 그녀도 분명히 주위를 좀 돌아보고 싶을 터이다.

짬을 내어서 여기저기 데려가고 싶은 마음도 있다.

"하지만…."

"외출했을 때는 웬디에게 돌봐달라고 하면 돼. 그녀는 조금

덤벙대지만, 신뢰할 수 있는 상대다."

그렇게 말하며 크리프는 낯선 여자 쪽을 보았다.

"…크리프 선배, 그쪽은?"

"아, 미안하군. 소개가 늦었어. 이쪽은 웬디. 말하자면… 그래, 너와 실피 같은 관계지."

"과연, 대충 이해했습니다."

나와 실피의 관계… 과연, 그런 건가. 수수께끼는 모두 풀렸다.

할아버지의 이름은 항상 하나.

"엘리나리제 씨에게는 비밀로 해 두겠습니다."

"아니, 잠깐, 잠깐만, 멋대로 납득하지 마. 그런 게 아냐."

크리프는 다급히 설명해 주었다.

오늘은 교단 본부에 소속을 밝히러 가는 동시에 앞으로 살아가기 위해 필요한 물건을 조달하였다는 모양이다.

그중 하나로 도우미를 고용하기로 했다.

그래서 크리프는 자기가 예전에 살았던 양호원에 발을 옮겼다. 양호원에서는 아이들의 직업 훈련의 일종으로 가사나 취사도 가르친다. 그런 아이들 중에서 도우미를 고용한 것이다.

"웬디는 그중에서 가장 나이가 많아서 이제 곧 양호원에 있을 수 없게 될 나이야. 꼭 그래서는 아니지만, 한동안 이 집을 드나들며 나를 돕게 하였지. 우리 집에서 일을 하면 실적도 쌓을 수 있고."

말하자면 교육실습 같은 흐름으로 그녀를 고용한 것이다.

교황의 손자인 크리프 밑에서 일하는 것은 실적으로도 신뢰할 수 있는 것이 되겠지.

취직에 유리하다.

"웬디입니다. 가사 등은 대충 다 할 수 있습니다. 잘 부탁드립니다."

실피와 마찬가지, 라고 했으니까 말 그대로의 관계라고 생각했는데, 말하자면 예전에 같이 놀았던 소꿉친구라는 건가.

하지만 웬디가 몇 살인지 모르겠지만, 이렇게 젊은 여자와 함께 있으면 문제가 생기지 않을까.

아니, 크리프라면 괜찮다. 나 같은 놈이 아니니까 괜찮아.

"……"

아무튼 라트레이아 가문을 뛰쳐나온 시점에서 계획은 날아갔다.

이렇게 된 이상, 제니스를 일단 집으로 돌려보내고 그 다음에 움직이는 편이 낫겠다.

하지만 클레어가 제니스를 물건 취급한 것에 분개하기 전에, 최소한 시내 정도는 구경시켜 주고 싶은데…. 으음, 이 생각은 잘못일까. 크리프가 성장하고 내가 그를 도와서 라트레이아 가문을 완전히 제압한 다음이 좋을까.

그런 미래가 오리라고 장담할 수 없지만.

"아이샤, 어떻게 생각해?"

"…응?"

판단이 어려우면 의논이다. 아이샤의 의견을 듣자.

"당장이라도 어머니를 일단 집으로 돌려보내는 편이 좋을 것 같아? 아니면 잠시 이 집에 머물면서 짬을 내어서 시내를 구경 시켜드리는 편이 좋을 것 같아?"

그 말에 아이샤는 생각하듯이 팔짱을 꼈다.

하지만 곧 고개를 들고 크리프 쪽을 보았다.

"이 집은 정말로 안전합니까?"

"그래. 작은 집이지만, 라트레이아 가문도 그리 쉽게 나설 수 없을 거다. 그랬다간 큰 문제가 되지."

"큰 문제가 되는 걸 각오하고, 라트레이아 가문이 나설 가능성은?"

"거의 없어. 그 가문에게도 입장이 있으니까."

입장이라. 그 할망구가 가문을 우선하는 인간이라면 그런 것도 고려하겠지. 완고하고 싫은 녀석이지만, 머리는 나쁘지 않은 것 같았고.

"나는 괜찮을 거라고 봐."

아이샤는 팔짱을 낀 자세인 채로 그렇게 말했다.

"아마도지만, 그 집… 그 사람은 이렇게 된 제니스 엄마에게 별로 가치를 느끼지 않는다…고 생각해."

분명히 라트레이아 가문에게 제니스의 이용가치는 낮을 것이다. 크리프도 말했듯이 말도 못 하는 상대와 결혼하는 건 이

나라의 상식에 비추어 봐도 눈살을 찌푸릴 일이다.

그런 상대를 넘겨주며 맺은 혼인 관계도 약하겠지.

피트아령 수색단에 원조한 돈의 대가를 받아내고 싶을지도 모르지만, 만약 요구만 한다면 내가 얼마든지 지불해 주마.

이미 정 같은 건 없다고 봐도 되겠지. 있다면 그런 식으로 물건 취급하지 않는다.

"이번 일로 오빠가 얼마나 무서운지는 알았고, 아까도 쫓아오지 않았어. 그러니까 너무 제니스 엄마에게 집착하지 않을 거야."

응, 그래.

라트레이아 가문을 나온 뒤에 느긋하게 걸어왔는데, 쫓아오는 이는 없었다. 신고해서 병사들을 보낼 수도 있었을 텐데. 나를 두려워하는 건지, 아니면 단순히 포기했기 때문인지는 모르지만, 그녀는 내가 크리프와 친한 사이라는 걸 알고 있었다.

어디서 정보를 얻었는지는 모르지만… 아무튼 그렇게 된 이상, 조금 생각해 보면 여기로 도망치리란 걸 알 텐데도 방치했다.

"당장 어떻게 할 수 있는 장소에 있다면 몰라도, 적대 세력에게 보호를 받는다면 괜찮을 거야."

"그래."

돌아오는 건 적고, 리스크는 크다. 그렇다면 억지로 되찾으려고 나설 가능성은 적나.

역시나 아이샤다. 잘 생각하고 있어.

"그렇게 되었으면, 루데우스."

거기서 크리프가 끼어들었다.

"내일 나는 할아버지를 만날 건데, 같이 안 가겠나? 라트레이아 가문과 문제가 일어났다면, 앞으로 이 나라에서도 행동하기 어려워지겠고… 연줄은 필요하겠지?"

"괜찮습니까?"

"물론 할아버지가 힘을 빌려줄지는 네게 달렸지. 나는 소개는 하겠지만, 나서진 않겠어."

"예, 그거야 물론."

크리프는 내 개입을 싫어했을 것이다. 나도 적극적으로 크리프를 도울 생각은 없다.

나라는 존재가 어떻게 인지되었을지는 모르지만, 사람을 소개하고 자기 진영에 끌어들인다면 크리프의 실적이 되겠지. 그걸 참으면서 내게 교황을 소개해 준다는 모양이다.

나는 제니스만이 아니라 용병단 일도 진행시켜야만 한다.

교황이라는 뒷배는 양쪽 모두에 유효하게 작용하겠지.

딱히 교황에게 제니스를 지켜달라고 할 필요는 없다. 그저 연줄이 있는 것만으로도 저쪽은 더더욱 나서기 어려워지겠지.

"…잘 부탁드립니다."

나는 타산적으로 그렇게 생각하고 크리프에게 고개를 숙였다.

뭐, 아직 미리스에서 할 일은 남아 있다. 마음을 다잡고 가자.

　다음날. 아침식사를 한 뒤에 교단 본부로 갔다.

　아이샤와 제니스는 집에 남았다.

　교단 본부는 눈에 띄는 금색 건물로, 꼭대기에는 양파가 올라가 있었다.

　조용함을 모토로 하는 미리스 신성국은 흰색과 은색으로 넘쳐난다. 그런 나라에서 이 건물만 금색으로 번쩍거리고 겉모습도 피에로처럼 화려하다. 위에 올라간 양파도 악취미라서, 솔직히 말해서 붕 떠보였다.

　멀리서 보았을 때는 그래도 낫지. 흰색과 은색 가운데에 덩그러니 있는 금색은 액센트가 된다.

　하지만 가까이서 보니 완전히 글렀다. 여기만 다른 세계다.

　그러나 집의 취향과 그 안에 사는 사람은 별개다. 여기는 미리스 교단의 본부.

　크리프의 상위호환 같은 녀석이 득시글대는 장소다. 악취미인 건물로 보이지만, 거기에 사는 것은 성인밖에 없…을 리가 없는 것은 물론 나도 알고 있다.

　지난 생에서도 정치가와 종교인은 돈 문제로 더러운 인종이었다. 사견이지만.

이쪽 세계에서도 대충 그렇겠지.

겉모습을 꾸밀 필요가 없을 정도의 권력을 가진 놈들은 최종적으로 그럴싸하게 꾸미는 말조차도 하지 않게 된다.

뭐, 그런 놈들이라도 겉으로만 관계를 갖는 것에는 문제없다.

나도 각오를 하고 스스로를 팔아치우도록 하자.

올스테드와 아리엘과 깊은 연줄을 가진 것을 어필하고, 나 자신을 대단하게 보이도록 하자.

라트레이아 가문에서는 그런 게 잘 안 되었던 것 같다. 그러니까 클레어에게도 얕보여서 일이 그렇게 된 걸지도 모른다.

나는 빅, 빅맨이다. 싸구려가 아냐.

그렇기 때문에 오늘은 로브 차림으로 왔다. 이게 내 정장이다.

'용신의 오른팔' 루데우스 그레이랫이다.

그렇게 각오를 했는데.

"죄송합니다만, 허가증이 없는 사람을 통과시킬 수는 없습니다."

어느 건물의 입구에서 제지당했다. 추욱.

"어라? 내 통행허가증으로는 안 되나? 전에는 동반자도 가능했다고 생각하는데…."

"예전부터 한 명뿐이라는 규칙입니다."

"그런가. 으음… 예전에는 어린애였으니까 넘어갔던 건가…?"

크리프는 어제 발견한 마크를 보면서 난처한 얼굴을 했다.

일단 그게 허가증인 모양이다. 참고로 오늘의 그는 미리스 교단의 정식 사제복을 입고 있다.

마크는 어젯밤에 사제복의 가슴팍에 달아둔 모양이다.

"크리프 신부가 허가증을 가지고 있으면 안에 있는 분에게 임시허가증을 발행해 달라는 게 좋겠습니다. 다소 시간은 걸리겠습니다만."

"…음, 그래. 미안하군, 루데우스. 금방 허가를 받아올 테니까, 거기서 기다려 줘."

크리프는 미안하다는 듯이 그렇게 말했다.

"알겠습니다. 급한 건 아니니까 천천히 해 주세요."

나는 안으로 들어가는 크리프를 얌전히 지켜보았다.

좀 기가 꺾였…지만, 쫓겨난 건 아니다.

한동안 부지 안을 산책하기로 하자.

부지 안은 넓고 건물도 컸다.

라트레이아 저택의 네 배는 되겠군.

건물은 4층짜리로, 위에서 보면 ㅁ와 ◇를 겹쳐놓은 듯한 구조였다.

ㅁ 안에 ◇다. 팔망성이 아니라 정사각형 안에 또 정사각형이다.

바깥에 있는 ㅁ가 교단 본부의 사무소다. 교단과 관련 있는 사무원이나 일반적인 신부 등이 사무적인 수속을 한다.

그 외에도 입신 허가나 장례 준비도 받고 있고, 심볼의 판매 등도 하고 있는 듯했다.

역시나 본부라고 해야 할까, 미리스 교단과 관련 있는 것은 여기서 다 할 수 있다.

안쪽의 ◇에는 교단 간부의 거주 구역이나 집무실, 그리고 신상 같은 보물이 모셔진 곳이 있는 듯했다.

기본적으로 높은 사람 외에는 출입할 수 없어서, 사무원이라도 안에서 뭘 하는지는 모른다는 모양이다.

이른바 미리스 교단의 중추부로군. 허가증이 필요할 만도 하지.

그렇게 보고 다니는 가운데, 해가 높이 솟았다. 조금 배가 고프다.

그렇긴 해도 실수한 걸지도 모르겠네. 크리프는 아직 귀환 보고도 끝내지 않았다.

그 자신은 어제 교황과의 면회 약속을 잡았겠고, 교황도 가족이라면서 융통성을 보였겠지.

하지만 나는 외부인이다. 갑자기 돌아온 손자가 보고도 건성으로 하고 이상한 녀석과 만나달라고 말하면 경계하지 않을까.

제니스 문제로 좀 마음이 복잡해졌지만, 엘리나리제의 부탁도 잊은 건 아니다.

크리프를 방해하는 일은 가급적 피하고 싶다.

"조금 더 기다렸다가 내가 직접 면회 약속을 잡아야 했을지도 모르겠네…."

그렇게 반성하면서 걷다가 정원에 도달했다.

미리스 교단 본부에는 정원이 네 개 있다. □와 ◇를 겹쳤을 때 생기는 네 귀퉁이의 삼각형 부분이다.

거기에는 각각 사계절에 맞는 나무들을 심어놓은 모양이다.

지금 시기는 봄이고, 내가 도달한 곳은 우연하게도 봄의 정원이었다.

봄의 정원에는 색색의 꽃이 피어 있었다. 특히나 노란색이나 흰색, 핑크색 같은 밝은 색조의 꽃이 많았다.

그걸 보면서 느긋하게 걸었다.

예전에는 식물사전을 한손에 들고 꽃 이름 같은 것을 조사했지만, 이런 식물은 전혀 모르겠군.

아니, 잠깐만, 이 핑크색 꽃나무는 기억에 있다. 벚꽃 같은 이름이어서 기억에 남아 있다.

저번에 누구한테 들었는데, 뭐였더라.

"저거 봐, 사라쿠가 활짝 피었어!"

그래, 사라쿠다.

아슬라 왕국의 북부 산에 있는 나무. 봄이 되면 제일 먼저 핑크색 꽃을 피우는 식물로, 아슬라 왕국에서는 '봄을 부르는 나무'로 알려졌다. 목재에서 독특한 향기가 나기 때문에 귀족들에게 인기 있다.

하지만 산에 사는 나무이기 때문에 가격은 비싸다.

현재는 아슬라 왕가가 사라쿠의 양식림을 관리하며 외국에
도 수출하고 있다.

저번에 아슬라 왕국에 갔을 때 아리엘에게 그런 이야기를 들
었다.

"예, 아주 아름답네요!"

"정말로 사라쿠가 잘 어울리십니다!"

"그거 알아? 이 사라쿠는 지금 교황이 즉위했을 때 아슬라
왕국이 선물로 보낸 것으로⋯."

"정말이지 항상 밝은 모습이시네⋯."

기분 나쁜 목소리가 들려왔다.

뭔가 싶어서 그쪽을 돌아보았다.

"이거 봐, 마치 사라쿠의 빗속에 있는 것 같아!"

"사라쿠의 꽃잎 안에 계신 모습⋯ 요정 같아."

"아름답습니다!"

거기에는 오타쿠들의 공주가 있었다. 하늘하늘 흩날리는 꽃
잎 안에 공주님처럼 하늘거리는 옷을 입은 여자가 손바닥을 위
로 쳐들고 빙글빙글 돌고 있었다.

소녀라고 해도 좋을지 모르겠지만⋯ 아마 20세 안팎이겠지.

얼굴은 예쁜 편이지만, 조금 통통하다. 웬디는 통통해 보이
면서도 팔이나 다리가 가늘었지만, 이쪽은 팔뚝이나 다리가
다소 굵었다. 양쪽 다 건강하지 못한 느낌이지만, 웬디는 칼로

리 부족, 이쪽은 운동 부족이라고 할까.

그런 여자 주위에 남자들이 우르르 모여 있었다.

남자의 숫자는 일곱 명. 운수 좋은 숫자로군. 그들은 여자가 뭐라고 할 때마다 그걸 긍정하고 칭찬하였다. 마치 아부라도 떠는 듯한 태도로. 진짜로 오타쿠들의 공주라는 느낌인데…. 아니, 그냥 평범하게 공주라고 해도 되겠지만.

왠지 모르게 오타쿠 서클로 보인 것은 미남이 없기 때문일까. 친근감이 드는 얼굴을 한 녀석들뿐이었다. 전원이 파란색 흉갑을 착용한 모습은 오타쿠 같지 않지만.

"…어라?"

하지만 친근감이 들긴 해도 안심감은 전혀 들지 않았다.

찌릿찌릿한 느낌이 목덜미로 느껴졌다.

살기인가? 아니, 당연한가. 평범하게 생각하면 저 공주는 진짜 공주든가, 혹은 거기에 준할 만큼 높은 사람이다. 그리고 그 호위들도 단순한 오타쿠는 아니겠지. 거동이나 근육량을 봐도 상당한 실력자들임을 알 수 있었다. 검술도 상급이나 성급 정도 될 것 같다.

그리고 내가 있는 것도 알아차렸겠지.

오늘은 만일을 대비하여 로브 차림에, 그 밑에는 마도갑옷 '2식 개량형'도 입고 왔다.

지팡이를 들지 않았으니까 무기를 갖지 않은 걸로도 보이지만, 제법 살벌한 차림새다.

날 경계하는 거겠지.

하지만 뭐지, 이 느낌? 뭔가 더 불안하고 술렁대는 느낌이다. 설명하기 어려운데, 불안감이라고 할까….

혹시 저들 중 한 명이 인신의 사도일지도 모른다.

아니, 잠깐만, 생각을 해. 나의 '인신이라는 단어를 말했을 때의 사고율'을 생각해. 인신이라는 단어를 말하지 않으면서 슬쩍 떠봐서….

"어머? 당신, 못 보던 얼굴이네요. 입신하는 분인가요?"

그렇게 망설이는데, 저쪽이 먼저 말을 걸어왔다.

"아…."

소녀는 천진난만한 미소로 이쪽을 올려다보았다.

허리 뒤로 손을 모으고 살짝 상반신을 굽혀서 올려다본다. 실피가 하면 내 이성이 붕괴하는 포즈다. 록시는 이런 포즈를 하지 않는다. 에리스가 하면 나는 뱀 앞의 개구리처럼 꼼짝도 할 수 없어지겠지. 죽음을 각오할 필요가 있다.

"여보세요?"

아, 어쩐다. 이런 생각을 할 틈이 없다.

어어, 어어. 입신이 아니라… 어어, 인신을 떠보고, 어어.

"당신들은 신을 믿습니까?"

순식간이었다. 순식간에 남자들 중 세 명이 검을 뽑아 내게 들이댔다.

나머지 네 명은 공주를 뒤로 잡아당겨서 자기들 뒤로 숨겼다.

이미 오타쿠의 분위기가 아니었다. 지금 있는 것은 전장의 용병 같은 분위기다. 번쩍대는 눈으로, 어두운 눈동자로 나를 노려보았다.

무섭다. 아, 큰일이다, 이놈들 위험한 놈들이다. 말을 걸지 말걸 그랬다.

아니, 내가 건 게 아니지만.

"신은 계십니다."

"미리스 님이야말로 신입니다."

"당연한 걸 왜 묻습니까?"

"혹시 미리스 님을 믿지 않습니까?"

"신을 믿지 않는다?"

"배교도⋯?"

"이교도!"

오타쿠들이 저마다 말하면서, 그 눈이 점점 더 어두워졌다.

이런, 이대로 가다간 마녀 사냥이다!

"죄, 죄송합니다⋯. 저기, 딴 생각을 좀 하고 있어서 이상한 소리가 나왔습니다⋯. 용서해 주세요."

여기서는 얌전히 사과하자.

그래. 여기는 미리스 교단의 본부. 미리스라는 유일신의 신 자밖에 없을 터인 장소다.

그런 곳에서 해선 안 되는 말이었다. 내가 잘못했습니다. 부디 용서해 주세요.

"그레이브, 어쩔까?"

"더스트가 결정해."

"그럼 죽이자. 아마도 이교도다. 묘하게 차분하고… 그게 아니더라도 이상한 소리를 한 죄가 있다."

"알았어, 죽이자. 그게 좋겠어."

결단도 참 빠르다. 그건 미덕이야. 나라면 망설일 테니까.

"아니, 잠깐만 진정하고 내 이야기를 좀 들어주세요…."

여기서 사고를 쳤다간 크리프에게 폐를 끼칠 테고, 이 아름다운 정원도 망가진다.

사라쿠 나무가 산산조각 나서 날아가는 모습은 보고 싶지 않잖아?

서로 좋을 일 없다. 말로 하면 이해할 거라니까.

그렇게 생각하면서도 내 머릿속은 이미 다른 가능성을 보고 있었다. 놈들이 내게 검을 들이댄 시점에서 이미 예견안을 떴고 마도갑옷에 마력을 주입하였다.

전투는 피하고 싶지만, 사과해도 넘어가 주지 않는다면 주저 않는다.

나는 어제부터 기분이 안 좋아.

"아니면… 진짜로 붙어 보자는 겁니까?"

내 말에 놈들이 부르르 몸을 떨고 눈을 치떴다.

몸에 힘이 솟구치고 손발에 힘을 넣는 것이 예견안에 비쳤다.

온다.

"잠깐!"

씩씩한 목소리가 울렸다. 조금 그리운 목소리였다. 그 목소리에 강제력이 있었던 걸까, 놈들이 순식간에 몸에서 힘을 뺐다.

"뭣들 하는 거냐!"

한 여기사가 다가오고 있었다.

나이는 30대 중반 정도. 복장은 오타쿠들과 마찬가지로 파란 갑옷이다. 씩씩하면서도 차분한 느낌의 얼굴은 험악한 기색이었다. 하지만 그 얼굴은 나도 아는 얼굴이었다.

"대장. 이교도가 무녀님에게 위해를 끼치려고 했습니다."

오타쿠 하나가 그렇게 말했다. 거짓말 마.

"누명입니다. 나는 그저 사라쿠를 보고 있었을 뿐이지…."

"너는 입 다물어."

내게 검을 들이대던 놈들 중 하나가 낮은 목소리로 말했다. 입 다물 리가 없잖아. 생명의 위기라고.

"이교도…?"

그때 간신히 여기사가 내 얼굴을 보았다.

"아!"

그리고 간신히 깨달았다. 얼굴을 폈다.

"루데우스! 루데우스인가? 와아, 오랜만이군!"

그리고 내게 검을 들이대는 모습을 보고 목청을 높였다.

"검을 거두어라! 그자는 내 조카다!"

오타쿠들이 놀란 얼굴을 하면서 검을 넣는 것을 보고 나도 예견안을 닫았다.

테레즈 라트레이아. 제니스의 여동생이며, 내 이모다.

미리스 대륙에서 중앙대륙으로 도항할 때에 신세졌던 인물 이기도 하다.

테레즈는 그 녀석들의 리더인지, 그녀의 호령 한 방에 순식 간에 오타쿠들은 검을 집어넣고 일단 사죄도 했다. 떨떠름한 기색이긴 했지만.

나도 괜한 소리 한 것을 사과했지만, 여전히 내게 살의를 보 이는 기색을 보면 불만인 모양이다.

지금은 공주를 데리고 거리를 벌린 채 경계하고 있다.

"나를 기억하나? 아니면 한 번밖에 못 만났으니까 잊어버렸 나?"

"물론 기억합니다. 도항할 때는 정말로 신세졌습니다."

뭐, 저 녀석들일랑 무시하고 나는 테레즈와 이야기하기로 했 다.

왠지 그립네.

"그렇긴 해도 본가 쪽에 얼굴을 내밀었다는 이야기는 들었지만, 교단 본부에 왔을 줄은 몰랐군. 아, 혹시 나를 만나러 왔나?"

"아뇨, 지인이 교단 간부를 소개해 준다고 해서⋯ 테레즈 씨는 이쪽으로 돌아와 있었군요."

분명히 전에 만났을 때에는 서쪽의 항구도시로 좌천되었다고 들었다.

그로부터 10년. 돌아왔다고 해도 이상하지 않나.

"음, 뭐, 여러 일이 있어서."

테레즈는 쓴웃음을 지으면서 어깨를 으쓱였다. 뭔가 말하기 거북한 사정이라도 있겠지.

자세히 캐묻지는 않았다. 하지만 그와는 별개로 물어보고 싶은 게 있었다.

"저기, 본가 쪽에 얼굴을 내밀었다는 이야기가 전해졌군요?"

"음, 어머님과 싸웠다는 모양이던데."

"싸움⋯ 싸움인가요, 그게."

"어머님이 네 성질을 건드렸다고 들었어. 다름 아닌 어머님이니 너에게 저거 해라, 이거 해라, 그런 식으로 말했겠지?"

"그렇지요! 내 이야기 좀 들어주세요!"

오랜만에 만난 이모. 그녀가 내 편인지는 알 수 없다고 생각했지만, 한 번 열린 입은 막을 수 없었다. 어느 틈에 나는 어제 일을 줄줄이 다 떠들고 있었다.

역시 내 안에는 아직 울분이 남아 있었던 거겠지.

아니면 제니스와 닮은 얼굴로 밝게 웃는 그녀에게 마음을 연 것일까.

"이 나라에서는 그런 일이 만연한 겁니까?"

"아니, 아무리 그래도 그건 아니지…. 아무리 어머님이라도 그건… 뭔가 착오가 아닐까 싶은데…. 하지만, 으음…. 혹시 루데우스, 어머님의 성질을 돋우는 말이라도 한 것 아닐까? 어머님은 성질을 건드리면 심한 소리를 할 때도 있으니까…."

"글쎄요. 최대한 참으면서 성미를 건드리지 않도록 대화한다고 했는데요."

"으음."

테레즈는 잠시 동안 팔짱을 끼고 씩씩한 표정으로 신음하였다.

내가 먼저 화를 돋워서 나온 말도 아니었다. 처음부터 그렇게 정해졌다는 느낌이었다.

"뭐, 다음에 본가로 돌아갈 때에 자세히 물어보지. 어머님은 완고하고 억지스럽고 명령조지만, 나쁜 사람은 아냐. 아마도 좀 오해가 있었겠지."

"……."

테레즈는 그렇게 말했다.

가령 진짜로 오해였다고 해도 나는 진짜로 분노했다.

중재해 달라고 말하고 싶진 않다.

이 녀석과는 겉치레라도 어울리고 싶지 않다고 생각한 경우는 오랜만이었다.

뭐, 진짜로 오해고 성심성의껏 사과한다면, 나도 갑자기 날뛴 것에 대한 사죄는 하겠지만.

"그렇긴 해도 루데우스는 많이 자랐군! 음, 아니, 성인이 된 남자에게 자랐다는 말은 안 되겠지만… 지금은 스무 살 정도인가?"

테레즈가 신경을 써주는 것인지 화제를 바꾸었다.

나도 계속 클레어 이야기나 하고 싶지는 않았다.

"예, 이제 곧 스물둘이 됩니다."

"그런가! 벌써 10년이나 지났다니…. 아, 그렇지, 에리스 님은 어때? 건강한가? 그녀는 아주 씩씩했으니까!"

테레즈는 어린애처럼 떠들었다. 방금 전의 늠름한 모습은 어디로 간 걸까.

늠름할 때의 얼굴은 클레어 할머니를 방불케 하는데….

아, 이런, 이런, 그만두자.

"에리스도 잘 지냅니다. 작년에 첫 아이를 낳았습니다."

"아이…? 아, 그런가, 결혼했나! 축하해!"

"감사합니다."

"그녀도 여기에?"

"아뇨, 샤리아에 남아 있습니다. 아이도 키워야 해서."

"그래, 그래, 고생도 많았겠지만 둘이서 힘을 합쳐서 잘 지내고 있군."

둘이서… 아, 그렇지, 이 사람도 미리스 교도였지, 세 명과 결혼했다는 말을 하는 게 좋을까.

뭐, 지금은 입 다물고 있자. 모처럼의 기쁜 순간에 찬물을 끼얹고 싶지 않고.

"그래, 결혼이라…. 그렇게 작은 루데우스와 에리스 님이 결혼이라… 하아…."

그렇게 생각했는데, 이미 테레즈는 의기소침한 모습이었다.

결혼이라는 단어는 금구였던 모양이다. 이 반응을 보아하니 아마도 아직 독신이겠지.

아니면 이혼했든가.

어어, 이 사람이 몇 살이었더라.

제니스가 38세 정도고 그보다 연하니까… 35세 정도인가?

이 세계의 성인이 15세고, 그때부터 20세 정도까지의 기간에 결혼하는 사람이 많은 것을 생각하면… 어어….

"일 쪽은 순조롭습니까?"

결혼 이야기는 안 하는 게 낫겠다.

"응? 아! 이런저런 일이 있었지만, 무녀님의 호위로 돌아왔지. 일단 저 녀석들의 대장이야."

테레즈는 그렇게 말하고 힐끗 집단을 보았다.

일곱 명 중 두 명이 이쪽을 경계하고, 나머지는 공주의 추종자로 변했다.

이렇게 보면 평화롭군.

"무서운 분들이네요."

"음… 이전에 암살미수 사건이 있어서, 신전기사단 중에서도 특히나 전투능력이 높은 녀석들을 호위로 붙이게 되었는데, 조금 **그쪽**이 모여 있어서…."

이전에 테레즈는 신전기사단은 열광적 신자의 집단이라고 말했다.

그런 의미로의 '그쪽'이겠지. 내 실언에 '죽이자'라는 말이 바로 나오는 놈들이다. 과거의 올스테드급이었지.

"뭐, 교의에 너무 집착할 뿐이지, 못된 놈들은 아냐. …다들 무녀님을 좋아하고."

무섭다. 신을 믿는 마음은 알지만, 그 바람에 주위의 상황이 안 보이는 것도 아니지.

너희들의 신은 관대할 텐데.

"저기, 테레즈? 저도 이야기에 끼어도 될까요?"

그때 갑자기 뒤에서 목소리가 들렸다. 아까 그 공주가 이쪽을 바라보고 있었다.

추종자 놈들은 그녀의 뒤에서 지금도 검을 뽑아들 기세였다.

"방금 전에 에리스라는 이름이 들렸는데, 혹시 그 빨강머리 검사 에리스 님과 지인인 분인가요?"

이 여자가 무녀님인가. 무녀, 무녀, 하는데, 본명은 뭘까. 물어볼까… 아니, 내가 먼저 이름을 대자. 클레어는 먼저 이름을 대면 약해 보인다고 그랬지만, 먼저 이름을 대는 것은 무사의 예의다.

"인사가 늦었습니다. 나는 루데우스 그레이랫. '용신' 올스테드 님을 모시고 있는 몸으로, 검왕 에리스 그레이랫은 내 아내입니다."

용신과 검왕. 두 단어에 추종자들의 험악함이 거세졌다. 용신에게 반응하는 걸 보면 역시 사도가 섞여 있는 걸까. 아니, 일곱 명 전원이 그런 걸 보면 관계없는 걸지도 모른다.

"어머! 그랬나요! 에리스 님은 10년 전에 제 목숨을 구해 주신 은인이에요!"

10년 전이라면 내가 미리시온에 왔을 때인가.

분명히 그 이야기는 나도 들었다. 에리스가 고블린 퇴치에 나섰다가 암살자를 퇴치하고 돌아왔다는 이야기였다.

"에리스 님은 이쪽에 오셨나요?"

"아뇨, 애석하게도 그녀는 아이를 돌봐야 해서 집에 남아 있습니다."

"그건 아쉬운 일이네요."

무녀가 풀죽은 표정을 보이자, 추종자들이 힘없은 모습을 하였다.

조금 훈훈하기도 하군. 이 녀석들, 정말로 이 무녀를 좋아하는구나.

아니, 자기소개를 했는데 자기소개가 돌아오질 않는다.

나도 무녀님이라고 부르면 되나?

"하지만 그럼 저는 '용신' 올스테드 님에게 도움을 받았다…는 게 되네요."

"예?"

그건 관계없어. 나도 에리스도 당시에는 올스테드의 이름도 몰랐다.

하지만 지금의 나는 올스테드의 부하고, 에리스는 그걸 인정하고 돕고 있다.

아슬아슬하게 에리스도 올스테드의 부하라고 하지 못할 건 없다…고 하면 올스테드가 도운 게 되려나.

…아냐, 아냐. 그렇게 바로 들킬 거짓말은 하지 말자.

"아뇨, 당시에는 나도 에리스도 올스테드 님과 면식이 없었습니다. 하지만 혹시 무녀님이 은의를 느끼신다면, 앞으로 올스테드 님에게 적의를 갖지 않아 주신다면 다행이겠습니다."

"……? 만나지도 않은 사람에게 적의를 품나요?"

"올스테드 님은 그런 저주를 가지고 계셔서."

내가 그렇게 말하자, 무녀는 내 눈을 가만히 바라보았다.

통통한 얼굴 안에 있는 둥그런 눈동자. 두 눈의 색깔이 다른 것도 아니다. 아마도 마안이 아니겠지.

하지만 직감적으로 생각했다.

뭔가 하고 있다.

뭘 하는 건지는 모른다.

꼼짝할 수 없는 것도 아니고, 숨쉬기 괴로워진 것도 아니다.

하지만 뭔가 하고 있다는 느낌만큼은 있었다.

"…아무래도 사실인 모양이군요."

잠시 뒤에 무녀가 진지한 표정으로 끄덕였다.

"그걸 알 수 있습니까?"

"예, 그렇습니다."

테레즈와 추종자의 눈치를 보니, 의아한 표정 같은 건 없었다. 그렇다면 이게 이 아이의 '신의 아이로서의 능력'일까. 자노바의 '괴력과 방어력'처럼.

눈을 보기만 해도 거짓말을 간파하는 능력.

아니, 상대의 생각을 읽는다든가?

아니면 다른 무엇일지도 모른다.

"…그게 당신의 힘입니까?"

"예, 그렇습니다."

자세히 들어보고 싶지만, 추종자들이 험악한 분위기다.

묻지 않는 게 무난할까. 어떻게 할까. 올스테드는 이 사람에 대해 아무런 말도 없었다.

"헤에…."

큰일이네.

내게 뭔가 하는 기색에 나도 험악한 기색을 드러내었던 것 같다.

무슨 질문을 하든지 추종자들이 가만히 안 있을 것 같다.

하지만 여기서 그냥 끝내기도 아쉽다. 또 만날 수 있다고 장담할 수도 없다. 질문은 기회를 놓치지 말고 해야지.

"흐읍… 후우…."

일단 심호흡.

"무녀님, 무례임을 알지만 하나 여쭈어도 되겠습니까?"

질문 전에 허가를 구한다. 이런 준비는 중요하겠지. 그리고 속셈을 들키지 않도록 딱 하나만 질문을.

"예, 하시죠."

"최근 당신의 꿈에 신을 칭하는 인물이 나와서 뭔가 계시를 남긴 적은 있습니까?"

"아뇨, 최근은 물론이고 지금까지 한 번도 없습니다. 분명 앞으로도 없겠지요."

그녀는 딱 잘라 그렇게 말했다. 나를 보고, 내 이야기를 듣고, 지금까지도 없고 앞으로도 없다고 말했다.

뭔가 확신이 있는 모양이다.

그렇다면 이것도 능력과 관련된 것이겠지.

예를 들어 인신과의 만남을 거부하는 능력.

역시 '상대의 마음을 읽는다'라든가?

인신은 나 이상으로 읽히면 곤란한 마음을 가졌을 것 같다.

"감사합니다."

나는 어깨에서 힘을 뺐다. 일단 적이 아니라면 됐다. 가령 지금 그게 거짓말이라고 해도 일단은 믿자.

"자, 이번에는 제 차례네요!"

"……! 아, 예, 뭐든지 물어보시죠."

이 이상 뭘 물으려고?

마음을 읽을 수 있다면 물을 필요는 없지 않나?

일단 그 능력은 항상 발동되는 게 아닌 모양이다. 시선을 맞추고 뭔가를 해야만 발동한다.

상대의 눈을 보지 않으면 되나…?

"에리스 님에 대해 가르쳐 주세요!"

"…예."

그런 건가. 뭐, 아무튼 적은 아니고, 인신과 관련 없다면 믿도록 하자.

그리고 올스테드 사장의 좋은 점을 전하도록 하자.

우리 회사의 보험은 지병을 가지신 분(신의 아이)도 괜찮습니다. 80년 동안의 안심보장이며, 사고가 발생했을 때에도 당사의 우수한 스태프가 도와드립니다.

또 저희 회사는 항상 우수한 스태프를 모집하고 있으며….

아니, 이다음에 교황과 만나서 뒤를 봐달라고 해야 하는데, 무녀에게 침 발라두는 건 문제인가?

분명히 무녀는 교황과 다른 세력이었어.

"루데우스! 루데우스, 없나!"

그렇게 생각할 때, 멀리서 나를 부르는 목소리가 들렸다.

크리프의 목소리다. 아무래도 겨우 허가가 나온 모양이다.

"죄송합니다, 무녀님. 시간이 된 모양입니다."

"에엣! 너무해요···."

그녀가 추욱 힘을 잃자, 추종자들도 기세를 잃고 내게 어그로가 모였다.

재미있네. 그리고 흥미 깊다. 나로서는 더 이야기를 하고 싶은 상대다.

하지만 일단은 저쪽이 먼저라서.

"한동안 이 도시에 머무를 예정이니까, 에리스 이야기는 다음 기회에 또···."

"약속이에요!"

나는 그녀에게 인사하고 테레즈에게 전언을 부탁했다.

"그리고 테레즈 씨, 본가 쪽에 갈 거면 클레어 씨에게 '어머니는 내가 책임을 지고 돌볼 테니까 나서지 말아 달라'고 전해 주세요···. 그리고 혹시 피트아령 수색단에 원조한 것의 대가를 바란다면 돈은 내줄 테니 금액을 제시해 달라고."

"알았다. 일단 그렇게 전하지."

"부탁드립니다."

나는 테레즈에게도 인사를 한 뒤에, 추종자들에게도 눈인사를 하고 그 자리를 떴다.

그렇긴 해도 무녀라. 언뜻 보니 세상 물정 모르는 사람. 혹은 오타쿠들의 공주인데, 뭔가 정체 모를 힘이 느껴진다.

분명히 적이 아니라고 말했는데, 인신에 대해 아는 기색이었다.

경계는 해 두도록 하자.

아, 이름을 묻는 걸 까먹었네….

그렇게 생각하면서 나는 허가증을 손에 든 크리프에게 이동하였다.

제10화 　교황과 앞날…

"짐을 맡도록 하겠습니다."

중추부로 들어가기 전에 신체검사가 있었다.

무기가 될 만한 것은 모두 몰수당하는 형태다.

애용하는 나이프부터 스크롤까지 모두 맡기게 되었다.

물론 갑옷이 무기라고는 생각하지 않는지, 옷을 벗으라고는 하지 않았다. 크리프도 알고 있었을 텐데 말하지 않았던 것은 나를 신뢰하기 때문이겠지. 나는 그런 크리프에게 성의를 보여서 흡마석을 탑재한 왼손의 건틀릿과 샷건을 탑재한 오른손의 건틀릿을 맡기기로 했다.

중추부 안쪽은 미로 같은 구조였다.

똑바로 뻗은 통로는 하나도 없고, 전부 곡선으로 구성되어 있었다.

게다가 내부는 새하얗게 칠했기 때문에 통로 너머가 어떻게 되어 있는지 알기 어렵다.

물론 여기는 미리스 교단의 중추다.

성과 마찬가지로, 적이 공격해 왔을 때를 대비해서 만들었겠지.

그런 가운데를 크리프는 척척 걸어가서 교황의 집무실에 도착했다.

집무실은 두 명의 기사와 결계로 지키고 있었다.

"일단 말해 두겠는데, 이 안에서 마술은 쓸 수 없어."

"예."

결계의 강도는 성급이나 왕급일까. 기사의 실력은 성급이나 왕급일까.

자세히는 모르지만, 혹시 전투가 벌어지면 육탄전만으로 싸우게 되겠지.

"성하, 데려왔습니다."

크리프의 할아버지 해리 그리몰은 투명한 결계 너머에 있었다.

외모는 편지 내용에서 상상했던 것처럼 호호할아버지였다. 하얗고 긴 수염에 금실을 넣어서 지은 주교복.

"예, 수고했습니다."

사울로스처럼 힘이 넘치거나 레이다처럼 날카롭지는 않았다.

강자에게서 느껴지는 오라는 느껴지지 않았다.

하지만 그것 대신 커다란 그릇이 느껴졌다. 그래, 이 사람이 교황인가, 라고 납득하게 되는 뭔가가 느껴졌다. 오라가 느껴지지 않는 대신 거대함이 느껴졌다고 할까.

뭐, 그런 식이었다.

"소개하겠습니다. 이 사람은 루데우스 그레이랫. 라노아 마법대학에서 함께 공부한 사이로, 제 후배입니다. 저를 능가하는 마술 재능을 가졌고, 지극히 유능한 인물입니다. 앞으로 계속 친하게 지낼 사이라서, 성하께도 소개해 드리고 싶어서 데려왔습니다."

크리프의 소개에 교황은 온화한 표정인 채로 천천히 끄덕였다. 그 이상의 말은 내 입으로 설명하라는 소리겠지. 어디까지나 친구로서 소개했으니까, 그 다음은 내게 달렸다고.

어젯밤 중에 정해 둔 대로였다.

"그렇군요, 그래서⋯. 루데우스 님은 내게 뭘 요구하러 왔습니까? 용병단 설립의 허가입니까? 아니면 스펠드족 인형의 판매 허가? 아니면 용신 올스테드의 군문에 들라고 권고하러?"

아니었다. 아무래도 크리프는 사전에 이야기를 해 놓은 모양이었다.

내 목적이나 입장, 뭘 위해 이 나라에 왔는가를.

어차피 나중에 이야기할 거니까 괜찮은데. 오히려 설명하지 않아도 되니까 편하다.

⋯어라?

크리프가 놀란 얼굴로 나와 교황의 얼굴을 교대로 보았다.

"역시나 '용신의 오른팔'이라고 불릴 만하군요. 눈썹 하나 까

딱 않다니… 크리프도 이렇게 되어야만 하겠지요."

깨달았을 때에는 이미 늦었다.

교황은 나에 대해 완벽하게 착각하고 있었다.

"죄송합니다만, 사전에 좀 조사해 보았습니다."

그는 부드러운 표정인 채로 수중의 자료를 소리내어 읽었다.

"루데우스 그레이랫. 명문 노토스 그레이랫 혈통. 파울로 그레이랫의 아들이며 검왕 길레느 데돌디어의 제자. 전이사건에 휘말렸음에도 3년 후에 자력으로 귀환. 마법대학에 입학하고 아리엘 왕녀와 두터운 사이가 된다. 몇 년 뒤 '용신' 올스테드와 싸워서 그 군문에 든다. 아슬라 왕국의 내란에서 암약하여 수신 레이다와 북제 오베르를 격파. 현재 국왕인 아리엘 아네모이 아슬라를 국왕으로 옹립한다. 그 뒤에 각지에서 자기 사병을 만들면서 권력자에게 용신 올스테드와의 협력을 권유한다…. 틀린 곳 있습니까?"

전부 조사했던 모양이다.

하지만 놀라울 일은 없었다. 딱히 숨겼던 것도 아니다. 조사하려면 조사할 수도 있고, 눈앞에 있는 인물은 그럴 수 있는 입장에 있으며 필요하다면 조사해야만 하는 사람이다.

다만 틀린 곳이 있었다.

"정정할 곳이 세 군데. 마대륙에서는 자력으로 귀환한 것이 아닙니다. 루이젤드라는 스펠드족 전사의 힘을 빌렸습니다. 수신 레이다를 쓰러뜨린 건 제가 아니라 용신 올스테드 님. 오베

르도 검왕 길레느, 검왕 에리스와 힘을 합쳤기에 가능했습니다. 그리고 제일 중요한 부분입니다만, 수왕급 마술사 록시 미굴디아의 제자라는 것도 덧붙여 주세요."

"호오, 정직한 분이로군요."

교황은 고개를 끄덕이면서 수중의 종이에 뭐라고 써넣었다.

뭐라고 썼는지는 모르지만, 최소한 록시의 제자라는 것만큼은 써주었으면 좋겠다.

"그러면 스펠드족의 인형을 판매하는 이유는 그 스펠드족에 대한 은혜 갚기입니까? 문맹률을 낮춰서 국가 전복을 꾀하는 것이 아니라?"

"예."

"호오."

왜 문맹률을 낮추면 국가가 뒤집힌다는 걸까….

분명히 바람이 불면 나무통 장수가 돈을 번다는 속담과 같은 논리일 텐데.

"그러면 올스테드 님에게 협력하라고 권유하는 것은 어떤 이유 때문입니까?"

"앞으로 약 80년 뒤, 마신 라플라스가 부활하기 때문에 그에 대비하는 것입니다."

그렇게 대답해도 교황은 안색 하나 변하지 않았다.

다만 이해했다는 듯이 끄덕였다.

"과연. 그래서 크리프를 이용하여 내게 협력을 요청하러 왔

다, 그런 것입니까. '용신'을 자기 편으로 삼고 싶으면 시키는
대로 해라…라고."

"아뇨, 다릅니다."

왠지 이 할아버지는 이미 교섭 모드로 들어갔다는 느낌이다.

뭐, 됐어. 어찌 되었든 교섭은 필요했다. 해야 할 말은 해 두
자.

"제가 한편으로 들이고 싶은 것은 크리프입니다."

"호오. 그럼 크리프의 뒤에서 지원하겠다?"

"아뇨…. 분명히 처음에는 그럴 생각이었습니다만, 크리프가
'내 힘만으로 어디까지 할 수 있는지 시험해 보고 싶다'라고 하
기에 그만두었습니다. 적어도 그가 교단 안에서 확실한 존재가
될 때까지는 노 터치입니다."

그렇게 말하자 교황은 얼굴을 폈다.

시험에서 만점을 받았다고 보고하는 손자에게 보이는 할아
버지의 얼굴이다.

"그렇습니까, 크리프가 그런 말을 했습니까…."

"예. 그러니 오늘은 그저 용신의 부하로 대해 주십시오."

정직하게 말했다. 저쪽은 이쪽에 대해 조사했다. 빠진 내용
도 많은 모양이지만, 거의 정확했다. 그 이외에 또 뭘 알고 있
을지 모른다. 그러니까 일단은 거짓말을 하지 않는 쪽으로 가
자.

정직하면 바보 취급당한다지만, 정직한 사람을 싫어하는 이

는 그리 많지 않다.

"제 요망은 두 가지, 용병단 설립의 지원과 스펠드족 인형의 판매 허가입니다."

라트레이아 가문 쪽으로는 일단 넘어가자.

개인적인 일이고, 연줄만 생기면 견제가 되니까.

"흠."

교황은 부드러운 미소를 띤 채로 나를 보았다. 이른바 포커 페이스란 것이겠지. 웃고는 있지만, 표정이 움직이지 않는다.

"나는 사람과 사람의 관계는 끊어도 끊을 수 없는 것이라고 생각합니다."

교황은 웃는 얼굴인 채로 말했다.

그것은 어디까지나 훈계의 말일지도 모른다. 크리프를 빼고 요구한 나에게, 혹은 나를 빼고 자기 힘만으로 시도해 보고 싶다는 크리프에게 던지는 가르침의 말.

"그러니 크리프와의 관계를 봐서… 용병단을 지원하지요."

순순히 그렇게 말했다.

대가를 요구하지 않는 걸까, 순간 그렇게 생각했지만 곧 그런 생각을 지웠다.

'크리프와의 관계를 봐서'라는 부분이 대가에 해당되겠지. 어찌 되었든 크리프가 크게 성장하면 나는 교황파인 크리프에게 큰 이익을 준다.

교황에게는 선행투자다.

"하지만 스펠드족 인형의 허가는 어렵습니다."

"어째서죠?"

"나는 마족 영합파의 우두머리로 교황이라는 입장에 있습니다. 하지만 최근 마족배척을 외치는 추기경파가 세력을 키우고 있습니다. 현재 나에게는 독단으로 스펠드족 인형의 판매를 허가할 만한 발언력은 없습니다. 일단 다음 교황은 확실하게 배척파에서 나오겠고… 알겠죠?"

교황은 그렇게 말하며 나를 보았다.

이건 암암리에 '지금 당장 마족 배척파를 없애라'라고 말하는 걸까.

하지만 그건 과연 어떨까. 내가 교황의 끄나풀로 움직이는 건 좋다. 라트레이아 가문과도 다투었으니까 어찌 되었든 적대하는 흐름이 되었다.

테레즈에게는 미안하지만, 필요하다면 마족 배척파든 뭐든 박살내 주지.

하지만 그건 크리프를 돕는 게 아닐까.

모호한 부분이다. 크리프가 출세하기 위해서는 적도 필요하겠지. 그걸 내가 쓰러뜨려도 되는 걸까. 아니, 애초에 내가 미리스 교단에게 협력하면 결국은 크리프의 공적이 되는 걸까? 그럼 괜찮나.

으음….

"…일단 용병단은 지원해 주시는 게 틀림없습니까?"

"예."

"그럼 오늘은 용병단의 지원을 해 주신다는 말씀만으로 만족하겠습니다."

보류해 두자. 지금 당장 결론을 내릴 문제도 아니다.

애초에 이번에는 스펠드족 인형의 판매를 시야에 넣지 않았다. 용병단 설립만을 목적으로 왔다. 그럼 욕심 부리지 말고 이 정도로 하자.

"그렇습니까, 그건 아쉽군요."

교황은 그렇게 말하고 빙그레 웃었다.

크리프는 아직 할 일이 남았다기에 나 혼자서 본부를 나섰다.

"휴우…."

나온 순간 나는 크게 한숨을 내쉬었다.

지쳤다…. 무녀에 교황. 오늘은 각기 다른 두 인물과 만났다. 두 사람 다 보통내기가 아닌 인물이며, 서로 다른 세력에 있다.

마족 영합파의 교황. 마족 배척파인 추기경이 옹호하는 무녀.

어느 쪽에 붙을 거냐고 하면, 말할 것도 없이 영합파, 교황 쪽이다.

그렇긴 해도 마족 배척파에는 신전기사가 소속되어 있다. 라트레이아 가문, 그리고 테레즈다.

　테레즈는 저번과 이번, 총 두 번이나 날 구해 주었다.

　라트레이아 가문은 싫지만, 그녀에게는 의리 없는 짓을 하고 싶지 않다.

　게다가 그 무녀도 그리 싫은 상대가 아니었고. 추종자들은 몰라도.

　그러니까 보류라는 형태는 잘못되지 않았다…고 생각하고 싶다.

　가능하면 당초 예정대로 중립의 입장으로 있고 싶었는데. 생각만큼 쉽지는 않은 모양이다.

　아무튼 무녀와는 조금 더 접촉을 꾀하는 편이 좋겠지. 그녀의 능력에 대해 조금 더 파악해 두고 싶다. 인신의 사도인지… 는 다소 판별이 안 가지만.

　가령 사도였다면 생각할 일이 많아질 것은 틀림없다.

　적어도 아슬라 왕국에서 용병단을 만들었을 때 인신의 훼방은 없었다.

　내 행동이 인신에게 해가 되지 않는 걸까, 그렇지 않은 걸까. 현재로서는 모르겠다. 생각해도 헛수고다.

　그러니 일단 이번에도 훼방이 없다고 생각하고 행동한다.

　훼방이 있다, 위화감이 있다고 느꼈을 때가 사도를 찾을 타이밍이다.

지금으로선 수상한 사람이 몇 명 있다. 무녀라든가, 클레어라든가, 교황이라든가.

하지만 평소처럼 너무 의심하고 고민하는 것도 실수의 시작이다.

그런 점에 대해서는 서둘러 용병단의 지부를 만들고 통신석판을 설치하여 올스테드와 연락을 취하는 게 좋겠지.

응. 일단 오늘은 교황의 협력을 얻을 수 있었다.

그럼 일단 그것부터 시작하자. 용병단 지부 건물을 물색하여 구입. 거기에 통신석판과 긴급용 전이마법진을 설치한다. 그리고 올스테드에게 업무 연락이다.

"좋아. 일단 건물을 선별해야지."

다음에 해야 할 일은 정해졌다.

건물의 선별은 아이샤에게 맡기는 게 좋겠지. 모험가 구역이나 상업 구역, 누구를 상대로 장사를 할까. 그런 점은 아이샤의 머릿속에 확실히 입력되어 있을 것이다.

맡길 수 있는 상대가 있다는 건 정말로 든든하군.

문제는 제니스로군.

그녀를 놔두고 아이샤가 돌아다니면 옆에서 돌봐줄 사람이 없어진다.

웬디에게 부탁하면 좋을지 모르지만… 뭐, 그런 건 나 혼자 생각해 봤자지.

돌아가서 의논해 보자.

★　　★　　★

그리고 나는 시내를 이동하는 마차를 타고 신성 구역의 크리프의 집까지 돌아왔다.

시각은 해 질 무렵. 딱 적당하게 배도 고파서 식사가 기대되었다.

여기는 신선한 달걀을 먹을 수 있어서 좋군. 삶은 달걀, 달걀프라이, 오믈렛… 빵도 있으니까 돈가스 같은 것도 가능하겠어. 달걀 하나만 있어도 요리의 폭이 넓어지고 내 즐거움도 늘어난다.

아이샤를 데려오길 잘했다.

"나 왔어. 으음, 배고프다…."

"이 시간까지 안 돌아오다니 무슨 소리야?!"

돌아온 순간, 아이샤의 고함소리가 들렸다.

황급히 집 안에 들어갔다. 거기에는 웬디를 다그치는 내 여동생의 모습이 있었다.

"왜 외출을 허락했어!"

"하, 하지만, 괜찮다고."

"왜 외부인의 말을 믿는 거야?! 어제 이야기, 당신도 들었잖아?! 왜 상대에게 사정을 말하지 않아? 외출은 내일로 해도 좋았잖아?! 기다리고 있으면 나도 곧 돌아왔을 텐데! 오빠에게도 의논할 수 있었는데!"

"그, 그런 말을 해도, 저기, 난 어제 이야기를 잘 몰랐고, 그 사람이 괜찮다고."

"아까부터 그 소리밖에 안 하네! 괜찮은 게 아니라고 말했잖아! 너 혹시 우리를 방해하러 왔어?!"

아이샤는 화를 내며 주먹을 들었고, 웬디가 몸을 움츠리고….

아이샤가 이렇게 화를 내는 모습도 보기 어려운데.

그렇게 생각하면서 나는 뒤에서 아이샤가 쳐든 손을 붙잡았다.

"아이샤, 조금 진정해 봐."

"입 다물어!"

내 손을 뿌리쳤다.

하지만 아이샤도 그제야 나를 알아차린 모양이다.

"아, 오빠… 미안해…."

뿌리친 손을 다른 손으로 붙잡으며 아이샤는 고개 숙였다.

"무슨 일이 있었어?

일단 물어보았다.

싸움은 두 사람 모두의 잘못이라고 생각하면서.

하지만 아이샤는 창백한 얼굴인 채로 고개 숙이고 답하지 않았다.

항상 씩씩하게 대답하는 아이인데.

"저기….

보다 못해 대답한 것은 웬디였다.

"저기, 낮에, 기스라는 분이 찾아와서….

"기스가…?"

"제니스 씨도, 모처럼 고향에 돌아왔으니, 계속 집 안에만 있는 건 가엾다고, 데려가서….

그때 아이샤가 조용히 말했다.

"돌아오질 않아….

머리에서 핏기가 싸악 가시는 감각이 있었다.

심호흡을 했다.

"아이샤, 진정해. 처음부터 설명해 줘. 할 수 있지?"

"응….

아이샤는 말하기 시작했다.

낮에 이 집에 기스가 찾아왔다는 모양이다. 그는 제니스의 친구라고 하고 이 집을 방문했다. 아이샤도 얼굴은 보지 않았지만, 웬디에게서 나중에 들은 인상, 말투, 체격, 이야기의 내용, 장비 등을 통해 기스라고 확신한 모양이다.

그리고 그때 아이샤는 집에 없었다.

"왜 아이샤는 밖에 나갔어…?"

"여기서 살 거면 이것저것 필요하다 싶어서 사러 나갔어…. 웬디는 글을 못 읽고, 뭐가 필요한지 모를 테니까 내가…. 미안해."

"아니, 괜찮아."

아이샤가 판단 미스를 했고, 그동안에 예기치 못한 사태가 생겼다.

드문 일이지만, 있을 수 있는 일이겠지.

아무튼, 기스는 제니스와 웬디와 함께 한동안 이야기했던 모양이다.

하지만 어느 순간 기스는 말했다.

'모처럼 고향에 돌아왔는데 집 안에만 있으면 제니스도 가엾다. 내가 이 근처를 좀 구경시키고 오겠다.'

웬디는 그걸 승낙했다.

왜 승낙한 거냐 싶어서 머리를 싸쥐고 싶어졌다. 어제의 이야기는 들었을 텐데.

하지만 웬디만 나무랄 수는 없다. 그녀는 당사자가 아니고 라트레이아 가문의 안 좋은 부분도 보지 않았다. 실감이 없더라도 어쩔 수 없다.

또한 기스의 화술이 대단한 것도 있겠지. 그 녀석은 이러니저러니 해도 남을 설득하는 실력이 제법이다. 나도 조만간 제니스에게 시내 구경을 시키고 싶다는 생각을 했었다.

금방 돌아올 거면 괜찮다고 방심한 것도 어쩔 수 없을지 모른다.

"내가 바로 찾으러 나가봤지만, 보이질 않아서…."

장을 보고 돌아왔다가 그 이야기를 들은 아이샤는 바로 집을 뛰쳐나가서 찾아다녔다는 모양이다.

하지만 보이질 않았다. 낮이 지나고 해가 저물기 시작해도 보이지 않았다.

혹시나 돌아왔을지도 모른다 싶어서 집에 와도 아직도 모습이 보이지 않는다. 어째야 좋을지 모를 아이샤가 웬디를 규탄할 때에 내가 돌아왔다…는 소리다.

"어쩌지, 오빠. 내가 괜찮다고 말했으니까…. 이거 나 때문이야…? 어쩌지… 어떻게 해!"

아이샤는 평소의 그녀라면 상상도 할 수 없을 만큼 당황하여 울상을 하였다.

일단 진정시키는 게 먼저겠지.

"진정해. 어차피 기스니까 약속을 잊어버리고 여기저기 데리고 다니는 것뿐일지도 몰라."

"하지만 지금 어머니가 어디에 있는지 모르잖아?!"

"괜찮으니까 진정해."

나도 마음이 조급해지기는 했다. 하지만 데리고 나간 게 기스다. 녀석은 전투능력은 거의 없지만, 든든하고 유능한 남자다. 안심할 수 있다.

뭐, 다름 아닌 기스니까.

괜한 짓을 하면서 시간을 잡아먹을 뿐일지도 모른다.

조금만 더 기다리면 훌쩍 돌아와서 '미안, 미안, 예전 지인과 만나서 의기투합하는 바람에'라면서 넉살 좋게 웃을지도 모른다.

"일단 조금 더 기다려 보자."

나는 그렇게 결단했다.

하지만 그 뒤에 해가 완전히 저물었다.

지친 표정의 크리프가 돌아와도.

제니스와 기스가 돌아오는 일은 없었다.

시간을 낭비했다…고는 하지 않겠다.

시간이 경과하면서 나와 아이샤는 진정할 수 있었다.

"미안…. 하지만 웬디를 너무 나무라지 말아 줘. 악의는 없었을 거야…."

크리프는 웬디를 질책하면서도 필요 이상으로 나무라지 않고 옹호했다.

그 자신도 이런 사태를 예상하지 않았겠지.

애초에 집안일을 위해 불렀다. 게다가 그녀는 이 나이까지 일자리도, 거두어주는 사람도 없었다고 들었으니까, 그만큼 뛰어나지 않다고 이해해야 했다.

사람의 능력이 낮은 것은 나무랄 것이 아니다.

나무라기보다도 실수를 커버한다.

"나는 찾으러 나가 보겠습니다. 크리프 선배는 우리가 없을 때 돌아올 경우를 대비해 대기를."

"으, 음…."

내가 찾으러 나가기로 결의한 것은 저녁식사 시간이 되어서였다.

찾으러 나가기로 결의한 게 너무 늦었을지도 모른다.

하지만 변명을 좀 해 보자면, 혹시 제니스가 혼자서 나간 거라면 나도 바로 찾으러 나갔겠지.

데리고 나간 것이 기스다.

웬디의 이야기가 사실이라면 기스가 같이 있을 터이다.

그 원숭이 녀석은 싸움 쪽으로는 젬병이지만, 그 이외의 일은 뭐든지 해낸다.

정보 수집부터 지도 제작, 물건 구입, 요리, 도구 정비, 파티 멤버의 건강 관리까지.

모험가로서 치명적인 점인 '전투에 도움이 안 된다'라는 점을 빼면 든든한 남자다.

고로 기스가 붙어 있으면 괜찮을 거란 묘한 신뢰감이 있었다.

하지만 생각해 보면 '전투에 도움이 안 된다'는 건 치명적이다.

무슨 사건에 휘말렸으면 제니스를 지켜낼 수가 없다.

그렇기에 기스는 사건을 회피하는 능력도 대단하다. 하지만 완전하지는 않다.

제니스가 실수로 거친 아저씨의 발이라도 밟을 일도 있을 수 있다.

처음 만났을 때 눈 좀 마주쳤다고 대뜸 때리고 드는 여자도 있으니까.

그리고 더 말하자면 기스는 마족이다.

혹시 라트레이아 가문이 기스와 제니스가 둘이 있는 모습을 보면 어떻게 생각할까.

내가 데리고 돌아갔을 터인 제니스가 마족과 둘이서.

재빨리 습격해서 제니스를 되찾으려 할지도 모른다.

그럼 역시 라트레이아 가문일까.

라트레이아 가문이라면 애초에 기스가 가짜일 가능성도 있다. 인상이나 체격, 말투가 비슷한 녀석을 데려다가 기스 흉내를 시켜서 웬디를 속인다…든가.

그런 녀석이 몇 명이나 굴러다닐 것 같지 않지만.

또 생각하고 싶지 않은 일인데, 기스가 인신의 사도일 가능성도 있다.

신성 구역에 들어가길 싫어했던 기스가 왜 이런 곳까지 왔을까.

"……."

나는 마도갑옷과 로브를 입고 집을 나섰다.

"일단 어디로 갈래? 나뉘어서 찾을까?"

아이샤는 당연하다는 듯이 따라왔다.

제니스가 없어진 것에 초조해진 모양이다.

그녀가 초조해졌다면, 나는 가만히 있을 수 없다고 해야겠지.

"아니. 네가 납치라도 당하면 안 돼. 같이 행동하자."

"으, 응. 알았어…."

납치라는 말에 아이샤는 숨을 삼켰다.

제니스가 유괴당했을 가능성을 생각했겠지. 이 세계에는 인신매매가 많으니까….

하지만 그럴 가능성은 낮겠지.

혼자서 멍하니 걷는 거라면 모를까 기스와 같이 있다. 기스를 때려눕히고 제니스를 노예로 끌고 가려면 수고가 든다.

나라면 다른 무방비할 때를 노린다.

"……."

나는 몇 걸음 걷다가 발을 멈추었다.

우선 어디부터 찾으면 될까?

이런. 아직 진정되지 않았나. 진정해, 진정해, 그렇게 되뇌어도 인간은 그리 쉽게 진정할 수 없다. 심호흡이다.

"후우… 하아…."

나보다 똑똑한 녀석은 바로 옆에 있다.

그녀와 이야기를 해 보자.

"아이샤… 기스는 어디에 있을 거라 생각해?"

"어어… 모험가 구역 아닐까?"

"근거는?"

"기스 씨, 신성 구역에는 들어갈 수 없다고 했고, 미리스 교도가 많은 거주 구역에도 가지 않을 거야. 상업 구역과 모험가 구역 중에 어디냐면, 기스 씨는 모험가니까 모험가 구역 쪽이 확률 높아."

"좋아, 그럼 모험가 구역으로 가자."

역시나 아이샤, 머리 회전이 빠르다.

그렇게 정해졌으면 빨리 움직이자.

"서두르자."

"응, 아, 그렇지. 말을 타는 편이 좋지 않을까? 마차용 말이 아직 있었지?"

"응?"

말인가….

나는 아직 말을 탈 줄 모른다. 전혀 못 타는 건 아니다. 다소는 연습을 했고, 마차를 다루는 법도 안다. 하지만 긴급사태에 자유자재로 몰 정도로 능하지 않다.

하지만 걱정은 필요없다.

마음만 먹으면 내 이동속도는 말과 맞먹는다.

"그런 건 필요 없어."

"어?"

나는 아이샤를 안아들었다.

마도갑옷에 마력을 넣었다.

다리 쪽도 괜찮다. 착지 충격을 죽이는 연습은 몇 번이나 했다.

"아이샤, 꽉 잡아."

"어……? 아!"

아이샤의 몸이 굳고, 내 로브를 잡아당기듯이 붙잡았다.

나는 그런 아이샤의 몸을 꽉 붙잡았다.

"…아, 아! 안 돼! 하지 마!"

마지막에 뭐라고 하는 것 같았지만 무시했다.

제니스가 없어졌다.

내게는 이게 우연이라고 생각되지 않았다.

기스가 한 짓일까, 아니면 라트레이아 가문이 손을 쓴 걸까, 또는 교황파가 뒤에서 무슨 짓을 한 걸까, 아니면 무녀의 계략에 휘말렸을까….

인신이 관여되었을까 아닐까.

고민해도 소용없다. 망설여도 소용없다. 후회해도 소용없다.

사건은 일어났고, 시간은 지나갔다.

지금의 내 상황은 완벽하다고 할 수 없다. 이 미리시온에서 누가 아군이고, 누가 적인지 모른다.

하지만 인신과 싸우는 이상, 그건 알고 있었다.

실론에서의 실수를 거듭하지 않겠다.

나는 각오를 다지면서 밤하늘을 향해 도약했다.

20권 끝

무녀님

캐릭터 디자인안
무녀님

클레어

캐릭터 디자인안
클레어

무직전생 ~ 이세계에 갔으면 최선을 다한다 ~ **20**

2019년 12월 10일 초판 발행
2024년 3월 10일 4쇄 발행

저자	리후진 나 마고노테
일러스트	시로타카
옮긴이	한신남

발행인	정동훈
편집인	여영아
편집 팀장	황정아 김은실
편집	노혜림

발행처	(주)학산문화사
등록	1995년 7월 1일
등록번호	제3-632호
주소	서울특별시 동작구 상도로 282 학산빌딩
편집부	02-828-8838
영업부	02-828-8986

ISBN 979-11-348-1458-8 04830
ISBN 979-11-256-0603-1 (세트)

값 9,000원